Scherz Krimi

Spannung mit Niveau

Gary Alexander

Der goldene Pfau

Scherz
Bern München Wien

Einzig berechtigte Übertragung aus dem Amerikanischen
von Ursula von Poellheim
Titel des Originals: »Kiet and the Golden Peacock«
Schutzumschlag von Heinz Looser
Foto: Thomas Cugini

1. Auflage 1993, ISBN 3-502-51437-2

Gesamtherstellung: Ebner Ulm

1

»Hundert Prozent Rindfleisch«, erklärte Captain Binh. »Gefriergetrocknet und eingeflogen von einer Firma in Iowa. Qualität und Frische garantiert.«

Hickorns Polizeisuperintendent Bansam Kiet hob den Deckel seines Luong Cheeseburgers Deluxe hoch. Fäden einer geschmolzenen Substanz, die er als amerikanischen Käse identifizierte, klebten daran und auch an dem vollkommenen runden Hackfleischstück, das auf der Unterseite lag. »Großartig«, sagte er. »Zweifellos sehr gesund.«

»Und schmeckt hervorragend«, sagte Binh. Er biß in seinen zweiten Cheeseburger Deluxe, kaute, schluckte glücklich und fügte hinzu: »Habe ich Ihnen schon mal gesagt, Superintendent, wie sehr ich diese Cheeseburgers vermisse?«

»Mehrmals.« Kiet nagte an seinem Burger.

Captain Binh, Kiets junger Adjutant, hatte zur Ausbildung ein Jahr lang bei der Polizei der amerikanischen Bundeshauptstadt Washington gearbeitet und war mit außergewöhnlichen Geschichten über Sondereinsätze, Computer-Verwaltung, Drogenmißbrauch und Gerichtsverhandlungen zurückgekehrt. Binh hatte sich auch eine Vorliebe für gewisse Aspekte der westlichen Zivilisation angeeignet. Dazu gehörten selbstverständlich Fastfood und Fernsehen. Kiet hatte schließlich nachgegeben und sich einverstanden erklärt, ersteres zu probieren. Er wußte, daß er bald nachgeben und auch die Freuden des zweiten genießen würde.

Kiet kaute vorsichtig und beobachtete, wie Binh seinen Lunch verschlang. Wohin tat er das alles? Binh wirkte in seiner gestärkten weißen Uniform mit den glänzenden goldenen Captains-Epauletten dünn und drahtig. Wahrscheinlich glitten Fett und Zucker einfach durch ihn hindurch.

Kiet war das Gegenteil – in mittlerem Alter, mit leichtem Bauchansatz, und er trug bequeme Hosen, ein weißes Hemd und Sandalen. Er schluckte und dachte, wie ungerecht es sei, daß diese geschmacklosen Kalorien seine Taille noch runder machen würden.

Er konnte durch die Fenster von *Luong Burgers* über die Rue

Ho Chi Minh zur *Terrasse* des Hotels *Hickorn Continental* sehen. Die Lunch-Spezialität des *Continental* waren Shrimps aus dem Ma San River, in Erdnußbutter geröstet, garniert mit delikaten Saucen und kleingehacktem Pfeffer. Wenn man diese Köstlichkeit dann mit eisgekühlten Flaschen von Golden-Tiger-Bier hinunterspülte, war diese gastronomische Unvorsichtigkeit ihren Preis wohl wert.
Statt dessen saß er hier in einem großen, mit Plakaten asiatischer Städte dekorierten Raum, zusammen mit amerikanischen und japanischen Touristen. Sie trugen Hawaiihemden und aßen hungrig, die Kamera um den Nacken gehängt.
Kiet zahlte noch einen zusätzlichen Preis, den Preis für ein friedliches Zusammenleben mit seinem Stellvertreter. Binh aß gierig seine Pommes frites. Kiet nahm ein Kartoffelstückchen aus seinem Styroporkarton. Es war knusprig wie ein Krabbenbein, aber jeglicher Geschmack wurde durch die fettigen Salzkörner überdeckt. Binh trank seinen Milkshake. Der Geschmack des Tages war heute eine seltene tropische Frucht. Kiet trank ebenfalls und mußte an Chemie denken.
»Wie schmeckt's?« fragte Binh angelegentlich.
»Eßbar.«
»Aber Sie lassen Ihren Burger kalt werden, Superintendent.«
»Nun, ja.« Kiet nahm die verschiedenen Päckchen Ketchup, Senf, Mayonnaise und Picklessauce, mit denen man ihn zusätzlich zu seinem Hamburger versorgt hatte, und betrachtete sie. Dann legte er sie wieder weg und goß Nic Sau auf sein makellos rundes Fleischplätzchen. Nic Sau war eine Fischsauce, die die Luonganer verwendeten wie die Amerikaner das Ketchup. Dann fügte er noch Pfeffer hinzu.
»Schon besser«, sagte er dann mit vollem Mund.
»Sie zerstören das Echte an Ihrem Burger, Superintendent«, versetzte Binh.
»Was heißt hier echt? In Luong gab es keine Burger, ehe wir sie aus Amerika importierten. Das einzige, was an diesem Burger echt ist, ist der Pfeffer und das Nic Sau.«
»Die Touristen aus dem Westen sind heikel«, erklärte Binh. »Manche essen nicht gern scharf, und die Vertrautheit einer Einrichtung wie das *Luong Burgers* ist tröstlich.«

Kiet sagte nichts dazu. Er schwieg nicht so sehr, um Binhs Gefühle nicht zu verletzen, sondern weil ihn etwas anderes beschäftigte. Savhanakip, Luongs großes jährliches Fest, fand in weniger als einer Woche statt, und viele Sicherheitsfragen waren noch nicht geklärt. Inoffiziell hatten die Leute schon zu feiern begonnen, was vor allem an den Betrunkenen zu merken war. Vom Standpunkt eines Polizisten aus war Savhanakip kein Fest, sondern ein großes Sorgenkind.
Binh drehte sich mit seinem Drehstuhl um und blickte zum Fenster hinaus. »Ich kann von hier aus den Bürgersteig beobachten«, meinte er. »Wenn er zurückkommt, sag ich's Ihnen.«
Binh meinte damit einen leprösen Bettler, der die Kunden des *Luong Burgers* belästigt hatte. Der Manager hatte sich bei der Polizei beschwert. Binh hatte sich freiwillig bereit erklärt, der Sache persönlich nachzugehen, und Kiet überredet, ihn zu begleiten. »Wir handeln zum Wohl der Öffentlichkeit und gönnen uns gleichzeitig noch ein Festmahl«, hatte er gesagt.
»Sicherlich haben Sie Ihren Fernseher noch nicht ausprobiert«, meinte Binh jetzt. »Sonst hätten Sie es mir gesagt.«
»Mach ich bald«, antwortete Kiet, während er Nic Sau über seine Pommes frites goß. Die beiden amerikanischen Geschäftsleute von zweifelhaftem Charakter, die zusammen mit offiziellen Stellen von Luong das Reisebüro »Unbekanntes Asien« gegründet hatten, waren auch die Inhaber von *Luong Burgers*. Aus Dankbarkeit gegenüber dem Ministerium für Tourismus hatten sie Hickorns – und Luongs – erste Fernsehstation installiert. Der Sender arbeitete seit einem Monat.
Genehmigung und Arbeitserlaubnis für »Unbekanntes Asien« hatten die träge mahlenden Mühlen der örtlichen Bürokratie mit unglaublicher Geschwindigkeit durchlaufen, was auch diesem großzügigen Geschenk zuzuschreiben war. Der mißtrauische Kiet bezweifelte, daß der Fernsehsender das einzige war, womit man in diesem Fall geschmiert hatte.
Binh lächelte. »Ich bin überzeugt, er ist noch nicht einmal ausgepackt, Ihr Fernseher.«
»Unbekanntes Asien« hatte den führenden Geschäftsleuten

und Verwaltungsbeamten von Hickorn, zu denen auch Kiet gehörte, Fernsehgeräte spendiert. Der Apparat stand tatsächlich noch in seiner farbenfreudigen Verpackung auf dem Küchentisch. Kiets Katze benützte ihn als Schlafplatz.
»Mache ich bald«, erwiderte Kiet kauend. Die Pommes frites schmeckten plötzlich köstlich.
»Alle Zimmer im *Continental* haben jetzt ein solches Gerät, mit Münzbedienung.«
»Wie praktisch. Noch eine vertraute Einrichtung für die Touristen, die das exotische Asien suchen.«
»Unbekanntes Asien« warb damit, daß es für jene abenteuerlustigen Seelen, die bereit waren, das Risiko des Ungewöhnlichen auf sich zu nehmen, ein Fenster öffnen würde, das abseits der ausgetretenen Pfade lag. Luong gehörte zu einem Reiseprogramm, das Indonesien, Burma und Sri Lanka einschloß. Kiets Erfahrungen mit diesen Reisenden hatten ihn zu dem Schluß kommen lassen, daß die Mehrzahl entweder akademische Typen waren oder Leute, die sparen mußten und sich die verrückten Preise von Tokio und Hongkong nicht leisten konnten.
Binhs Lächeln wurde zu einem Lachen. »Seien Sie nicht so zynisch, Superintendent. Freuen Sie sich, daß Sie einen Fernseher umsonst bekommen haben. Betrachten Sie die Sache positiv. Ich werde mir ein Gerät kaufen, sobald ich das Geld zusammen habe. Sie sind schrecklich teuer, obwohl sie nur schwarzweiß wiedergeben. Der Sender ist alt und gebraucht. Ah, wie würde Ihnen ein Farbfernseher mit großem Bildschirm gefallen!«
Kiet nickte, womit er Binhs Bemerkung über die Preise bestätigte. Der winzigste Empfänger wurde in den schicken Geschäften von Hickorn für umgerechnet zweihundert amerikanische Dollar verkauft, was fast dem halben Jahreslohn des Durchschnittsluonganers entsprach. Zeichen finanzieller Opferbereitschaft erschienen schon in Hickorns Stadtsilhouette – stockähnliche Aluminiumantennen, die Signale aus der Luft aufpickten.
»Hickorn hat zwei Radiosender und ein Dutzend Kinos. Fernsehen ist überflüssig.«

»Fernsehen ist das beste beider Welten, Superintendent. Radio und Video in einem, und das in Ihrem eigenen Zuhause. Sie brauchen nur auf den Knopf zu drücken.«
»Man hat mir gesagt, daß die Programme, die zusammen mit dem Sender gespendet wurden . . .«
»Ist alles ein Paket«, unterbrach ihn Binh. »Das gehört mit zum Sender. Eine Sammellieferung, frei und gratis.«
Kiet seufzte nur. Er war froh, daß die Klimaanlage im Lokal funktionierte und ihn nicht ein Luftstrom arktischer Kälte umwehte. Es war nicht zu kühl und nicht zu feucht. Er schlürfte seinen Milkshake mit seltenem tropischen Fruchtgeschmack. Es beunruhigte ihn etwas, daß das Bällchen, das angeblich Eis war, noch nicht geschmolzen war.
»Sie hätten diese Shows nicht mitliefern müssen, Superintendent.«
»Ja, aber diese Programme sind gleichfalls alt und gebraucht.«
»Ich habe ein paar in Fernsehgeschäften gesehen, Superintendent«, erwiderte Binh begeistert. »Es sind großartige Serien aus den fünfziger und sechziger Jahren. Klassische Western.«
Kiet nickte höflich. Ihm fiel ein Cowboyfilm ein, den er einmal im *Mu Pakse Kino* gesehen hatte. Der Star hatte Tricks mit dem Pferd vorgeführt, abends am Feuer Lieder zur Gitarre gesunden und unrasierten Verbrechern den Revolver aus der Hand geschossen. Nein, danke. Kiet zog Kriminalfilme entschieden vor, oder Revuefilme mit Esther Williams und außerdem alle Filme, in denen Sidney Greenstreet mitspielte.
»Diese Serien sind anders«, erklärte Binh, der Kiets Gedanken gelesen zu haben schien. »Diese Filme sind realistisch und moralisch einwandfrei. Man kann sich mit dem Marshal und dem Sheriff identifizieren. Die Serien sind kein Abfall, sie sind Klassiker. In ihrer Zeit waren sie bekannt als Western für Erwachsene.«
Der ärgerniserregende Bettler war wieder da. Kiet sah ihn neben der Eingangstür auf dem Gehweg sitzen. Ein paar weiße Touristen umringten ihn und stellten Linsen und Ent-

fernung an ihren Fotoapparaten ein. Kiet erkannte den Bettler am Profil – oder vielmehr daran, daß er keines hatte.
Der Lokalmanager, ein eifriger junger Mann in einer schokoladenbraunen Uniform mit einer Chefmütze, wies mit dem Kopf heftig in Richtung Tür. Kiet verdrehte die Augen und nickte kurz.
Er erhob sich, um seine Pflicht zu tun, was immer das sein mochte. Er erinnerte sich an den Namen des Bettlers. Er hieß Quoc, ein Leprakranker mit einer künstlichen Nase aus Holz. Seit Jahren erbettelte sich Quoc seinen Lebensunterhalt von den Fremden, die Mitleid mit ihm hatten. Kranke und zerlumpte Streuner waren in Hickorns Straßen nicht unbekannt, doch Quocs Aussehen war besonders erschrekkend.
Doch Quoc war nicht dumm. Seit kurzem schlug er aus dem Touristenstrom Kapital, indem er den Leuten anbot, sich mit ihnen fotografieren zu lassen. Gegen eine Kleinigkeit konnten die Besucher mit dem Beweis nach Hause zurückkehren, daß sie das Elend dieses geheimnisvollen Landes mit eigenen Augen gesehen hätten. Binh fand das alles widerlich. Kiet betrachtete es als eine Gelegenheit für Quoc, essen zu können. Quoc war jetzt aufgestanden, ein Mann hatte den Arm um seine Schultern gelegt, ohne jedoch seine Haut zu berühren. Eine Frau machte Schnappschüsse.
Kiet und Binh gingen zur Theke. Der Manager tippte gerade einen Verkauf in die Computerkasse. Er bedankte sich bei dem Kunden und sagte zu Kiet: »Quoc ist eine Beleidigung für das Auge. Wie kann man nach so einem Anblick noch Lust auf Essen haben?«
»Die Gesetze bezüglich Bettelei sind in Hickorn nicht ganz eindeutig«, sagte Kiet. »Solange er friedlich ist, übertritt er wahrscheinlich kein Gesetz.«
»Heutzutage müssen wir mehr denn je auf Luongs Ansehen bedacht sein, Superintendent«, erklärte Binh.
»Ja, das Ansehen«, brummte Kiet zurück.
»Könnten Sie mit ihm sprechen?« fragte der Manager flehentlich. »Ich habe wiederholt Beschwerden bekommen. Wenn er das Geschäft schädigt, verliere ich meinen Job.«

»Wir werden mit ihm reden«, erwiderte Kiet. »Kommen Sie, Captain.«
Sie gingen hinaus. Die Touristen waren verschwunden. Quoc saß wieder auf seinem Platz neben dem Eingang. Er war ein kleiner, gebrechlicher Mann, etwa in Kiets Alter. In einem Pappbecher neben ihm lagen Münzen und ein paar Scheine. Wie immer grinste er ohne jeden ersichtlichen Grund.
»Quoc, wie geht's dir?« fragte Kiet.
Das Grinsen des Bettlers wurde breiter. »Gut, danke.« Die Worte klangen verstümmelt und seltsam nasal. Kiet fiel ein, daß Quocs Zustand auch eine Sprachbehinderung bedingte.
»Quoc«, begann Kiet, »es muß noch andere Orte geben, die genauso lukrativ sind wie dieser hier. Bitte, teil deine Zeit auf sie auf. Wenn du ständig hier sitzt, bin ich gezwungen, mit meinen Nachforschungen weiterzumachen und meine Gesundheit durch schlechtes Essen zu ruinieren. Darf ich die Abfertigungshalle des Flughafens vorschlagen? Alle Beschwerden werden dann bei Reisebüros in fernen Ländern eingehen.«
Quoc sprang auf die Füße. »Aus Hochachtung für Sie, Superintendent Kiet, werde ich verschwinden.«
»Was hat er gesagt?« fragte Binh.
»Daß er dem Gesetz gehorchen wird, ob es existiert oder nicht.« Kiet ließ eine Münze in den Pappbecher fallen. Quoc schüttelte ihm die Hand und ging davon.
»Sie haben ihn noch ermuntert, Superintendent«, meinte Binh.
»Ich gab ihm, umgerechnet in amerikanische Währung, etwa 10 Cent.«
»Geht er wirklich zum Flughafen?«
Kiet zuckte die Achseln.
»Ich möchte nicht respektlos erscheinen, Superintendent, aber das ist wirklich nicht die Methode, wie man . . .«
Binh wurde von dem lauten Geratter eines Polizeimotorrades unterbrochen. Der Streifenbeamte bremste scharf am Rand des Bürgersteigs, sprang ab, als würde es anfangen zu brennen, salutierte und reichte Kiet einen Zettel.

Kiet las ihn, holte tief Luft und fragte: »Wann?«
»Wir wurden, ein paar Minuten, nachdem Sie gegangen waren, informiert, Superintendent.« Der Beamte war blaß, seine Stimme zitterte.
»Wie viele wissen Bescheid?«
»Der Beamte, der den Anruf entgegennahm, die beiden, die im Nationalmuseum auf Sie warten, der Direktor und ich.«
»Bitte fahren Sie ins Museum zurück. Kein Wort zu irgend jemandem. Verstanden?«
»Ja, ich habe verstanden.« Der Streifenbeamte schwang sich wieder auf das Motorrad und brauste davon.
»Schlimm?« fragte Binh, obwohl er es längst wußte.
»Schlimmer als schlimm«, antwortete Kiet. »Schlimmer als das schlimmste! Der goldene Pfau, unser Nationalheiligtum, ist gestohlen worden!«

2

Der goldene Pfau war eine weltliche Ikone. Es war die Darstellung eines Federkopfschmucks, den Prinz Savhana, Prinz Pakses Ahne, in der Schlacht getragen hatte. Das war im Jahr 154 v. Chr. gewesen, das letzte Mal, daß das Königreich von Luong in irgendeinem Konflikt mit anderen Staaten siegreich gewesen war.
Allerdings war der goldene Pfau nicht aus Federn und Lederschnüren gemacht. Man hatte das Schmuckstück mehrere Jahrhunderte, ehe die Edelsteinminen von Luong erschöpft waren, angefertigt. Saphire und Rubine in reingoldener Fassung stellten das Gefieder des Vogels dar. Mit den Jahren waren immer mehr Edelsteine dazugekommen. Der Kopfschmuck war massiv und doch zart. Im Sonnenschein blitzten die Hunderte von Steinen so sehr, daß die Leute die Augen abwenden mußten.
Der goldene Pfau wurde im Nationalmuseum ausgestellt, das ganze Jahr hindurch – bis auf einen Tag. An diesem Tag nahm ihn Prinz Pakse, auf einem Elefant sitzend, vor dem

Museum in Empfang und trug ihn während der Parade, die durch das Zentrum von Hickorn führte und im Nationalstadion endete.
An diesem Tag feierte man das Savhanakip-Fest. Kiet zählte an seinen Fingern ab, wie viele Tage es bis dahin noch waren: fünf. Nur fünf Tage!
Was, wenn der goldene Pfau nicht gefunden wurde und Prinz Pakse ihn am Savhanakip nicht trug, überlegte Kiet. Er löschte die Vorstellung von Chaos und Aufruhr, ehe sie sich in seinem Kopf festsetzen konnte. Der goldene Pfau war für die männliche Welt von Luong mehr als nur eine kostbare Spielerei. Er war ein Symbol der Männlichkeit, des Sieges.
Diese Möglichkeit beschäftigte Kiet so sehr, daß er vergaß, sich über Binhs wahnsinnige Fahrweise zu entsetzen. Es war schon reiner Selbstmord, wenn er nur zum Lunch fuhr, aber jetzt steuerte der junge Adjutant den Citroën in grimmigem Schweigen, in rasendem Tempo durch Gemüsekarren und Fahrradtaxis und durch abkürzende Seitenstraßen, die für den Wagen viel zu schmal schienen.
In ein paar Minuten waren sie am Nationalmuseum. Es lag am Mu Savhana, einem breiten Boulevard, der als Straße der Blumen besser bekannt war. Auf dem Mittelstreifen wuchsen Blumen in allen Regenbogenfarben. Jede Seite war von großen Gebäuden gesäumt, ein Nachlaß der Franzosen, in denen jetzt die Nationalbank, die Nationalversammlung und verschiedene Ministerien hausten.
Kiet dachte oft, daß der Mu Savhana Hickorns schönste Straße war. Doch als er jetzt aus dem Citroën ausstieg und die falschen Säulen und Rokokoschnörkel des Museums sah, dachte er nicht an Schönheit. Er dachte an Blut und Feuer.
Zwei Polizeimotorräder parkten am Eingang. Die Beamten waren im Gebäude und nicht zu sehen. Großartig, dachte Kiet. Sie hatten sich so unauffällig wie möglich gemacht! Bald würde alle Welt Bescheid wissen.
Kiet und Binh gingen die steinernen Stufen hinauf und traten durch die schwere Tür aus Holz und Bronze. Die Funk-

streifenbeamten standen in der Halle, zusammen mit Dr. Latisa Chi, dem Museumsdirektor.
»Haben Sie ihn wieder, Superintendent Kiet?« fragte Dr. Chi in hohem, jammernden Ton.
Kiet unterdrückte ein Stöhnen. In friedlichen Zeiten waren Polizeibeamte lästig, am besten, man übersah sie. Aber in Augenblicken der Gefahr erwartete man von ihnen, daß sie Brote und Fische schufen. »Nein, Dr. Chi. Bitte, erzählen Sie mir alles, was Sie wissen.«
Dr. Latisa Chi war ein winziger, runzliger Mann mit strähnigem grauem Haar. Er trug eine starke Brille. Meistens lag ein zerstreuter Ausdruck auf seinem Gesicht. Ehe er zum Museumsdirektor ernannt worden war, hatte er an der Universität von Luong Geschichte und Philosophie gelehrt. Kiet hatte Schwierigkeiten im Umgang mit dem Typ des Professors und hielt Chi für hoffnungslos intellektuell.
»Das Museum öffnet mittags«, sagte Dr. Chi. »Ich kam um elf, um alles vorzubereiten. Der goldene Pfau war nicht da.«
»Bitte erzählen Sie die Einzelheiten, Dr. Chi.«
Chi zuckte die Schultern und rang die Hände. »Leider ist meine Zusammenfassung schon der ganze Text. Ich kam herein und entdeckte, daß der goldene Pfau verschwunden war.«
»Waren andere Ausstellungsstücke verschoben oder gestohlen?«
»Nicht daß ich wüßte. Ich war so erschüttert über den ... über das Verschwinden, daß ich nicht genauer nachsah. Aber ein kurzer Überblick verrät mir, daß nichts fehlt.«
Captain Binh hatte mit den beiden Beamten gesprochen. »Aus einem Fenster an der Hinterseite, bei der Einfahrt, wurde ein Stück Scheibe rausgeschnitten«, berichtete er Kiet. Die dortige Alarmanlage wurde umgangen und offensichtlich auch die des Ausstellungskastens, die auf Gewichtsunterschiede reagierte.
»Haben Sie keinen Nachtwächter?« fragte Kiet Dr. Chi.
»Nein. Wir waren überzeugt, daß unsere elektronischen Überwachungsmaßnahmen genügen würden. Und Ihre Polizei patrouilliert nachts regelmäßig hier in der Gegend, des-

halb ...« Dr. Chi versagte die Stimme. Hilflos zuckte er mit den Achseln.

Aha, dachte Kiet, die Schuldzuweisung ist bereits erledigt. Während der Öffnungszeiten beobachteten Wachen etwaige leichtfingrige Touristen, doch nachts verließ man sich auf Transistoren und Drähte und die Polizei von Hikkorn. Die passenden Sündenböcke für eine Geschichte, bei der man eine Menge von ihnen brauchte.

»Kommen Sie«, sagte Kiet zu Binh. »Vertiefen wir uns in Kultur.«

Kiet sah sich gründlich um und ließ sich dabei Zeit. Außerdem war sein letzter Museumsbesuch lange her. Während er die Reihen entlangging, mußte er sich eingestehen, daß Dr. Chi und seine Leute hervorragende Arbeit leisteten. Exquisite Figurinen aus geschmuggelter burmesischer Jade, die Künstler aus Luong im letzten Jahrhundert geschnitten hatten. Vergoldete Statuen. Steinerne Buddhaskulpturen. Mit Seide oder Papier bespannte Tafeln, auf denen junge Frauen in der traditionellen Kleidung von Luong dargestellt waren, den Fächer in der Hand. Hübsch lackierte Schalen und Dosen. Gehämmerter Schmuck. Bilder von weniger bedeutenden europäischen Nachimpressionisten.

Und dann natürlich das Hauptstück des Nationalmuseums, in gewisser Weise von Luong selbst, der goldene Pfau. Die Ausstellungsstücke wurden in einer Reihe von L- und U-förmigen Nischen gezeigt, wodurch das Museum größer erschien, als es eigentlich war. Nur der Schaukasten des goldenen Pfaus nahm einen größeren Platz ein. Der Schmuck lag auf einer Empore aus Marmor und Teakholz unter einem Glassturz. Oder vielmehr – hatte dort gelegen. Der Glassturz lag jetzt auf der einen Seite. Auf dem Samt in der Mitte der Empore war ein kreisförmiger Abdruck zu erkennen, den das kostbare Stück hinterlassen hatte.

»Die Alarmanlage am Glassturz funktioniert«, erklärte Binh. »Sie stammt aus den sechziger Jahren, nicht gerade das modernste, aber sie ist tadellos. Sie steht mit dem Präsidium in Verbindung und wird wöchentlich kontrolliert.«

»Wann geschah das zum letztenmal?«
»Vor zwei Tagen«, sagte Dr. Chi.
»Warum ist sie dann nicht losgegangen?«
»Neben dem Sicherungskasten ist eine Kontrollanlage«, erklärte Binh. »Der Deckel der Anlage ist zerbeult und zerkratzt. Als der Dieb im Gebäude war, hat er sie aufgestemmt und den Alarm abgestellt.«
»Was befindet sich dort?« fragte Kiet und deutete auf eine Tür rechts hinter dem Eingang zur Ausstellung.
»Dort ist der Konferenzraum«, erwiderte Dr. Chi. »Wir halten da Vorträge und zeigen Dias und Filme.«
Kiet deutete in die entgegengesetzte Richtung. »Und die Tür dort?«
»Führt zu meinem Büro.« Dr. Chi wischte sich mit einem Taschentuch den Schweiß von der Stirn. »Das Ministerium für Touristik liegt daneben und auch hinter meinem Büro.«
»Ich erinnere mich, daß dieser Museumsflügel länger war«, sagte Kiet.
»Stimmt. Aber das Ministerium wächst so schnell. Man hielt es für wichtiger, Platz für Büros zu schaffen, und hat die alten Aquarelle abgehängt.«
Kiet erinnerte sich noch an die alten Aquarelle, liebliche Flußlandschaften und Reisfelder, gemalt von zeitgenössischen einheimischen Malern. Er schüttelte bedauernd den Kopf.
»Seit Beginn der touristischen Werbekampagne ist das Nationalmuseum dem Ministerium unterstellt, wissen Sie«, fuhr Chi fort. »Das Museum ist ein bedeutender Faktor bei allen Reisen. Minister Ridsa versucht, auf der anderen Seite noch Büroräume zu finden, damit wir die alten Räumlichkeiten zurückerhalten.«
»Die andere Seite«, das bedeutete die ehemalige Botschaft der Vereinigten Staaten, wie Kiet wußte. Nachdem die Amerikaner in ihr neues Ungeheuer aus Glas und Stahl bezogen waren, hatten sie das alte Gebäude dem Königreich von Luong vermacht. Es wurde besonders geschätzt, weil es Aufzüge und eine zentrale Klimaanlage besaß. Der Platzkampf unter den Ministerien war so heftig, daß Seine Kö-

nigliche Hoheit selbst den endgültigen Schiedsrichter würde spielen müssen.
Wenn Kiet abergläubisch gewesen wäre, hätte er glauben müssen, daß seine Erinnerung an kleinlichen Ehrgeiz den Touristikminister Phorn Ridsa heraufbeschworen hatte. Doch Kiet war nicht abergläubisch, das Ergebnis allerdings das gleiche.
Ridsa tauchte im Gang zu seinem Büro auf und fragte: »Wo ist er, Kiet?«
»Brot und Fische«, murmelte Kiet.
»Wie bitte, was haben Sie gesagt?«
Phorn Ridsa war das genaue Gegenteil des Bücherwurms Dr. Chi. Er war groß, schlank, Mitte Dreißig. Kiet mußte sich widerwillig eingestehen, daß er blendend aussah. Ridsa trug das Haar lang und sehr teuer geschnitten, und eine Menge Haarspray hielt es an Ort und Stelle. Seine Hose war maßgeschneidert, das Hemd bunt, die Füße steckten in Wildlederschuhen. In Kiets Augen sah er aus wie ein betuchter Tourist aus dem Westen, der Typ, um den sein Ministerium warb.
Ridsa war ein Karrierebeamter. Sein Aufstieg nach oben war bemerkenswert. Die meisten wichtigen Posten waren mit nahen oder entfernten Verwandten des Prinzen besetzt. Ridsa war der einzige Minister ohne Blutsbande. Seine heutige Position hatte er seiner Intelligenz und seinem Charme zu verdanken. Seine persönlichen Beziehungen waren für ihn nur Werkzeuge, eine Frage des Gebens und Nehmens.
Kiet antwortete auf Ridsas Frage ebenfalls mit einer Frage: »Wann haben Sie den Pfau zum letztenmal gesehen?«
»Um welche Zeit war das, Chi? Ich glaube, gestern gegen fünf oder Viertel nach fünf.«
»Ja«, bestätigte Chi. »Während der üblichen Öffnungszeiten können die Besucher auch allein durchs Museum gehen. Wer die Zusammenhänge genauer kennenlernen will, für den haben wir zwei Führungen am Tag. Eine Gruppe von ›Unbekanntes Asien‹ kam am Nachmittag.«
»Wann war die zweite Führung zu Ende?«
»Die Gruppe hätte um halb fünf, wenn wir schließen, gehen

müssen«, antwortete Chi. »Aber Minister Ridsa macht gern Diavorträge im Konferenzraum, wenn es seine Zeit erlaubt. Gestern hielt er einen Vortrag vor der zweiten Gruppe. Er war kurz nach fünf fertig.«
Phorn Ridsa grinste. »Ich habe hervorragende Fotos von den entlegenen Gegenden Luongs. Das zerklüftete Hochland. Der dichte Dschungel im Süden. Unsere Gäste sind zimperlich, Kiet, sie haben Angst, sich über Hickorn hinauszuwagen. Sie haben Angst, von einer Schlange gebissen oder von Tigern im Dschungel gefressen zu werden. Sie haben Angst, in den Bergen von Opiumbanden oder kommunistischen Guerillas gekidnappt zu werden. Sie genießen meine Horrorgeschichten.«
Kiet war überzeugt, daß Ridsa eine große Show abgezogen hatte. Er war ein glänzender Redner. »Ich bin sicher, daß Sie sehr unterhaltend waren, Mr. Minister. Bitte sagen Sie mir, wer das Museum schloß.«
»Ich«, warf Chi ein. »Das tue ich immer. Ich schloß die Türen ab und stellte die Alarmanlage ein. Auf etwa halb sechs.«
»Wer hat Schlüssel?«
Ridsa mischte sich ein. »Chi und ich«, sagte er sehr laut. »Auf was wollen Sie hinaus, Kiet?«
Kiet und Ridsa starrten sich an. Sie mochten sich nicht, und auch in diesem Fall wie in allen anderen würde nicht der Geist der Zusammenarbeit herrschen. An der Abneigung war Fop Tia schuld, der ehemalige Bürgermeister von Hikkorn.
Vor einem Jahr hatte Tia Falschgeld in Umlauf gebracht, das Luongs Wirtschaft fast zerstörte. Zusammen mit einem amerikanischen Fotokopieranlagenverkäufer hatte er falsche Zin hergestellt und Hickorn damit überschwemmt. Der Zin hatte schon vorher schlecht gestanden, sechshundert Zin mußte man auf dem schwarzen Markt für einen Dollar bezahlen. Doch der Strom der falschen Zin erhöhte Hickorns Geldvorrat so sehr, daß die Inflationsrate auf fünfzehnhundert zu eins stieg.
Fop Tias Korruptheit und Unfähigkeit hatten ihn unpopulär

gemacht, und über seine Wiederwahl bestanden große Zweifel. Anfangs hatte Tia mit dem Geld nur seine Wahlkampagne finanzieren wollen, doch Kiet erwischte ihn und machte seine weitere politische Karriere unsicher. Kiet schnappte Tia am Flughafen von Hickorn mit einem Aktenkoffer voll amerikanischer Banknoten. Er konfiszierte das Geld und begleitete Tia zu seinem Flug nach Bangkok, er brachte ihn sozusagen ins Exil.

Phorn Ridsa und Fop Tia waren Freunde, soweit Schlangen Gefühle reiner Freundschaft füreinander hegen können. Sie träumten beide den Traum von Macht und Geld, und wenn sie damals nicht zusammengearbeitet hatten, so war es nur eine Frage der Zeit, bis sie es getan hätten.

Ridsa blinzelte, ein kleiner Sieg für Kiet. »Ich wollte niemanden beschuldigen«, sagte Kiet. »Ich bemühe mich nur, die Tatsachen zusammenzutragen.«

»Die Tatsachen! Sie verhören Chi und mich, während die Diebe den Pfau vielleicht schon einschmelzen und die Steine verkaufen. Sie sollten draußen auf der Straße sein und die Verbrecher jagen. Ist Ihnen nicht klar, was für Folgen die Sache haben kann, Kiet? In weniger als einer Woche ist Savhanakip.«

Kiet merkte, daß er rot anlief. »Ich habe daran gedacht, Mr. Minister. Bitte, wann haben Sie von dem Diebstahl erfahren?«

»Chi hat mich sofort informiert. Ich war in meinem Büro. Aber ich gehe immer durchs Ministerium hinein, nie durch das Museum.«

»Wie viele Leute wissen bis jetzt Bescheid?«

»Meine Angestellten kommen erst später«, antwortete Chi.

»Ein paar meiner Stellvertreter, sonst niemand«, erklärte Ridsa.

Also ungefähr zehn, dachte Kiet. »Gerüchte und Klatsch verbreiten sich in Hickorn so schnell wie eine mittelalterliche Seuche«, sagte er. »Wir müssen für Geheimhaltung sorgen, sonst weiß es die Stadt schon bis abends.«

»Ich brauche Ihre Belehrungen nicht, Kiet. Hier bei uns wird nichts durchsickern, nicht wahr, Chi?«

Dr. Chi nickte devot.
»Natürlich nicht«, meinte Kiet. »Ich schlage vor, daß Sie das Museum bis auf weiteres schließen, Dr. Chi. Wegen Reparaturen oder so.«
»Endlich ein konstruktiver Vorschlag von Ihnen«, sagte Ridsa. »Betrachten Sie es als schon geschehen. Chi, ich hoffe, Sie können irgendein glaubwürdiges Wartungsproblem erfinden.«
Kiet bedankte sich bei Ridsa und Chi für ihre Hilfsbereitschaft und machte sich dann mit Binh auf, die Spuren des Einbruchs zu untersuchen. Bei der Alarmanlage zögerte Binh, offensichtlich beschäftigte ihn etwas.
Kiet schwang den Deckel vor und zurück. Die schwere Stahlplatte war zerkratzt und verbeult, doch das Schloß wirkte unbeschädigt. Jetzt begriff er, warum Binh ihn nicht gedrängt hatte, das Spurensicherungsteam herzubeordern.
Binhs »Spurensicherungsteam« war ein Produkt seines Washingtoner Aufenthaltes. Er war begeistert davon, Beamte mit ihren Fingerabdruckkästen, Vergrößerungsgläsern und Staubsaugern auf eine Szene des Verbrechens loszulassen. Aber Kiet wußte, daß Luongs Verbrechen nur durch Klatsch in den Bars und Informanten gelöst wurden, die noch mit irgend jemandem eine Rechnung zu begleichen hatten.
»Sie hatten einen Schlüssel«, sagte Kiet.
»Ja, einen Schlüssel«, bestätigte Binh. »Reinzukommen war ein Kinderspiel. Jeder fachlich versierte Einbrecher in der Stadt hat einen Glasschneider und weiß, wie man ein langes Stück Draht an der Alarmanlage anbringt.«
»Aber die wenigsten sind Schlosser.«
»Eben. Unser Mann hatte einen Schlüssel zu dieser Anlage. Es war ein Insider. Ganz bestimmt.«

3

Mit ihrem Namen ehrte die Avenue Alexandre Loubet einen französischen Priester des 19. Jahrhunderts, der die luonganische Sprache latinisiert hatte. Die Ideogramme der alten geschriebenen Sprache, die den chinesischen ähnelten, waren für die europäischen Missionare unverständlich und daher heidnisch. Die Umwandlung in lateinische Buchstaben ermöglichte eine leichtere Übersetzung der christlichen Bibel ins Luonganische und rettete so unzählige Seelen vor der ewigen Verdammnis.

Ein wichtiger Punkt in Prinz Pakses Außenpolitik war das Benennen und Umbenennen von Hickorns Straßen. Vor etwa eineinhalb Jahren dupierte China den Prinzen, und Seine Königliche Hoheit rächte sich, indem er die Avenue Mao Tse-tung in Avenue Ronald Reagan umtaufte. Die Zeremonie war sehr schön, und die Auslandshilfe der Amerikaner nahm etwas zu. Der nachträglich geschenkte rote Winterweizen gedieh im Klima von Luong nicht, doch die Bauern freuten sich über ihn, weil sie ihn an ihre Enten verfüttern konnten.

Sechs Monate später gab es die Ruye Souvanna Phouma nicht mehr, sie war durch Rue Chou Enlai ersetzt worden. Phoumas Laos stellte keine Bedrohung für Luongs Grenzen dar, und die Chinesen, denen so vergeben worden war, waren wieder glücklich. Sie belohnten Prinz Pakse mit einem Dutzend störrischer Traktoren und einer Einladung nach Beijing.

Seine Königliche Hoheit, römisch-katholisch, wagte sich aber nicht an die Avenue Alexandre Loubet. Halb Luong teilte seinen Glauben. Die andere Hälfte waren Buddhisten. Der Austausch religiöser Meinungen war nicht immer friedlich verlaufen, und es existierte eine unterschwellige Strömung, die der achtundsiebzigjährige Monarch klugerweise respektierte.

Die Adresse des Polizeipräsidiums von Hickorn war Avenue Alexandre Loubet 900. Das zweistöckige Gebäude war grob verputzt und hatte ein halbes Jahrhundert der Frem-

denlegion als Operationsbasis gedient. Nach der Unabhängigkeit 1954 war es den Einheimischen überlassen worden. Das Innere war kalt und karg geblieben und hatte sich seit den Tagen der französischen Herrschaft kaum verändert.
Der Ort roch nach Geschichte. Die Stiefel auf den Fliesen erzeugten Echos. Kiet glaubte fast, die Stimmen hören zu können – arrogante Scherze und Befehle, und gegen Ende leisere erleichterte Töne, weil man in Hickorn postiert war und nicht in Dien Bien Phu. Kiet gefiel es so. Das Präsidium hatte eine geschäftsmäßige Atmosphäre, die sowohl von den Polizeibeamten als auch den kriminellen Gästen verstanden wurde.
Kiet und Binh waren in Kiets Büro und fragten sich deprimiert, was sie als nächstes tun sollten. Binhs düstere Stimmung hellte sich durch die Lieferung eines Pakets etwas auf, das etwa die Größe von Kiets Fernseherkarton hatte.
»Unser Lügendetektor, Superintendent. Ich habe ihn vor Monaten abgeschickt. Ich dachte, sie würden ihn nie reparieren.«
Unser Lügendetektor, dachte Kiet. Das Ding war ein Geschenk der Vereinigten Staaten gewesen. Es war eingelagert worden, weil man keine Verwendung dafür hatte und das technische Personal dazu fehlte. Die tropische Wärme und Feuchtigkeit hatten das Innere angegriffen, als seien es tödliche Bakterien.
Eines Tages hatte Binh den Lügendetektor hervorgeholt, weil er glaubte, daß ein besonders nervöser und pathologischer Lügner schon beim Anblick dieser technischen Überlegenheit gestehen würde. Die elektrischen Leitungen des Präsidiums stammten noch aus Kiets Jugendzeit, und als Binh den Stecker in die Dose steckte, wurde es im Umkreis von vier Häuserblocks dunkel.
»Großartig«, sagte Kiet jetzt. »Wir können ihn also einsetzen, wenn wir ihn brauchen. Angesichts der neuesten Ereignisse könnte das Timing gar nicht besser sein.«
Binh begann, die Schnüre aufzuschneiden. »Der Lügendetektorhändler wohnt in Chicago, aber hergestellt wurde das Gerät in Taiwan. Deshalb die Verzögerung. Von Hickorn

nach Chicago, von Chicago nach Taiwan, von Taiwan nach Chicago, von Chicago nach Hickorn. Zweimal rund um die Welt.«

Kiet hob einen Finger. »Bitte machen Sie das später. Ich weiß, daß Ihr Lügendetektor unschätzbare Dienste tun wird, aber erst sollten wir ein menschliches Objekt dafür finden.«

Binh klappte sein Taschenmesser zusammen und runzelte die Stirn. »Also?«

»›Unbekanntes Asien‹«, sagte Kiet. »Ich weiß zu wenig über diese Firma.«

»Ist sie wirklich wichtig? Wir sind doch übereingekommen, daß jemand einen Schlüssel hatte, daß es ein Insider war.«

»Eine Reisegruppe genoß Minister Ridsas Weisheit und Anekdotenschatz nach den üblichen Öffnungszeiten«, erinnerte Kiet.

»Ein Tourist im Einvernehmen mit Ridsa oder Dr. Chi?«

Kiet hob die Schultern. »Möglich.«

Binh betrachtete sein Paket wie ein Kind, dem man den Geburtstagswunsch nicht erfüllt. »Wenn ich offen sein darf, Superintendent . . .«

»Nur zu, bitte!«

»Ja, also. Von Anfang an waren Sie ›Unbekanntes Asien‹ gegenüber negativ eingestellt. Ich mußte Sie faktisch ins *Luong Burgers* schleppen, und Sie weigerten sich dickköpfig, Ihren Fernseher einzuschalten. Wenn Sie einen Fehler haben, Superintendent, so ist es Ihr Widerstand gegen jegliche Veränderung.«

»Gebe ich zu. In diesem Punkt der Anklage schuldig.«

»Ein anderer Grund, warum Sie weniger Informationen haben, als Sie haben sollten, Sie sind gegen den Fortschritt.«

»Den Fortschritt!« wiederholte Kiet. Binh hatte das Recht auf eine gewisse Rache, weil er das Paket nicht hatte auspacken dürfen, doch jetzt wurde er bitter und ausfallend. Es war genug, das Konto ausgeglichen. »Die Typen, die ›Unbekanntes Asien‹ leiten, Captain. Soviel ich weiß, sind sie ziemlich zweideutig.«

»Welche Art von Unternehmer würde ein derartig großes finanzielles Risiko in Luong eingehen? Lee Jacocca? Haben Sie Lee Jacocca erwartet?«
Kiet hatte Lee Jacocca nicht erwartet. Er hatte noch nie von Lee Jacocca gehört. »Lee Jacocca?« sagte er. »Natürlich nicht! Wie heißen die Leute? Ich habe die Namen vergessen.«
»Charles Chipperfield, genannt Chick, und Alvin Selkirk, genannt Ambulance Al.«
»Chipperfield und Selkirk. Ja, ich erinnere mich, keine Kandidaten für eine Heiligsprechung. Und die Einzelheiten?«
Captain Binh seufzte und begann: »Chick Chipperfield war Gebrauchtwagenhändler in Seattle, im Staate Washington. Er kam mit dem Gesetz in Konflikt, weil er die Kilometerzähler seiner Wagen zurückstellte. Selkirk kriegte ihn frei, auf Bewährung und mit einer geringen Geldstrafe, doch dann stellte sich heraus, daß er einen Zeugen geschmiert und Dokumente gefälscht hatte. Chipperfield machte Bankrott, und Selkirk, Schwager und Anwalt, durfte in seinem Beruf nicht mehr arbeiten.«
»Aufrechte Bürger«, bemerkte Kiet. »Wieso bin ich diesen Herren noch nicht begegnet?«
»Sie sind nicht immer in Hickorn, Superintendent. Aber Chipperfield müssen Sie gesehen haben. Er hat Lupiens Wagen gekauft.«
»Von André Lupien, dem ehemaligen Manager der Gummiplantage von Michelin?«
»Ja.«
Lupien hatte einen Chrysler Imperial 1962 besessen, den größten Wagen in der Stadt. »Ich erinnere mich, ihn kürzlich gesehen zu haben. Aber den Fahrer habe ich nicht beachtet. Verraten Sie mir doch, wie es dazu kam, daß ein Gebrauchtwagenhändler und ein abgehalfterter Anwalt ›Unbekanntes Asien‹ gründeten.«
»Die Entwicklung von ›Unbekanntes Asien‹ liegt etwas im dunkeln, Superintendent. Ich weiß aber, daß Chipperfield und Selkirk Schwestern heirateten, die sich später von ihnen scheiden ließen. Die Schwestern arbeiteten in einer Reiseagentur von Seattle, die sich auf den Orient spezialisiert

hatte. Vielleicht sind die Männer, solange die Ehen in Ordnung waren, in diesem Teil der Welt mit Rabatt herumgereist und haben zu gewissen Leuten Kontakt bekommen.«
»Auch zum Touristikminister Phorn Ridsa?«
»Bestimmt. Sie stecken ständig zusammen, wenn die Amerikaner in Hickorn sind.«
»Und arbeiten an Luongs weiterem Fortschritt«, sagte Kiet.
Binh sah ihn an. »Das Unternehmen ist ein großer Erfolg, Superintendent. Dank dieser Männer hat Hickorn Fernsehen, eine neue Eßkultur und einen wachsenden Zulauf von Touristen, die ihr Geld in unseren Geschäften, Hotels und Cafés ausgeben.«
Kiet hob die Arme als Zeichen, daß er sich ergab. »Einverstanden, Captain. Die Wohltaten sind unbestreitbar. Sind die Herren jetzt in Hickorn?«
»Ich habe den Chrysler gestern gesehen. Ich werde mich erkundigen.«
»Noch eine letzte, banale Frage. Wie kommen diese Leute zu ihren Spitznamen?«
»Die Amerikaner sind für ihre Spitznamen berühmt. Chick ist, glaube ich, eine Abkürzung, die hat er schon als Junge bekommen. Aber Ambulance Al, also das sagen Sie lieber nicht zu ihm. Die Jagd auf Krankenwagen ist in der juristischen Praxis von Amerika ziemlich üblich, wenn auch nicht sehr angesehen. Die Anwälte jagen Unfallopfer, weil sie hoffen, diese gegenüber den Versicherungen vertreten zu können. Wenn die Verletzungen schwer sind, können die Zahlungen schwindelerregende Höhen erreichen. Skrupellose Anwälte verfolgen eine Ambulanz vom Unfallort zum Krankenhaus und versuchen, ans Ziel zu kommen, wenn das Opfer bei Bewußtsein ist.«
»Und wenn es bewußtlos oder tot ist?«
»Noch besser. Sie warten auf die lieben Angehörigen. Die Geschworenen stimmen für Millionen Dollar, wenn die Verletzungen sehr schwer sind.«
»Mr. Selkirk hat also Krankenwagen gejagt?«
Binh schüttelte den Kopf. »Das möchte ich nicht behaupten, aber derartige Spitznamen beruhen im allgemeinen auf dem,

was jemand tut. Hier in Luong ist so etwas völlig unbekannt.«
Kann man wohl sagen, dachte Kiet. Wenn man in Hickorn jemanden mit dem Fahrrad über den Haufen fuhr, ersetzte man seine zerrissene Kleidung, bezahlte die Arztkosten und entschuldigte sich bei seiner Familie. Falls man den armen Kerl zum Krüppel machte, konnte man die Tochter heiraten und den Invaliden zu sich ins Haus nehmen. Diese Wiedergutmachung war endgültig und fair. Niemand verlor das Gesicht.
Kiet wechselte das Thema. »Was glauben Sie, wird mit dem goldenen Pfau passieren?«
Binh schloß die Augen. »Die Vorstellung, er könnte zerlegt werden, ist fürchterlich.«
»Daß man ihn einschmilzt, wie vorhin angedeutet wurde? Daß die Steine einzeln verkauft werden, weil das mehr bringt?«
»Meiner Meinung nach ist das Vivisektion, Superintendent, ein zu schrecklicher Gedanke.«
»Ganz meiner Meinung. Ich glaube, diese Möglichkeit können wir außer acht lassen. Wenn die Juwelen und das Gold auch viel wert sind, so würde es Jahre dauern, bis alles verkauft ist. Nein, vielleicht ein reicher Sammler.«
»Ein arabischer Ölscheich«, sagte Binh. »Oder ein brasilianischer Milliardär mit einer Privatgalerie. Angeblich besitzen sie die meisten verschwundenen Kunstwerke, die von Leonardo oder Rembrandt.«
»Die Theorie des reichen Sammlers ist für uns am bequemsten«, meinte Kiet. »Der einzige praktikable Fluchtweg aus Luong ist nach oben – also der Flughafen. Sonst müßten die Diebe durchs Land fahren und sich den Gefahren aussetzen, von denen Minister Ridsa in seinen Diavorträgen erzählt.«
»In einer Stunde werden ein paar meiner Leute am Flughafen sein.«
»Vorsicht!« sagte Kiet. Das eine Wort genügte. Hickorns Zollbeamte waren für ihre Unbestechlichkeit nicht berühmt, und der goldene Pfau konnte eine Bestechungssumme einbringen, die jeden Menschen vorübergehend hätte erblin-

den lassen. Und eine Kompanie Soldaten abzubeordern wäre ähnlich, als würde man das Verbrechen über Lautsprecher verkünden.
»Ich werde ein paar meiner besten und verschwiegensten Leute aussuchen, Superintendent. Sie werden Zivil tragen und an den strategischen Punkten der Abfertigungshalle und der Gepäckaufbewahrung postiert sein. Der Pfau ist zu groß, man kann ihn nicht unter dem Regenmantel wegtragen. Vier oder fünf Beamte sind reichlich.«
»Großartig. Die dritte Möglichkeit wäre eine politische Tat.«
Binh nickte trübe. »Ja. Wahrscheinlich ist es kein Zufall, daß der Diebstahl fünf Tage vor Savhanakip geschah.«
»Eben. Aber wer hat etwas davon?«
»Jeder, der politische Ambitionen besitzt. Die Kommunisten, Armeeoffiziere, die einen Staatsstreich planen. Einflußreiche Privatleute, die eine friedliche Reform wollen und auf diese Weise Seine Königliche Hoheit zur Abdankung zwingen . . .«
»Ja«, sagte Kiet und erhob sich. »Die Gegner der Monarchie haben sich in letzter Zeit sehr still verhalten. Vielleicht zu still. Wir werden sehen.«
Binh ging, um sein Flughafenteam zu organisieren. Kiet nahm eine dringende Mitteilung von seinem diensthabenden Sergeanten in Empfang. Die Nachricht stammte von Dang, dem Botschafter der Sozialistischen Republik Vietnam. Kiet sollte ihn sofort aufsuchen.
Kiet ging zu seinem Citroën hinaus. Es gab Momente, wo eine verhaßte Arbeit besser war als gar keine, dachte er.

4

Das Königreich von Luong und die Sozialistische Republik Vietnam hatten früher im Jahr diplomatische Beziehungen aufgenommen. Für ihre Botschaft hatten die Vietnamesen eine bescheidene zweistöckige Villa gemietet, die seit dem Auszug des koreanischen Konsulats ein paar Monate vorher leergestanden hatte. Die Südkoreaner hatten sowieso nach einer größeren Unterbringungsmöglichkeit gesucht – sie kauften ein Herrenhaus im internationalen Viertel, das ihrer Ansicht nach den wirtschaftlichen Aufschwung ihres Landes besser repräsentierte. Und die Adresse war besser.

Die vietnamesische Botschaft lag Ecke Rue Ho Chi Minh und Avenue Leonid Breschnew. Die Namen zweier toter Marxisten in ihrem Briefkopf hatten die hysterisch antikommunistischen Koreaner verwirrt. Botschafter Dang betrachtete die Adresse als eine schicksalhafte Fügung.

Der Warteraum der Botschaft war schlecht beleuchtet und nur mit der Landesfahne und einem Foto von Ho Chi Minh geschmückt. Es roch nach Fischsoße und Intrigen. Ein mißmutiger Wachtposten winkte Kiet nach oben, zu Botschafter Dangs Büro. Es war etwas fröhlicher, aber politisch ebenso streng.

An den pastellfarbenen Wänden hingen die Porträts verschiedener Helden – Lenin, Marx, Stalin – und hinter Botschafter Dang eine phantastische Illustration, die Onkel Ho zeigte, wie er einen B-52-Bomber mit einem Gewehr abschoß.

Dang erhob sich und begrüßte Kiet mit einem gezwungenen Lächeln und einem feuchten Händedruck. Mit einer Geste bat er ihn, Platz zu nehmen. »Sehr freundlich, Superintendent Kiet, daß Sie sofort kommen konnten.«

Bansam Kiet setzte sich. Der Stuhl aus Kunststoff und Chrom vor Dangs Schreibtisch war sehr niedrig und äußerst unbequem. Kiets Knie befanden sich in Brusthöhe, und sein Hintern berührte fast den Spannteppich. Im Zimmer stand ein Dutzend konventioneller Stühle, aber so einen wie den hier kriege ich immer angeboten, dachte Kiet. Dangs Ego war größer als sein Körper. Er konnte es nicht ertragen, zu einem niedrigstehenderen aufzublicken. Jetzt war ihr Augenkontakt vollkommen parallel zur Oberfläche des Planeten.

Dang erstaunte Kiet auch noch auf andere Weise. Dang war dreißig Jahre alt, etwas mehr als einen Meter fünfzig groß, glatzköpfig und mondgesichtig. Er trug einen maßgeschneiderten Nadelstreifenanzug, komplett mit Weste. Die Nägel waren manikürt. Er sprach sieben Sprachen. Sein Taillenumfang entsprach seiner Größe.

Kiets Vorstellung vom obersten Repräsentanten der militärischen Bedrohung in diesem Teil der Welt war die eines ergrauten alten Soldaten gewesen, der Artillerieteile die Hügel um Dien Bien Phu hinaufgezerrt hatte, ein durch nichts zu beeindruckender Guerilla, dessen Aufopferung dazu beigetragen hatte, daß Frankreich sein asiatisches Reich hatte aufgeben müssen. Nach dem Sieg von 1975 hatte die Sozialistische Republik Vietnam revolutionäre Treue belohnt und wenig anderes.

Kiet mißtraute dem Botschafter tief. Es war nichts Persönliches. Der Mann paßte einfach nicht hierher.

»Was kann ich für Sie tun?« fragte Kiet.

Dang wartete, bis er sich an seiner alten Zigarette eine neue angezündet hatte. Er rauchte Salem, eine Mentholzigarette amerikanischen Typs. Noch ein Widerspruch, dachte Kiet: eine Marke, die von den Konterrevolutionären bevorzugt wurde.

»Es ist wegen des Fußballs. Entschuldigen Sie, wenn ich Ihnen damit lästig falle.«

Jedes Jahr endete die Parade an Savhanakip im Nationalstadion, wo als Höhepunkt ein Spiel zwischen dem Nationalteam von Luong und einem ausländischen Verein stattfand.

»Wir sind auf die Ankunft der Mannschaft in drei Tagen vorbereitet. Hat sich am Zeitplan etwas geändert?«

»Nein, nein«, erwiderte Dang, Rauch ausstoßend. »Einer meiner Fehler ist eine übergroße Besorgtheit. Ich muß immer alles genauestens vorausplanen. Die geringste Einzelheit muß genau bedacht sein, sonst kann ich nicht schlafen. Ich bin ein Umstandskrämer, der sich ständig Sorgen macht.«

Im stillen stimmte Kiet ihm zu. Laut sagte er: »Zwanzig meiner Leute stehen am Flughafen zum Empfang bereit. Eine Autokolonne wird das Team direkt hierherbringen. Draußen werden Tag und Nacht Beamte wachen. Alle Ausflüge, die die Sportler machen wollen, werden ebenfalls in Begleitung geschehen.«

Dang schüttelte den Kopf. Die Wangen bebten. »Nein. Es wird nur einmal zu einem Abendessen ausgegangen. Sonst wird es keine Besichtigungen geben. Die Leute kommen zum Spielen her, nicht um in Ihre dekadenten Geschäfte zu glotzen. Bitte, fassen Sie das nicht als Kritik an Ihrer Tüchtigkeit auf, Superintendent Kiet, aber noch so genaue Sicherheitsvorkehrungen können nicht jeden Grad der Enthaltsamkeit vorausahnen.«
Kiet übersetzte Enthaltsamkeit durch Überlaufen. Dang hatte Angst, daß die Athleten aus seinem sozialistischen Paradies etwas unternehmen könnten, um den Heimflug zu versäumen. »Ich versichere Ihnen, wir werden gründlich sein.«
»O ja, selbstverständlich.« Dang kicherte, inhalierte Rauch und nieste. Er klopfte sich auf den Bauch. »Ich liebe Fußball, aber ich bin dafür nicht gebaut. Wissen Sie, es ist das erste Spiel unseres Nationalteams außerhalb von Vietnam.«
Kiet wußte es. Wie viele Male hatte Dang ihn daran erinnert? Worauf wollte er hinaus? »Das Königreich von Luong fühlt sich geehrt«, sagte er.
Die Leidenschaft Seiner Königlichen Hoheit war das Taschenbillard, aber er liebte alle Sportarten und wünschte sich sehnlichst einen Sieg des Nationalteams am Savhanakip. Den letzten hatte es 1971 errungen, aber nur, weil die Mannschaft aus Macau durch einen Darmvirus geschwächt war. Die Vietnamesen waren im internationalen Wettkampf noch ein unbeschriebenes Blatt, daher eine logische Wahl.
Was die Vietnamesen anbelangte, so war Luong das beste Opfer, das sich finden ließ. Internationaler Fußballerfolg bedeutete Prestige, Ansehen.
So stand die Sache. Beide Länder hatten einander als die richtige Beute ausgemacht. Die Symbiose von Fußball und Politik, ein Aufflammen des Nationalstolzes. Kiet hoffte, daß die Sache nicht explodierte wie ein billiger Knallfrosch.
»Ich freue mich auf das Spiel«, sagte er.
»Ich ebenfalls. Asien gegen Asien«, sagte Dang. »Wir sind Brüder nach Haut und Seele, Kameraden desselben Erbes, Kameraden im Kampf gegen den westlichen Imperialismus.

Der Ausgang ist unwichtig. Wir werden uns hinterher umarmen, das Band zwischen uns wird gestärkt.«
Brüder nach Haut und Seele? Der Rassenhaß zwischen Luonganern und Vietnamesen begann Jahrhunderte, ehe der erste blaßhäutige Franzose auf dem Plan erschien. Kiet fühlte, wie ihm übel wurde. Klischees hatten dieselbe Wirkung auf ihn wie verdorbenes Essen.
»Selbstbestimmung, Superintendent Kiet«, sagte Dang, »das ist die Essenz politischer Bewußtheit, glauben Sie nicht auch?«
»Sicher.«
»Wie viele Amerikaner leben ständig in Luong?«
»Drei- oder vierhundert. Warum?«
Dang leckte sich über die Lippen. »So eine kleine Zahl, trotzdem schaffen sie es, daß die führenden Persönlichkeiten Ihres Landes sich benehmen wie sie, wie Marionetten.«
Hatte der Mann ihn herbestellt, um ihn bewußt zu beleidigen? Kiet antwortete in freundlichem Ton: »Wie nennen Sie doch noch die *Tausende* von sowjetischen Beratern in Vietnam?«
»Wie bitte?«
»Sie nennen sie Amerikaner ohne Dollar.«
»Ah ja, davon habe ich gehört.« Dang klatschte in die Hände und grinste. »Das ist genau der springende Punkt: Trotz unserer großen Anstrengungen sind unsere Gesellschaftsformen noch unvollkommen. Keiner von uns kann Ansteckung und Unannehmlichkeiten vermeiden. Wir sind intelligente Leute und sehen das ein. Deshalb bin ich sicher, daß Sie für einen Vorschlag empfänglich sind, der unsere Sicherheitsbereitschaft verstärken wird.«
»Wie bitte?«
Botschafter Dang drückte auf einen Knopf an seiner Sprechanlage. »Die Ernennung eines Verbindungsoffiziers, um Sie und die Polizei beim Schutz unseres Fußballteams zu unterstützen.«
»Eines Verbindungsoffiziers?«
»Einer Person, die mit Ihnen zusammenarbeitet und mit uns koordiniert.«

»Ich weiß Verstärkung zu schätzen«, log Kiet.
»Sie ist tüchtig und voll Einsatzbereitschaft, Superintendent Kiet.«
»Wieso eine Sie?«
»Madame Mai Le Trung ist zum erstenmal in Luong. Sie ist mein Kulturattaché, doch ihre Erfahrungen sind vielfältig. Sie kämpfte gegen die Yankees und die Marionetten des Thieu-Regimes. Ihr Mann war Regimentskommandeur und starb in Hue während der Tet-Offensive von 1968.«
Kiet holte tief Luft. Im Geist sah er ein zähes Biest vor sich, eine Schärpe über dem schwarzen Pyjama. »Großartige Zeugnisse«, sagte er.
Die Tür hinter ihm öffnete sich. Kiet und Dang erhoben sich. Eine Frau trat ein und verneigte sich leicht. Sie trug das traditionelle Kostüm der Vietnamesinnen, eine seidene Tunika, die über Hose und Bluse floß. Ihr Haar war im Nacken zusammengehalten und reichte bis zur Taille. Kiet bezweifelte, daß es geschnitten worden war, seit nordvietnamesische Tanks 1975 in Saigon eingefahren waren. Ihr Gesicht war angespannt, aber nicht im geringsten zäh. Die Augen standen weit auseinander, die Gesichtszüge waren sehr fein. Ihre Brust war für eine Asiatin ungewöhnlich kräftig. Sie mußte über vierzig sein, wirkte aber jünger. Obwohl sie ruhig und respektvoll dastand, strahlte sie Energie und robuste Gesundheit aus. Die Frau war schön.
»Polizeisuperintendent Bansam Kiet, darf ich Sie mit Madame Mai Le Trung bekannt machen?«
Ihr Handschlag war fest und doch feminin. »Ich freue mich, mit Ihnen zusammenzuarbeiten, Superintendent«, sagte sie. »Ich weiß, ich werde viel über die Sicherheitsmaßnahmen der Polizei lernen.«
»Abgesehen von den anderen Pflichten, über die Sie sich sicher einig werden, kann Madame Mai auch als Ihre Dolmetscherin dienen«, erklärte Dang. »Ihre melodische Stimme sollte Ihnen verraten haben, daß sie fließend luonganisch spricht.«
»Eine willkommene Ergänzung unserer Sicherheitsmannschaft«, sagte Kiet zu beiden.

»Darf ich Sie aufsuchen, um alles Nähere zu besprechen?« fragte Mai Kiet.
»Hm, selbstverständlich.«
»Gut«, sagte Dang, zündete sich eine neue Salem an und wandte sich einem Stoß Papiere zu. »Die Einzelheiten überlasse ich Ihnen, so außergewöhnlichen Menschen. Ihre Beweglichkeit hat eine große Last von meinen Schultern genommen, Kiet.«
Kiet ging wie benommen hinaus. Das Gefühl des Schwindels war verschwunden. Jetzt hatte er Kopfweh. Er setzte sich in den Wagen, um nachzudenken.
Dang hatte ihn eingewickelt. Seine hetzerischen Reden hatten Kiet veranlaßt, mit einer scharfen Anspielung auf seine bolschewistischen Herren zurückzuschlagen. Dang hatte seine Falle aufgestellt. Er gab einen Fehler in seinem sozialistischen Paradies zu und verglich ihn mit denen in Luong. Kiets politisches Bewußtsein hatte diese alarmierende Ähnlichkeit aufgedeckt. Dang hatte Gesicht verloren.
Kiet konnte Dangs Vorschlag für einen »Verbindungsoffizier« nicht ablehnen. Es hätte die Beleidigung von vorher nur unterstrichen. Und den Vorschlag ablehnen, angesichts seiner Logik, würde Dickköpfigkeit verraten, wenn nicht Dummheit. Kiet hätte an Gesicht verloren.
Er ließ den Motor an und lächelte. Dieser Dang. Vielleicht war das runde Kerlchen nie unter einem Stacheldraht durchgekrochen, um jemandem die Kehle aufzuschlitzen, aber er war verschlagen, wie nur ein fanatischer Guerilla es sein konnte. Nach Kiets Meinung waren Diplomatie und Klugheit ein und dasselbe. Botschafter Dang gehörte doch dazu!

5

Kiet schluckte ein Aspirin und fuhr zu »Unbekanntes Asien«. Dang und seine Logik eines Diplomaten hatten ihm Kopfweh gemacht. Vielleicht würden eine Tablette und die Logik des Kriminalbeamten eine Besserung bewirken. »Unbekanntes Asien« war die ins Auge fallende Variable in diesem Durcheinander, vielleicht sogar der gemeinsame Nenner. Noch nie zuvor hatte der goldene Pfau sein Gefieder aufgeplustert und war aus dem Nationalmuseum davongeflogen. Erst jetzt hatte er es getan, da alle Welt so scharf auf Touristen war. Also bestand hier ein Zusammenhang, wenn auch die Logik etwas schütter war. Kiet tat sich selber mächtig leid.

Das Touristenunternehmen und seine Fernsehstation waren in einem Laden untergebracht, den man von dem Unternehmen Vai-Tuoi-Elektrogeneratoren erworben hatte. Vai Tuoi, der Gründer, hatte seit Mitte der zwanziger Jahre Generatoren repariert und überholt. Die Firma gedieh unter Tuois Söhnen und den Söhnen seiner Söhne. Doch die Söhne der Söhne und ihre Frauen waren unerklärlicherweise unfruchtbar. In zehn oder fünfzehn Jahren würde das Familienunternehmen erlöschen wie die Familie selbst. Diese Aussicht war demütigend. Jedenfalls hatten die Käufer einen großzügigen Preis bezahlt, angezogen von dem vielen Platz und den guten elektrischen Leitungen.

Die Örtlichkeiten lagen am Mu Pakse, einen Block östlich des *Continental.* Das bescheidene Holzschild mit der Aufschrift VAI TUOI über der Tür war durch eine Neonschrift ersetzt worden: UA-KANAL 7 TV LUONG. Verputz und Fensterrahmen waren in grellem Gelb und Grün gestrichen. Captain Binh hatte den neuen Anstrich als schick und modern gelobt. Bansam Kiet war weniger begeistert, seiner Meinung nach paßten lebhafte Farben zu Vögeln, aber nicht zu einem solchen Unternehmen.

Drinnen saß und stand ein Dutzend amerikanischer und japanischer Touristen herum. Die meisten studierten Pläne und Broschüren, ein paar warteten am Informationsschalter. Keiner machte ein fröhliches Gesicht. Die Angestellte hinter dem Schalter sagte gerade zu einem Mann, daß sie für den Ausflug zur Nationalversammlung etwas anderes finden würde. Der Mann verzog das Gesicht, als sei ihm ein schlechter Geruch in die Nase gestiegen.

Die Angestellte war eine anmutige Frau namens Lin Aidit.

Fünf oder sechs Jahre lang hatte sie im Touristikministerium gearbeitet. Kiet kannte sie aus den Tagen, da die Mehrzahl der Kunden Reisende gewesen waren, die in Hickorn festsaßen, weil ihr Flug abgesagt worden war oder verzögert wurde. Auf ihrem Gesicht lag ein gequälter Ausdruck. Unglücklicherweise hatte ihre Uniform das gleiche Gelb und Grün wie die Wände und Fensterrahmen draußen.

»Superintendent Kiet«, rief sie und seufzte. »Haben Sie schon die Sache mit dem Nationalmuseum gehört?«

»Was denn?«

»Es ist wegen Reparaturen geschlossen.«

»Ja. Die Wasserleitungen tropfen. Die Böden sind überschwemmt.«

Sie zog die Brauen hoch. »Wasserleitungen? Dr. Chi informierte mich, daß die Ratten Elektrokabel durchgebissen hätten.«

»Hm, das auch, ja. Eine kaputte Wasserleitung hat sie freßgierig gemacht. Es wird Tage dauern, bis der Schaden behoben ist.«

Sie wartete, bis ihr unzufriedener Kunde sich gesetzt hatte, dann sagte sie: »Ich muß für diese Gruppe für morgen etwas erfinden, das sie unternehmen können. Die Nationalversammlung ist so langweilig. Sie debattieren stundenlang wegen nichts und wieder nichts, aber mir fällt auf die Schnelle nichts anderes ein.«

»Unser parlamentarisches System kann faszinierend sein«, erklärte Kiet ohne Überzeugung.

»Könnte ich Sie für eine Minute allein sprechen, Superintendent?« Lin Aidit öffnete eine Schwingtür neben der Theke und führte Kiet in einen verglasten kleinen Raum. Dort flüsterte sie. »Ein schreckliches Gerücht geht um.«

»Was für ein Gerücht?«

»Daß der goldene Pfau gestohlen wurde. Das kann doch nicht wahr sein!«

Kiet vermied, sie anzusehen, und lächelte gezwungen. »Wo in aller Welt haben Sie diese verrückte Geschichte gehört, Lin?«

»Unten, an der Ecke. Ich habe Kuchen gekauft, und der Verkäufer hat es mir erzählt.«
Hickorns Klatschtelegraph, dachte Kiet. Fliegende Händler, Bettler, Barkeeper, Verkäufer der Imbißbuden, Zuhälter, Geldwechsler, Radtaxifahrer – jeder Leckerbissen, der an der Spitze der Pyramide entstand, ob wahr oder nicht, fiel sofort zum Boden hinunter und sickerte von dort nach oben, eine Osmose, die es nur in Hickorn gab.
»Der Mann ist verrückt«, sagte Kiet.
»Bin ich froh! Die üblichen Buchungen haben sich vervierfacht. Sie kommen alle wegen Savhanakip. Ich bin erleichtert, daß es keine Probleme gibt.«
Kiet wedelte mit der Hand, als wolle er ein Stäubchen entfernen. Er hoffte, daß diese Geste einigermaßen ehrlich wirkte. »Keine Schwierigkeiten, nein. Der Pfau ist sicher vor Überschwemmung, Ratten und Einbrechern.«
»Ich bin wirklich erleichtert. Ich muß gestehen, Superintendent, daß ich Angst hatte, Sie würden eine schlechte Nachricht bringen.«
»Polizeibeamte müssen nicht unbedingt schlechte Nachrichten überbringen.«
»Aber soviel ich weiß, sind Sie noch nie in ›Unbekanntes Asien‹ gewesen. Man sagte, daß Sie das Fernsehen ablehnen und auch die touristische Expansion.«
»Man?«
»Binh ist ein Freund von mir«, erklärte Lin Aidit und errötete.
Kiet war nicht erstaunt. Captain Binh hatte eine beneidenswert große Schar von Freundinnen. »Ich bin aus Neugierde hier. Ich kenne die technischen Einzelheiten einer Fernsehübertragung noch nicht. Binh sagt, ich widersetzte mich dem Fortschritt. Ich bemühe mich, ihn Lügen zu strafen.«
»Es wird mir ein Vergnügen sein, Superintendent. Erlauben Sie?« sagte Lin Aidit und führte Kiet durch eine Tür in einen Raum, in dem es unglaublich heiß war. Drei Techniker saßen vor einer elektronischen Anlage und bedienten Knöpfe und Schalter. Sie trugen nur Shorts und Sandalen. Neben der Anlage standen zwei mannshohe Kameras auf Fahrge-

stellen mit Laufrollen. Die Kameras schienen nicht in Betrieb zu sein, die Kabel waren sorgfältig aufgerollt, ihre Linsen wiesen zueinander.
»Sie schielen«, sagte Kiet, auf sie deutend.
Lin Aidit lachte. »Jetzt, da Sie es sagen, sehe ich es auch. Die Kameras sind noch nicht angeschlossen. Das geschieht erst, wenn die Live-Sendungen anfangen. Ich weiß nicht, wann das sein wird. Wir spielen alte amerikanische Western. Sie sind schon sehr populär geworden.«
»Western«, sagte Kiet. »Cowboys.«
»Mir gefallen sie sehr. Vor allem ›Have Gun, Will Travel‹. Was ist Ihre Lieblingssendung?«
Kiet überhörte die Frage. »Warum ist es hier drin so heiß?«
»Es liegt an den Röhren. Die Anlage ist sehr, sehr alt. Sie wurde gebaut, ehe es Mikrochips und Transistoren gab. Mr. Chipperfield und Mr. Selkirk haben sie von einer öffentlichen Fernsehstation in South Dakota gekauft. Dort wurde modernes Farbfernsehen installiert.«
»Das Neonschild: Kanal 7«, sagte Kiet. »Wo sind bitte die Kanäle eins, zwei, drei, vier, fünf und sechs?«
»Haben Sie keinen Gratisapparat zugestellt bekommen, Superintendent? Ich bin entsetzt, daß man Sie übersehen hat.«
»Doch, doch, ich habe ihn erhalten.«
»Die Fernseher sind für Kanal 2 bis 13 ausgerüstet. Der Sender muß dem Zuschauer eine Zahl nennen, damit er sich ordnungsgemäß einschalten kann.«
»Warum die Sieben?«
»Die Zahl wurde ganz willkürlich gewählt. Dr. Chi schlug sie in einer Sitzung vor. Er sagte, in manchen Kulturen sei die Sieben eine Glückszahl.«
»Interessant und aufschlußreich«, meinte Kiet, während er sich mit dem Taschentuch über die Stirn fuhr. »Wie geht es Ihnen, Lin? Ganz allgemein?«
»Viel zu tun«, antwortete sie mit einem Seufzer. »Ich mache die Büroarbeit und auch Führungen. In den alten Zeiten war es nicht so aufregend.«
Kiet hörte Sarkasmus aus ihrer Bemerkung heraus. »Küm-

mern sich Mr. Selkirk und Mr. Chipperfield nicht persönlich um die ganze Sache?«

»Ha!« Es klang sehr scharf. »Wenn der eine oder andere in der Stadt ist, kommt er her und sagt mir, daß ich dies oder das tun soll. Dann verschwindet er wieder. Auf diese Art und Weise kümmern sie sich um das ganze Unternehmen!«

»Wie ich gehört habe, sind sie nur selten in Hickorn.«

»Sehr, sehr selten. Beide gleichzeitig, ha, das ist selten, höchst selten! Gestern *und* heute hatte ich das Vergnügen, *beide* zu sehen. Seit Wochen zum erstenmal. Ich kann Ihnen gar nicht sagen, wie aufregend es ist, von beiden gleichzeitig Ratschläge und Befehle zu bekommen.«

»Ich würde die beiden gern kennenlernen.«

»Gehen Sie ins *Continental,* vielleicht finden Sie sie dort.«

»Steigen sie dort ab?«

»Wo sonst?« erwiderte Lin wütend. »Ich werde sie später sehen, davon bin ich überzeugt. Sie trinken was im *Terrasse* und denken sich noch mehr herrliche Ratschläge für mich aus.«

»Ja, wo sollten sie sonst auch wohnen«, sagte Kiet. »Ich bedauere, daß ich Ihnen Ihre Arbeitslast nicht erleichtern kann. Gibt es noch andere Dinge, bei denen meine Behörde behilflich sein könnte?«

»Nein. Ein kleiner Teil meiner Touristen hat verrückte Wünsche und jammert, aber im allgemeinen benehmen sie sich. Ach ja, ich ... nein ...«

»Was denn?«

»Haben Sie Einfluß auf das Postamt?«

»Bedauerlicherweise nein. Gibt es Beschwerden?«

»Ja. Unsere Gäste schicken am Ankunftstag Postkarten ab, die erst nach Wochen, nachdem sie wieder zu Hause sind, eintreffen. In den meisten Beschwerdebriefen geht es um verzögerte Zustellungen.«

Kiet nickte verständnisvoll. Der Postdienst von Luong entstand Anfang des Jahrhunderts und war schon damals ein Spiegelbild der Bürokratie des Mandarins. Die Franzosen fügten noch weitere Schichten von Aufsichtsbeamten und Angestellten hinzu. Nach der Unabhängigkeit handelten die

Postdirektoren weiter in diesem Geist und versorgten jeden unbeschäftigten Freund und Verwandten mit einem Posten, der einen Stempel schwingen und eine Postsache entgegennehmen konnte. Es hieß, daß ein Brief, der in einem Hotel im Stadtzentrum aufgegeben wurde, so lange bis zu einem von Hickorn abfliegenden Flugzeug brauchte wie ein Fußgänger, der den Brief persönlich nach Grönland brachte.
»Tut mir leid«, meinte Kiet, mit den Schultern zuckend, »ich kann niemanden wegen Unfähigkeit verhaften.«
Lin Aidit lächelte ein müdes Lächeln. »Kein Wunder für mich bei *der* Post, Superintendent? Vielleicht haben Sie für diese Gruppe einen besseren Vorschlag, als die Nationalversammlung zu besuchen?«
Kiet klopfte sich auf den Bauch. »Füttern Sie sie! Alle Leute essen gern. Wie wär's mit dem *Luong Burgers*?«
Lin Aidit verzog das Gesicht. »Huch!«

6

Kiet verließ »Unbekanntes Asien« und das Fernsehstudio und stellte fest, daß die Temperatur draußen auch nicht erfrischender war. Ein paar Grad über dreißig, das war großartig, aber an die vierzig und mehr – nein, danke. Es war spät am Nachmittag, und sein Magen knurrte. Die Stärke und das Fett des Cheeseburgers Deluxe, die Pommes frites und der Milkshake mit seltenem tropischen Fruchtgeschmack hatten nicht lange vorgehalten. Keine Substanz in der westlichen Küche, fand Kiet. Man ißt, und ehe man's merkt, ist man schon wieder hungrig.
Die Siestazeit näherte sich allmählich dem Ende. In einer Stunde würden Straßen und Bürgersteige wieder voll von Käufern und Verkäufern sein, die lärmend über die Preise stritten von Gemüse, Fleisch, Juwelen, Küchengeräten und Kleidung. Voll von Fahrrädern, Radtaxis und Automobilen, die einander in großer Unbekümmertheit in Gefahr brachten. Voll von Fußgängern, die herumschnüffelten, aßen und

tranken, Liebhaber suchten, mit Freunden schwatzten und mit Fremden, die stahlen und auf der Suche nach einem Mittel gegen die Langeweile herumwanderten. Im Augenblick allerdings war Hickorn wie ausgestorben.

Zur Siestazeit eilte jeder, der ein bißchen Verstand hatte, ins Haus, um der Hitze zu entfliehen. Bansam Kiet und seine Leute taten das nicht, konnten es nicht. Die Verbrecher würden die Schläfrigkeit der Stadt ausnützen und sich wie Plünderer bei einer Katastrophe benehmen.

Kiet betrachtete die Hitzewellen, die die Luft über dem Dach seines Citroëns bewegten, und beschloß, zu Fuß zu gehen. Das *Continental* war nur eineinhalb Block entfernt, aber die Sonne schien mörderisch vom Himmel, und die Schatten auf dem Pflaster strahlten eine sengende Hitze aus. Er hatte die Wahl, zu rösten oder zu braten.

Innerlich verfluchte Kiet die Ironie der Tatsache, daß der Verkehr von Hickorn nur sicher war, wenn das Autofahren unmöglich war. Wenn man zur Siestastunde im Auto saß, verschmolz die Polsterung mit der Haut. Er ging schnell und hielt sich dabei das schweißnasse Taschentuch auf den Kopf, um seinen Schädel, auf dem die Haare schon dünner wurden, zu schützen. Er war müde und hungrig. Zu hohe Temperaturen machten ihn mürrisch, aber sie hatten keine Auswirkung auf seinen Appetit.

Das *Continental* von Hickorn war Luongs bestes Hotel. Vor sechzig Jahren von den Franzosen erbaut und immer noch im Besitz ihrer abwesenden Nachkömmlinge, rühmte es sich einer »schläfrig kolonialen Atmosphäre«, wie es in den Werbebroschüren hieß. Das Erdgeschoß war nach allen Seiten offen und nur mit Säulen bestückt, die drei Etagen von Gästezimmern trugen. Dies war das *Terrasse*, ein Restaurant mit Bar, und ein Treffpunkt der Ruchlosen. Während all der Jahre hatten Generationen von Träumern und Prostituierten flüsternd ihren Handel abgeschlossen, dabei einen Aperitif getrunken und in zwanzig Sprachen gelogen. Manchmal fragte sich Kiet launisch, ob Galileo Galilei darauf beharrt haben würde, daß die Erde nicht das Zentrum des Universums sei, wenn er das *Terrasse* gekannt hätte.

Kiet hatte keine Mühe, einen freien Tisch unter einem Dekkenventilator zu finden. Vier von fünf Tischen waren leer. Er warf sich in einen Stuhl. Sein Interesse an abgenutzten historischen Spekulationen war heute gering. Was er brauchte, waren etwas zu essen und zu trinken und Informationen.
Er betrachtete die Speisenkarte. Sie war neu. Sie sah nicht richtig aus. Sie fühlte sich auch nicht richtig an. Das Papier war mit durchsichtigem Plastik bezogen, die Vorderseite in dem verdammten grellen Gelb und Grün von »Unbekanntes Asien« gedruckt. Er blätterte bis zur Sparte Geflügel. Wegen der Hitze wollte er heute etwas Leichteres essen als die üblichen gebratenen Shrimps. Er las das Angebot und stöhnte.
Ein Kellner erschien und goß ein Glas Eiswasser ein.
»Hallo!« sagte er strahlend. »Mein Name ist Tho. Ich werde Sie heute bedienen.«
Kiet musterte ihn. Das angesteckte Namensschildchen bestätigte, daß er tatsächlich Tho hieß. Er trug schwarze Hosen, ein weißes Hemd mit einer schwarzen Fliege und eine rote Weste. Gewöhnlich waren die Kellner des *Terrasse* zwanglos gekleidet und hielten sich in angemessener Entfernung zu den Gästen. Wer war dieser aggressive junge Mann, der ihm praktisch auf dem Schoß saß?
»Darf ich Ihnen das Rindsmedaillon empfehlen? Unser Küchenchef hat es aus den besonders zarten Hinterläufen herausgeschnitten und wird es nach Ihren Wünschen . . .«
»Nein, danke, Tho. Ein Golden Tiger für den Anfang, bitte.«
Tho behielt seine strahlende Miene bei, sagte: »Ja, Sir!« und eilte davon, um das Bier zu bringen. Kiet entdeckte den Hotelmanager, Gaston LaCroix, und winkte ihm.
LaCroix kam herüber und sagte mit einem nervösen Lächeln: »Was für eine schöne Überraschung, Superintendent!«
»Setzen Sie sich zu mir, LaCroix, wir haben etwas zu bereden.«
LaCroix war ein Überbleibsel aus der alten Zeit, ein freiwillig im Exil Lebender, der noch für den letzten französischen Generalgouverneur gearbeitet und dann eine luonganische

Frau geheiratet hatte. Nach der Unabhängigkeit war er einfach geblieben. Er war blaß und dünn und trug immer einen weißen Anzug. Wegen dieser Kostümierung fand Kiet, daß LaCroix das ausgemergelte Ebenbild seines Lieblingswesternhelden Sidney Greenstreet sei.
Kiet klopfte auf die Speisenkarte. »Wo bitte ist das geröstete Täubchen geblieben?«
»Ich war gezwungen, es zu eliminieren, Superintendent. Eines Abends wurde es deswegen einer Touristin übel.«
»War die Taube schlecht?«
»Nein. Sie war frisch und herrlich zubereitet«, erwiderte LaCroix. »Wir servierten wie immer den ganzen Vogel.«
»Wie könnte man ihn sonst servieren?«
»Das ist es ja, was ich mir nicht erklären kann. Sie behauptete, der Anblick des Halses und des Kopfes verursachte ihr Übelkeit. Sie behauptete, die Augen starrten sie an. Sie erbrach sich über ihren Dior-Hosenanzug. Können Sie sich die Auswirkungen auf den abendlichen Kundenandrang vorstellen? Können Sie sich vorstellen, wieviel Gesicht mein Küchenchef verloren hat? Diese mäklerischen Touristen, ich weiß nicht, worüber sie sich als nächstes beschweren werden. Die Fischgerichte servieren wir jetzt auch immer ohne Kopf, eben wegen dieses Vorfalls.«
»Und diese Ersatzkost«, sagte Kiet. »Haut- und knochenlose Hühnerbrüstchen, gedünstet, mit sonderbaren Saucen.«
LaCroix warf die knochigen Hände in die Luft. »Sonderbare Saucen für sonderbaren Geschmack, Superintendent. Ich muß gefrorene Brüste importieren. Die Hühner, die in Luong gedeihen, haben zu kleine Brüste, sie genügen nicht.«
Kiet schloß die Speisenkarte. »Ich nehme die mit den Oregon-Himbeeren. Was immer Oregon-Himbeeren sein mögen.«
»Das Gericht wird eine freudige Überraschung sein, Superintendent. Mein Küchenchef hat sich sehr kreativ angepaßt, obwohl er seit Tagen nicht mehr mit mir spricht.«
Tho, Kiets Kellner, kehrte mit einem kühlen Golden Tiger zurück. LaCroix bellte Kiets Bestellung und schnippte mit

dem Finger. Tho sprintete zur Küche. »Sie verlangen auch hyperaktive Kellner«, sagte LaCroix entschuldigend.
Der Deckenventilator schaufelte mit trägen Schlägen die Luft um und sorgte nicht einmal für psychologische Erleichterung. Kiet trank die halbe Flasche. Danach fühlte er sich besser, ein wenig besser. »LaCroix«, sagte er, »abgesehen vom Essen . . .«
»Das Gerücht – ja. Stimmt es?«
»Nein.«
»Können Sie Gedanken lesen, Superintendent? Der goldene –«
»Nein. Achten Sie nicht auf Klatsch und Gerüchte, außer auf die, die Sie an mich weitergeben sollen. Sie haben einen Hotelgast namens Selkirk und einen Hotelgast namens Chipperfield.«
»Außergewöhnliche Leute«, antwortete LaCroix und saugte an seinen gelben Zähnen. »Eigentlich sind sie daran schuld, daß es jetzt nur noch ein Zerrbild der gerösteten Taube gibt, aber ich will nicht kritisieren. Die Wohltaten von ›Unbekanntes Asien‹ überwiegen bei weitem kleine Anpassungen an den Geschmack unserer Gäste.«
»Und die Gäste werden immer mehr.«
LaCroix zeigte seine Porzellanzähne. »Ich habe kein freies Bett. Ich bin Wochen im voraus ausgebucht. Die Fernseher – eine phantastische Ergänzung. Zur Siestazeit können sich meine Gäste in ihr Zimmer zurückziehen, und wenn sie nicht schlafen oder Liebe machen, können sie sich in ein aufregendes Stück amerikanischer Grenzgeschichte einschalten.«
LaCroix blickte auf seine Armbanduhr. »Wie es das Timing will, Superintendent, ›The Rifleman‹ beginnt in sieben Minuten. Dieser Mann und sein Trickgewehr und sein Sohn, wie die mit den Gangstern fertig werden! Gefällt Ihnen die Serie?«
»Ja. Eine großartige Show. Ich will Sie auch nicht länger aufhalten. Nur zwei Bitten. Beschreiben Sie Mr. Selkirk und Mr. Chipperfield. Ich muß mit ihnen sprechen. Und wenn es die Umstände erlauben, beobachten Sie diese außergewöhn-

lichen Leute, und berichten Sie mir über Verdächtiges, nur mir allein!«
»Aber, Superintendent, die Privatsphäre meiner Gäste ist unantastbar. Ich spioniere nicht.«
Kiet trank sein Golden Tiger in einem tiefen Zug aus. »Wissen Ihre Buchhalter in Paris, daß Ihre geschenkten Fernseher Münzautomatik haben? Und wie steht es mit der Versteuerung der Münzen? Ich weiß, ich bin zu neugierig, aber ich kann nichts dafür. Bei Kriminalbeamten wie mir ist das zwanghaft.«
LaCroix wand sich. Tho, Kiets Kellner, kam und brachte ein neues Bier. Kiet trank und starrte den Franzosen an. Sie spielten dieses Spiel seit Jahren. In den dreizehn Jahren, die Kiet Superintendent war, hatte er nicht einmal etwas über LaCroixs ständige Unterschlagungen verlauten lassen oder darüber, daß *Terrasse*-Besucherinnen, junge Schönheiten in geschlitzten Suzy-Wong-Kleidern, sich zwischen Bar und ihrem Tisch verliefen und in ihrer Verwirrung die Treppe hinaufgingen, ein oder zwei Minuten ehe ihnen ihr männlicher Begleiter folgte.
Kiets Kurzsichtigkeit hatte LaCroix nie Geld gekostet. Der Preis waren Informationen. Kiet stellte nicht oft eine Rechnung, doch wenn, dann mußte sofort bezahlt werden. »Sie haben die besten Augen und Ohren von Hickorn, Monsieur«, sagte er.
»Was ist denn verdächtig?«
»Ich weiß es nicht, LaCroix, aber Sie werden es wissen. Die Personenbeschreibung, bitte.«
»Sehen Sie doch selbst.« LaCroixs Hand schoß vor und zeigte auf einen Tisch an der Seite zur Rue Ho Chi Minh.
Zwei Weiße mittleren Alters saßen dort, vor ihnen ein Krug mit einer klaren Flüssigkeit. Sie tranken aus Stielgläsern.
»Die sind es?«
LaCroixs Augen hingen an seiner Armbanduhr. »Ja. Sie sind Fürsten, Superintendent. Ich kenne den Grund für Ihr Interesse nicht und erzähle Ihnen nicht gern, wie Sie Ihren Job tun sollten, aber Ihre Bitte, diesen Herren nachzuspionieren, ist, glaube ich, eine reine Vergeudung Ihrer kostbaren Zeit.«

»Danke, daß Sie mir keine Predigt halten«, sagte Kiet. »Und denken Sie an die Affen, LaCroix. Sieh Übles, hör Übles, sprich Übles! Aber sprechen Sie nur zu mir, zu niemandem sonst!«
»Ist es denn nicht umgekehrt richtig, Superintendent?«
»Das Fernsehen wartet, LaCroix.«
LaCroix stand auf, wünschte Kiet guten Appetit und eilte mit abgehackten arthritischen Schritten zu seinen Cowboys. Tho erschien sofort mit einem Teller mit warmem Essen. Kiet schmeckte es, obwohl Huhn, Reis und Gemüse eine Spur zu mild und zu weich waren. Nic Sau verbesserte die Neutralität des Huhns. Der Überzug aus Himbeeren war erstaunlich schmackhaft.
Während Kiet aß, beobachtete er Chipperfield und Selkirk, die sich gedämpft unterhielten. Die beiden Männer glichen Kiet in Größe und Umfang, nach amerikanischen Maßstäben durchschnittlich gebaut, nach luonganesischen waren sie groß und robust. Er schätzte, daß sie im Alter ein paar Jahre auseinander waren, so Anfang oder Mitte Vierzig. Der eine hatte einen Schopf kleinlockiger grauer Haare. Seine Haut war dunkel gebräunt, ein Beweis für die seltsame Sucht des Westens, sich absichtlich der Sonne auszusetzen. Der andere hatte rötliches, strähniges Haar, es war lang und nach hinten gekämmt. Seine Gesichtsfarbe war ebenfalls rötlich, ein Beweis, daß er sich ausdauernd alkoholischen Getränken aussetzte. Der Grauhaarige war konventionell gekleidet und trug dunkle Hosen und ein weißes Hemd. Der Rothaarige pflegte die Mode, die sehr wohl von Außerirdischen hätte stammen können: braun und weiß karierte Hosen, weißes Hemd mit kühnen grünen Streifen, weißer Lackledergürtel, weiße Lackschuhe.
Kiet aß zu Ende, bestellte ein drittes Golden Tiger und zahlte. Dann ging er zu den außergewöhnlichen Leuten hinüber und stellte sich vor.
Der Grauhaarige stand auf und schüttelte ihm heftig die Hand. »Alvin Selkirk«, sagte er, und natürlich ließ er den Spitznamen Ambulance Al weg. »Sie sind der Polizeichef? Ich habe Ihren Namen schon gehört. Ist mir ein Vergnügen.«

»Ich bin Polizeisuperintendent«, sagte Kiet.
»Chick Chipperfield«, sagte der Rothaarige, der sich nicht die Mühe machte, aufzustehen. »Laden Sie ab!«
Kiet interpretierte diese Worte als eine Aufforderung, sich zu setzen, und gehorchte. Chipperfield hob den Krug und fragte: »Wie wär's mit einem Martini? Er ist trockener als eine Nonne – na, Sie wissen schon. Ihr Amber Death zernagt die Eingeweide.«
Nach Kiets Ansicht war das Golden Tiger so samtig und glatt, wie ein Bier nur sein konnte. Warum es die Leute aus dem Westen »hellbraunen Tod« getauft hatten, blieb ihm ein Rätsel.
»Jeder hat seinen Geschmack«, bemerkte Chipperfield achselzuckend. »Okay, in Ordnung.«
»Ich habe mich in den Staaten auch mit Strafrecht beschäftigt«, sagte Selkirk. »Meine Beziehungen zur Polizei waren vor allem geschäftlicher Art. Ich kann ihre Privatbesuche an einer Hand abzählen.«
Auch die luonganesischen Anwälte hatten die ärgerliche Kunst des Aushorchens, ohne direkte Fragen zu stellen, vervollkommnet, dachte Kiet. Laut sagte er: »Ob dies ein Privatbesuch ist, hängt von der Entwicklung unseres Gesprächs ab. Privat zu privat – ja. Privat zu nicht privat – nein.«
Chipperfield blinzelte. »Gerissen! Gefällt mir!«
Selkirk wedelte mit seinem vorne halb zugeknöpften Hemd, um sich etwas Kühlung zuzufächeln. »Abgesehen davon, daß es hier heißer ist als im Hades, ist die Lage für ein Verhör gar nicht schlecht.«
»Nur ein paar Routinefragen. Bitte sagen Sie mir, was Sie in den letzten vierundzwanzig Stunden getan haben und wo Sie gewesen sind.«
»Okay, in Ordnung. Wir sind im Reisegeschäft«, antwortete Chipperfield. »Zeitpläne sind uns zur zweiten Natur geworden. Warten Sie mal. Gestern mittag kamen wir aus Bangkok an, ich und mein treuer Gefährte *Kemo Sabey.* Haben einen kleinen Lunch zu uns genommen, trafen den Knaben Ridsa. Fuhren zum Geschäft. Das ist ›Unbekanntes Asien‹.

Abendessen, was getrunken, Schlafenszeit. Auf mit den Hähnen, erforschten verschiedene Ausflugsmöglichkeiten. Der Ma San River ist wie ein Eimer voll warmer Pisse. Wir spielen mit dem Gedanken an Gondeln. Zurück zum Laden ›Unbekanntes Asien‹. Machten der Angestellten Beine. Sahen uns ein paar Zahlen an. Ein kurzes Schläfchen. Jetzt sind wir hier.«

Chipperfields Schnellfeuerslang hätte Captain Binhs Dolmetscherfähigkeiten auf eine harte Probe gestellt, dachte Kiet. Aber das Hauptthema schien Unschuld zu sein. »Ein voller Zeitplan, ökonomisch kurz dargestellt«, sagte er.

»Der Wagen spielt dabei eine große Rolle. Wir reisen sehr stilvoll und kommen dabei doch schnell vorwärts«, erklärte Chipperfield. »Der Verkehr in Ihrem Hickorn ist wie ein chinesisches Feuerwerk, aber wenn sie unseren Wagen sehen, teilt er sich wie das Rote Meer. Ich kenne mich mit Autos aus. Ich war mal Autoverkäufer. So eine japanische Blechmühle, wie sie heute vom Band rollen, möchte ich nicht mal geschenkt. Unser Gelber – das ist noch ordentliches Material!«

Kiet blickte an einer Säule vorbei zu dem Chrysler Imperial 1962, der einen Block nördlich geparkt war. Er brauchte zwei Parkplätze und noch den größeren Teil eines dritten. Das Chrom und der senffarbene Lack blitzten. Ein Rennen um den Wagen könnte zu einem olympischen Ereignis werden, dachte Kiet. »Da Sie mit solch halsbrecherischer Geschwindigkeit fuhren«, sagte Kiet dann laut, »haben Sie vielleicht vergessen, einen Halt zu erwähnen, eine Fußnote in Ihrem vollen Zeitplan.«

»Wo hätten wir nicht sein sollen, Superintendent? Wo, behaupten Sie, hätten wir noch sein sollen?« antwortete Selkirk rasch. »Läuft Ihre Bemerkung nicht darauf hinaus?«

»Im Nationalmuseum«, war Kiet versucht zu sagen, doch dann erkannte er, daß dies gar nicht nötig war. »Waren Sie denn an einem Ort, wo Sie nicht hätten sein sollen?«

»Da müssen Sie mir schon verraten, wo das sein soll, Superintendent«, antwortete Selkirk. »Wir haben nicht die geringste Ahnung, nicht wahr, Chick?«

»Hm, hm. Keine Ahnung.«
Das Gerücht über den goldenen Pfau war zweifellos inzwischen bis zu jedem Bürger von Hickorn gedrungen, der nicht auf der Intensivstation lag oder als Asche in einer Urne steckte, doch diese beiden außergewöhnlichen Leute hatten es nicht erwähnt. Noch hatten sie die Schließung des Nationalmuseums bedauert, für »Unbekanntes Asien« eine höchst unangenehme Sache. Sie wußten also Bescheid.
»Wenn Sie nicht wissen, wo Sie hätten sein müssen«, sagte Kiet, »heißt das, daß Sie nicht dort waren.«
»Eben«, meinte Selkirk. »Eben.«
Chipperfield sah Kiet an und sagte: »Wissen Sie, Ihr Kerle seid doch alle undurchschaubar.«

7

Kiet kürzte sein Gespräch mit Chipperfield und Selkirk ab und fuhr nach Hause. Das Paar war so unschuldig wie eine Jungfrau. Aber Kiet hatte eines seiner Ziele erreicht – er hatte Verdacht gesät. Er war der Überzeugung, daß, gleichgültig, wie vage und unbegründet ein Verdacht auch war, schon der Geist des Polizeibeamten, der einem über die Schulter sah, Angst erzeugte und zu unbedachtem Verhalten führte. Im Präsidium vorbeizuschauen war ebenfalls sinnlos. Wenn Binh etwas erreicht hätte, würde er versucht haben, Kiet zu finden.
Bansam Kiet wohnte in einem bescheidenen Haus mit vier Zimmern. Nach den Maßstäben von Hickorn war es ansehnlich, aber kein Gegenstand des Neids für reiche Luonganer und Fremde, die im internationalen Viertel lebten. Der kleine Garten war mit einer von Eisenspitzen gekrönten Betonmauer umgeben, die der Erbauer des Hauses, ein paranoischer Franzose im Kolonialdienst, hatte errichten lassen. Und wegen dieser Mauer wurde das Haus großzügig als Villa bezeichnet.
Kiet wohnte dort allein, seit Tien, seine Frau, die er sehr ge-

liebt hatte, 1966 bei der Choleraepidemie umgekommen war.

Allein bis auf einen streunenden Kater, der ihn vor ein paar Jahren als Herrn ausgesucht hatte. Als Kiet eintrat, lag das gutgenährte Tier schlafend auf dem Fernseherkarton. Die Katze war verzogen, arrogant und reagierte auf Zuneigung nur, wenn sie hungrig war. Sie behandelte ihren Herrn wie einen untüchtigen Diener. Kiet bestrafte die egoistische Gleichgültigkeit des Katers, indem er ihm keinen Namen gab.

»Runter da! Runter! Friß mal schön auf!« sagte Kiet und setzte den Kater neben den Futternapf. »Man hackt auf mir herum, weil ich den Fortschritt nicht mag. Ich werde beweisen, daß ich genauso fortschrittlich bin wie jeder andere Dummkopf. Ich werde das Wunder des Fernsehens erleben.«

Der Kater schnüffelte am Freßnapf und sah Kiet fragend an.

»Essensreste, von dem, was ich esse«, erklärte Kiet. »Wessen Schuld ist es, daß sie schlecht geworden sind? Und wieso rede ich überhaupt mit dir? Ja, du brauchst es mir gar nicht erst zu sagen. Es ist das Bier! Kein normaler, nüchterner Mensch würde sich mit dir unterhalten.«

Der Kater miaute.

»Schon gut, schon gut.« Kiet kratzte die Essensreste heraus, wusch den Napf mit Wasser aus und goß Milch hinein. »Du brauchst nicht gleich zu schimpfen.«

Der Kater schleckte mit lautem Geräusch die Milch auf, vorübergehend beruhigt.

»Danke, gern geschehen«, sagte Kiet. Er holte den Fernseher aus dem Karton, stellte ihn auf einen Tisch im Wohnzimmer, steckte den Stecker in die Dose, zog die Antenne heraus und drückte auf den »An«-Knopf.

Ein ununterbrochenes kratzendes Geräusch drang aus dem Lautsprecher. Auf dem Bildschirm waren weiße, graue und schwarze Punkte zu sehen, die wie Javapfeffer herumtanzten, den man durcheinanderschüttelte.

Kiets Kopfweh war wieder da. Beim Golden Tiger war der Übergang von leichter Beschwipstheit zum Verkatertsein

ziemlich kurz. Er stöhnte, schwor sich erneut, daß er irgendwann das Trinken tagsüber aufhören würde, und ging zum Kühlschrank, um eine Flasche mit schmerzlinderndem Mittel zu holen. Er kehrte zum Tisch zurück, trank einen tiefen Zug Golden Tiger und erinnerte sich, was Lin Aidit über Dr. Chis Glückszahl gesagt hatte.
Er drückte die Einstelltaste, bis sie auf Nummer sieben stand. Aus dem krächzenden Lärm wurde lateinamerikanische Musik. Der Vorspann rollte gerade ab. Zwei großartige mexikanische Reiter, der eine gutaussehend und heldenhaft, der andere dick und dumm, erledigten innerhalb von dreißig Minuten eine Bande ruchloser Verbrecher. Der gutaussehende und heldenhafte Mexikaner raubte einer Señorita einen keuschen Kuß und stieg aufs Pferd. Der dicke Dummkopf reagierte darauf mit einem »O Ceesco!«
Dann kam ein zweites Rächerduo hervorragender Reiter, ein maskierter Weißer und ein Eingeborener, ein Indianer, der Lederkleidung mit Fransen trug und den Weißen, wie es der Zufall wollte, *Kemo Sabey* nannte, genau wie Chick Chipperfield Ambulance Al Selkirk. Ihre Gegner waren ebenfalls moralisch und physisch unterlegen. Am Ende des Films küßte der weiße Held niemanden. Er und der Eingeborene ritten in den Sonnenuntergang und riefen dabei »Hi-ho Silver, away!«, während ein Einwohner der Siedlung, dem sie das Leben gerettet hatten, ein Erinnerungsstück betrachtete, eine silberne Kugel.
Alle Dialoge wurden von einer einzigen luonganischen Stimme übersetzt, aber die monotone Sprechweise beeinträchtigte die Handlung und die Begeisterung nicht. Kiet gefiel, was er gesehen hatte, ihm gefiel es sogar sehr. Unsoziale Typen erhielten ihre gerechte Strafe und wurden aus der ehrenwerten Gesellschaft entfernt. Niemand wurde getötet oder schwer verletzt. Am schlimmsten zugerichtet wurden die Hände der Verbrecher, denen man die Waffen wegschoß. Die schnelle Lösung und Vergeltung war ungeheuer befriedigend.
Kiet mochte auch das Konzept vom Helden, der für Recht und Ordnung sorgte, und seinem Helfershelfer, obwohl er

Binh und sich selbst nicht so recht mit diesen Typen identifizieren konnte. Binh wäre zu Recht beleidigt, wenn man ihn mit diesem Pancho verglich. Und wegen Cisco hatte Kiet gewisse Vorbehalte. Jeder männliche Einwohner von Hickorn, der mit auffallend bestickten Kleidern herumlief, war ein Homosexueller, und daran war nun mal nicht zu rütteln.
Der »Lone Ranger« entsprach zwar mehr Kiets Ideal, aber auch hier war die Kleidung das Problem. Der konservative Kiet mit seinem Bauch würde niemals so enge Hosen tragen. Der junge Begleiter und Helfer war besser als Pancho und hatte beachtlichen Anteil am Aufdecken des Verbrechens, aber mit seiner mürrischen Passivität stand er in scharfem Gegensatz zum redegewandten und energischen Binh.
Zwei Folgen von »Gunsmoke« kamen als nächstes, eine hinter der anderen. Kiet war so begeistert von dem Star, daß ihn sein Helfershelfer nicht mehr weiter interessierte. Wenn Chesters steifes Bein und sein Jammern Binh störte, dann störte es ihn eben. Dies war sowieso Marshal Matt Dillons Show, eine Show, so rauh und realistisch, weil »The Lone Ranger« und »The Cisco Kid« phantastisch und kindisch waren.
Während Kiets Vorrat an Golden Tiger dahinschwand, nahmen seine Erkenntnisse zu. Die Ähnlichkeiten zwischen Marshal Dillon und ihm waren auffallend. Er und Dillon sprachen leise und neigten zum Nachdenken. Seine Stadt, in gewisser Weise eine Frontstadt, und Matt Dillons Dodge City waren voll kriminalistischer Aktivitäten. Denn wo lag eigentlich der grundlegende Unterschied zwischen Rinderdiebstahl und dem Diebstahl des goldenen Pfaus?
Daß Matt Dillon eine Kanone trug, die in einem tiefhängenden Halfter steckte, und Kiet nie eine Waffe bei sich hatte, war unwichtig. Noch war die Häufigkeit, mit der Matt im *Longbranch Saloon* oder anderswo Beweise seines Muts ablegte, bedeutsam. Das Jahrhundert, das Matts Dodge City von Kiets Hickorn trennte, hatte bei den Gesetzesvertretern die Notwendigkeit, mit Gewalt vorzugehen, gemildert. Am Anfang jeder Folge tötete Matt jedesmal einen Desperado, weil er die Waffe schneller zog als der andere. Aber Kiet

fand, daß dies für Hickorn belanglos war, wo Verbrecher sich im allgemeinen hinterhältig benahmen. Er konnte sich nicht vorstellen, daß er eines Mittags auf der Avenue Dwight Eisenhower einen Opiumschmuggler in einer bewaffneten Auseinandersetzung erschoß.
Auf seinem Sofa ausgestreckt sah sich Kiet den Schluß der zweiten »Gunsmoke«-Folge an und ein Ereignis von zweitrangigem Interesse, einen Werbespot. Da bis jetzt noch keine aktuelle Werbung im Fernsehen von Luong lief, erkannte Kiet, daß diese Sendung irrtümlich mit auf die Rolle gelangt sein mußte.
Woher die Werbung stammte, war nicht auszumachen. Trotzdem beobachtete Kiet gebannt die beiden weißen Zwillinge, die durch Gesang und Tanz Kaugummi anpriesen. Sie hatten lange Beine, aufgetürmte Frisuren und spitze Brüste. Aufdringlich flehten sie die Zuschauer an, ihr Vergnügen und ihren Spaß zu verdoppeln.
Kiet grinste. Seine Augen fielen ihm zu. Das schlaue Duett Chick Chipperfield und Ambulance Al Selkirk. Von jetzt an würden sie für ihn die »Doublemint Twins« sein, die Zwillinge vom doppelten Pfefferminz.

8

Der Traum wiederholte sich ständig und war in Schwarz, ein Singsong: »Mord, Mord, Mord, Mord!«, ohne jegliche Bilder. Das Schwarz verwandelte sich in einen Feuerball aus schmerzhaft grellem Gelb. Dämonen schüttelten Kiet an der Schulter, die Erde bebte.
»Superintendent, ein Mord ist geschehen, ein Mord!«
Kiet öffnete die Augen und blinzelte. Binhs Taschenlampe glich einer riesigen Feuerfliege. Kiet hob abwehrend die Hand. »Ein Mord?«
»Alle Türen in Ihrem Haus sind offen, Superintendent. Ich bin einfach reingekommen«, sagte Binh.
Seit seiner Rückkehr aus Amerika hatte der junge Captain

seinem Vorgesetzten viele Male einen Vortrag über die Sicherheit im Haus gehalten. Häufig hatte er ihn mit Geschichten über mordlüsterne Rauschgiftsüchtige unterhalten, die einbrachen, um Videogeräte und Mikrowellenherde zu stehlen, damit sie ihre Sucht finanzieren konnten.
»Unverschlossen«, sagte Kiet und setzte sich auf. »Wieso Mord? Wo und wann? Es ist dunkel, mitten in der Nacht.«
»Es ist halb zehn Uhr morgens, Superintendent.« Binh riß mit großem Genuß die Vorhänge auf.
Kiet zuckte bei dem einfallenden Sonnenschein zusammen und unterdrückte ein Stöhnen. Jetzt waren ihm sogar Vampire sympathisch.
»Offensichtlich habe ich sie zugezogen wegen des Fernsehers«, sagte er verlegen.
Das Gerät lief noch. Ein magerer, gutaussehender und munterer Weißer in einem verrückten Anzug spielte Karten, lächelte und redete schnell, um den Berg Chips vor ihm auf dem Tisch zu rechtfertigen.
»Es freut mich, daß Sie endlich Ihren Geschenkfernseher benützen. Mir gefällt ›Maverick‹ auch«, sagte Binh. »Großartige Unterhaltung. James Garner ist ein blendender Schauspieler, aber –«
Kiet hatte den Hals gereckt, damit er um seinen Adjutanten herumsehen konnte. Als Binh deshalb jetzt zur Seite trat, stieß er mit dem Stiefel zufällig gegen eine leere Tiger-Flasche. Binh schwieg, seufzte dramatisch und sagte: »Alvin Selkirk ist heute nacht im Nationalmuseum ermordet worden, Superintendent.«
»Wie?«
»Ich bin noch nicht dort gewesen. Dr. Chi benachrichtigte uniformierte Polizisten, die es dem Präsidium und mir meldeten. Ich hielt es für das beste, auf der Fahrt zum Museum hier bei Ihnen vorbeizukommen. Angeblich wurde Selkirk der Schädel eingeschlagen.«
»Was wollte Selkirk im Nationalmuseum?«
Binh zuckte die Achseln.
»Wurde das Museum nicht schärfer bewacht – durch mehr Polizeibeamte und auch durch mehr Angestellte?«

»Glaube ich nicht, Superintendent. Schließlich ist der Fuchs schon im Hühnerstall gewesen.«
Das sah Kiet ein. Er entschuldigte sich einen Augenblick, um sich frisch zu machen und sich umzuziehen. Er beneidete Matt Dillon, der in jeder Folge immer nur mit einem einzigen Verbrechen konfrontiert wurde.

Touristikminister Phorn Ridsa und zwei Streifenbeamte begrüßten Kiet und Binh in der Eingangshalle. Oder besser, die Streifenbeamten grüßten, Ridsa grinste nur höhnisch.
»Eine Welle von Verbrechen, die wir jetzt im Museum haben, Kiet. Gibt's in Ihrer Abteilung eigentlich noch jemanden, der keine dicke Brille und ein Hörgerät braucht?«
Der Schock und ein Aspirin hatten Kiets Kopf wieder klargemacht. Er hatte keine Lust, sich von dieser Primadonna abkanzeln zu lassen. Ridsa war groß, aber Kiet hatte noch ein paar Zentimeter mehr. Er starrte den Minister an, wie er das bei Dillon gesehen hatte, und fragte: »Wann hat Dr. Chi die Leiche entdeckt?«
»Vor zwei Stunden«, entgegnete Ridsa, ohne seinen Blick zu senken. »Seit gestern lebt er faktisch hier. Er rief mich an und darauf Ihre unfähige Polizei.«
Wir müssen den anderen Doublemint Twin zu fassen kriegen, dachte Kiet. Zu Binh sagte er dann: »Ich glaube, wir sollten mit Chipperfield sprechen – so bald wie möglich.«
»Ich habe einen Mann mit einem Motorroller ins *Continental* geschickt, Superintendent.«
»Wo ist Dr. Chi, Minister Ridsa?«
»In seinem Büro. Er hat sich hingelegt.« Ridsa zeigte seine Verachtung unverhohlen. »Der arme kleine Kerl entdeckte Selkirk und mußte sich übergeben. Er fühlt sich nicht wohl. Sie werden den Leichnam untersuchen wollen. Kommen Sie. Wenn Sie ihn sehen, werden Sie meine Eile verstehen.«
Sie gingen in den Ausstellungsraum, wo der goldene Pfau normalerweise aufbewahrt wurde. Ambulance Al Selkirk lag mit dem Gesicht nach unten vor dem leeren Schrein, Arme und Beine von sich gestreckt, als segle er am Fallschirm durch die Luft. Kiet begann, durch den Mund zu atmen.

Ridsas Eile war nicht Ungeduld gewesen. Im Tod hatte Selkirks Schließmuskel versagt.
»Zweifellos die Mordwaffe.« Binh deutete auf einen melonengroßen Buddha, der etwa einen Meter von Selkirks eingeschlagenem Schädel am Boden saß.
»Ja«, antwortete Kiet, der froh war, daß seine Aufmerksamkeit von der Leiche abgelenkt wurde. Bansam Kiets größtes Geheimnis war, daß er kein Menschenblut sehen konnte. Wenn er Blut und Eingeweide sah, wurde ihm schwindlig. Während man es durchaus akzeptierte, daß ein zimperlicher Intellektueller wie Dr. Chi sich übergab, es sogar für selbstverständlich hielt, wurde von Hickorns höchstem Polizeibeamten eine stärkere Konstitution erwartet. Wenn er das Frühstück wieder hergab, das er gar nicht gegessen hatte, und sich dies daher nur in einem längeren Würgeanfall kundtat, würde Phorn Ridsa es mit größtem Vergnügen herumerzählen. Spätestens bis Ende der Woche wäre Kiet beruflich erledigt, bekannt als ein notorischer Schwächling, der nicht einmal imstande wäre, einen neunjährigen Uhrendieb zu verhaften, der keinen Widerstand leistete.
»Sehen Sie, daß Selkirks Hinterkopf völlig zertrümmert ist?« fragte Binh. »Und der Buddha? Blutverklebte Haarlocken sind dran.«
»Ja, ich seh's«, erwiderte Kiet und blinzelte heftig, damit er weniger deutlich sah.
Zur Veranschaulichung hob Binh die Arme und ließ sie wieder herabsausen. »Der Killer schlich sich hinter Selkirk und schlug ihn mit der Statue nieder.«
Ridsa mischte sich ein. »Ehe der geschätzte Dr. Chi sich auf sein Krankenlager zurückzog, informierte er mich, daß der Buddha um die Jahrhundertwende von einem Künstler aus den Bergen geschaffen wurde. Damals entstanden viele derartige Kunstprodukte, die an die Franzosen verkauft wurden, deren Frauen glaubten, sie seien alt und wertvoll. Diese Statuen taugen nicht viel, sie entwürdigen das Nationalmuseum, aber ich muß Dr. Chis künstlerische Klugheit loben. Er stellt sie in den Gängen und bei den Türen auf, um leeren Raum zu füllen. Die Leute aus dem Westen assoziieren

Asien immer mit Buddhas. Vielleicht ist Ihnen aufgefallen, Kiet, daß die Säule neben der Tür, durch die wir kamen, leer ist.«
»Ich habe es bemerkt«, log Kiet. »Danke für Ihre Informationen.«
Der leichenschänderische Binh hatte sich auf die Knie niedergelassen und tastete suchend Selkirk und seine Kleidung ab. »He, was ist denn das!«
»Was denn?« Kiet hatte inzwischen dem schauerlichen Spektakel den Rücken gekehrt und tat, als suche er die leere Säule nach Hinweisen ab.
Binh sprang auf die Füße und reichte Kiet zwei Schlüssel: »Die steckten in seiner Hemdtasche.«
Kiet prüfte die Schlüssel. Markenname und Nummern waren weggefeilt worden und hatten Kerben hinterlassen. »Probieren Sie sie aus«, sagte er.
»Ein anständiges Kriminallabor«, sagte Binh sehnsuchtsvoll. »Magnetische Untersuchungen und Röntgenstrahlen würden Zahlen und Namen deutlich hervortreten lassen.«
»Wir haben kein Kriminallabor, schon gar kein anständiges«, sagte Kiet. »Bitte probieren Sie sie aus, Captain.«
Binh gehorchte. In weniger als einer Minute war er zurück und verkündete atemlos: »Die Eingangstür und der Deckel zur Alarmanlage. Sie passen. Jemand, der sich im Museum auskannte, konnte reinkommen und den Alarm abstellen, ehe er losging.«
Ridsa rang die Hände. »Unglaublich. Er spazierte einfach herein, vor den Augen der Besten unserer Stadt.«
»Aus welchem Grund ist Mr. Selkirk vor unseren Augen hereinspaziert?« fragte Kiet Ridsa.
Ridsa deutete mit dem Finger auf Kiet. »Wenn dies eine Beschuldigung sein soll, betreten Sie ein Minenfeld.«
Kiet grinste. »Betrachten Sie es als rhetorische Frage, wenn Ihnen das lieber ist.«
»Vermutlich sind sie nachgemacht«, sagte Binh eifrig, um eine versöhnlichere Stimmung zu schaffen. »Sie können von Wachsabdrücken hergestellt worden sein.«
»Da haben Sie es, Kiet. Sie sollten auf Ihren jungen Sherlock

Holmes hören. Chi läßt sein Schlüsselbund immer auf seinem Schreibtisch liegen. Ich habe ihn deswegen schon ermahnt – aber offensichtlich ohne Erfolg. Sie kennen ja die Geschichte vom zerstreuten Professor.«
Es klang nicht sehr überzeugend. Kiet antwortete nicht.
»Die Geschäftsverbindungen, die wir mit diesen ... diesen Amerikanern hatten, das Vertrauen, das wir in sie setzten«, fuhr Ridsa fort. »Alvin und Chick haben uns verraten. Sie müssen von Anfang an geplant haben, das Nationalmuseum auszurauben.«
»Schon die Entstehung von ›Unbekanntes Asien‹ ist unklar.«
»Sie machen da eine schwerwiegende Anspielung, Kiet. Ich rate Ihnen zu bedenken, mit wem Sie sprechen. Das Abkommen war pragmatisch und ehrlich. Wir wollten den Tourismus ankurbeln, und es sollte mehr harte Währung ins Land kommen. Der Vorschlag von Chipperfield und Selkirk war für Luong der lukrativste.«
»Cheeseburger und Fernsehen«, meinte Kiet.
»Das war nur als Ansporn gedacht. Im Westen hat Luong ein primitives Image und –«
»Ich verstehe Ihre Gründe«, unterbrach ihn Kiet. »Die Touristen müssen mit der Garantie hergelockt werden, daß sie nicht in Dschungelhütten wohnen müssen.«
»Genau«, pflichtete Ridsa bei. »Eine Zone des Komforts.«
»Wunderbar. Wir können ohne Zonen nicht leben. Bitte erzählen Sie mir Genaueres über die geschäftlichen Verhandlungen. Wo und wann.«
Phorn Ridsa schüttelte den Kopf. »Tut mir leid, Kiet. Das ist vertraulich. Und auch irrelevant.«
»Irrelevant? Ein Partner von ›Unbekanntes Asien‹ ist tot, ermordet. Der goldene Pfau ist verschwunden. Jedes Hintergrundmaterial, das Sie liefern können, ist meiner Meinung nach von Bedeutung.«
»Ich finde nicht. Wir wurden von Leuten, denen wir vertrauten, betrogen und falsch informiert. Wir waren die Opfer eines Komplotts, um unsere Schätze zu stehlen. Ich akzeptiere Vorwürfe, weil ich ihnen traute. Ich habe Gesicht ver-

loren und werde wahrscheinlich auch meinen Posten verlieren. Die Vergangenheit ist Vergangenheit. Wir sollten uns auf die Zukunft konzentrieren, Kiet, und die Verluste abschreiben. Den goldenen Pfau wiederfinden und Chick Chipperfield wegen Mordes an Alvin Selkirk verhaften – das ist jetzt das wichtigste.«
Ridsa sprach zu unbeteiligt und glatt. Es waren nicht die ängstlichen Worte eines Mannes, der einen niederschmetternden Verlust an Gesicht erlitten hatte. Es waren ruhige und berechnende Worte, die überzeugen und die Untersuchung beeinflussen sollten. Kiet gefiel das nicht. »Sie waren das Opfer eines Verbrechens, Minister Ridsa.«
»Verlangen Sie von mir nicht, daß ich um den Kerl traure«, erwiderte Ridsa.
Kiet stöhnte. »Ich verlange keine Trauer. Ich verlange Fakten und Logik. Der goldene Pfau wurde vorgestern nacht gestohlen. Was wollte Mr. Selkirk gestern nacht hier, als er mit dem Buddha erschlagen wurde?«
»Wie oft soll ich es noch sagen, Kiet? Chipperfield!«
»Sie sagen, wer, aber Sie sagen nicht, warum.«
»Warum was?«
Kiet biß die Zähne aufeinander. Es war ihm verdammt gleichgültig, wie diese Grimasse aussah. Er sprach langsam, wie zu einem Kind, das keine langen Zahlen teilen kann. »Warum sind Mr. Selkirk und Mr. Chipperfield, Mr. Selkirks angeblicher Mörder, letzte Nacht ins Nationalmuseum zurückgekehrt? Vermutlich war der goldene Pfau schon in ihrem Besitz. Was hatten sie davon, einen zweiten Einbruch zu riskieren? Seidene Stoffe und goldene Statuen sind auch kostbar, aber im Vergleich zum goldenen Pfau von äußerst geringem Wert.«
Phorn Ridsa seufzte, zog die Brauen hoch und schüttelte den Kopf – drei theatralische Reaktionen auf Kiets Worte. »Die Leute aus dem Westen sind undurchschaubar.«
»Zweimal in zwei Tagen habe ich jetzt das Wort undurchschaubar gehört. Dieses Pärchen ist nicht dumm. War nie dumm.«
»Maßlose Gier kennt keine Vorsicht.«

»Ein wunderschönes Klischee. Sie behaupten also, daß Chipperfield und Selkirk auf der Suche nach mehr Beute herkamen und sich stritten? Oder daß Chipperfield alles haben wollte?«
»Ich behaupte gar nichts, Kiet. Sie sind der Kriminalbeamte. Ich versuche nur, Sie auf einen Weg zu führen, der ohnehin offensichtlich ist.«
»Ein Pfad, dem ich dankbar folgen werde«, erwiderte Kiet, wandte sich ab und nickte Binh zu, ihm zu folgen.
»Chipperfield«, erinnerte Ridsa. »Rückblickend hätte ich eigentlich wissen müssen, daß ein Mann, der sich so grotesk anzieht, zu vielen Dingen fähig ist, aber –«
»– aber Sie sind kein Kriminalbeamter. Nochmals vielen Dank. Wir werden ihn bald haben, das versichere ich Ihnen.«
»Was ist mit der Leiche?« fragte Binh.
»Frische Luft«, sagte Kiet und atmete tief ein. »Etwas Großartiges. Das Nationalmuseum ist nicht mit einer Kühltruhe ausgerüstet. Lassen Sie sie wegschaffen.«
»Keine Geheimhaltung, Superintendent?«
»Die Geheimhaltung eines Mordes ist nicht realisierbar, vor allem nicht, wenn es sich bei dem Opfer um einen Ausländer handelt. Die Geheimhaltung bezüglich des goldenen Pfaus ist viel wichtiger und auch ziemlich gesichert.«
»Sie glauben, daß wir uns auf Dr. Chi verlassen können?«
»Vollkommen. Wenn sein Magen sich beruhigt hat, wird er an den Barrikaden unserer Lügen Wache halten.«
»Wir verhören ihn jetzt nicht, nicht wahr?«
»Nein.«
Kiets Adjutant grinste. »Aber später werden wir es tun, wenn wir auf *unserem* Gebiet sind und Minister Ridsa nicht mehr den Daumen auf ihm hat.«
»Manchmal können Sie Gedanken lesen, Captain. Wir werden ihn später tatsächlich verhören. Ridsas Macht über den zerstreuten Professor ist –«
»– ist für ein Verhör, bei dem wir wirklich etwas erfahren, höchst schädlich.«
Auf jeden Fall eine große Behinderung, dachte Kiet. »Ja.«

Ein Polizeimotorroller traf ein, der Auspuff knatterte und stieß blauen Rauch aus. Der Fahrer betätigte pathetisch die Hupe. Binh lief hinaus. Der Beamte salutierte elegant. Binh salutierte ebenso scharf, sprach mit dem Kollegen und kehrte zu Kiet zurück.
»Der Mann, den Sie nach Chipperfield ausgesandt haben?«
»Ja. Chipperfield war nicht im *Continental*. Der Mann hat etwas herumgeschnüffelt und ihn aufgespürt. Möchten Sie raten, wo?«
Binhs Stimme war eine Oktave höher als gewöhnlich. »Nein«, sagte er. »Ich möchte nicht raten. Wo bitte ist er?«
»In der amerikanischen Botschaft. Er hat um politisches Asyl gebeten.«

9

»Mr. Chipperfield ist nicht mehr hier?«
»Wir hatten keinen Grund, ihn zurückzuhalten, Superintendent Kiet«, erwiderte Botschafter Smithson. »Im Gegenteil, wir waren nicht berechtigt, ihn, auch wenn er wollte, hier im Haus zu behalten. Der arme Kerl war verwirrt und erregt. Mit beträchtlichen Schwierigkeiten haben wir Mr. Chipperfield die offizielle Politik erklärt. Der Antrag für politisches Asyl kann nur von Bürgern einer feindlichen Nation gestellt werden. Glücklicherweise sind, seit ich hier bin, keine solchen Anträge eingegangen. Klopfen wir auf Holz! Damit öffnet man eine Dose voller Würmer, wissen Sie? Die Parallele wäre, und das ist höchst absurd, daß ein Luonganer in Washington bei der luonganesischen Botschaft um Asyl bittet.«
Wieso absurd? Bansam Kiet war nie über Luongs Grenzen hinausgekommen und hatte auch nicht die Absicht. Die verrückte und gewalttätige schnelle Entwicklung von Nordamerika und Westeuropa brach alle Rekorde. Was war dann so absurd an einem Menschen, der in seiner Panik zu einem Ort der Ruhe floh?

Kiet war im vierten und obersten Stock des ein Jahr alten Gebäudes der amerikanischen Botschaft, einer Stahl- und Glasschachtel, die Zyniker, zu denen auch Kiet gehörte, den Glaspalast getauft hatten. Die Klimaanlage lief ständig und brachte subarktische Temperaturen. Unsichtbare Lautsprecher verströmten Geigenmusik in Büros und den Aufzug. *Alles* war ausgelegt mit einem flockigen Spannteppich, tropisch üppig und höher als die Sohlen seiner Sandalen. Er wirkte wie ein statischer Elektrodynamo: Kiet konnte nichts berühren, ohne in den Fingerspitzen einen leichten Schlag zu spüren. Eine raffinierte Schallisolierung schluckte allen Lärm, mit Ausnahme des Tack-Tack der Computeranlagen. In einem Wort, der Ort war höchst seltsam.
»Hat Mr. Chipperfield einen Grund für sein Gesuch genannt?«
Botschafter Smithson runzelte nachdenklich die Stirn, ehe er antwortete. Er war schlank und um die Fünfzig, mit grauem Haar. Er trug einen makellosen Nadelstreifenanzug mit Weste, ein Mitglied der Machtclique des Westens. »Ja, er hat einen Grund angegeben. Er hat mir nicht alles gesagt, davon bin ich überzeugt, aber soviel ich begriff, fürchtete er politische Maßnahmen gegen ›Unbekanntes Asien‹ wegen des Ansehens, das Prinz Pakses Regime dadurch genoß.«
»Um was handelte es sich genauer?«
»Um den Meuchelmord an seinem Partner und an ihm selbst durch ein professionelles Killerteam.«
»Den Meuchelmord?«
»Ich weiß, seine Ausdrucksweise ist ein wenig schwülstig. Der Bursche trägt gern grelle Farben und redet wie ein Wasserfall, aber es gelang uns, seinen Slang und seine schauerliche Ausdrucksweise zu knacken, und es stellte sich heraus, daß seine Besorgnis eine gewisse Berechtigung hat. Deshalb habe ich die Information an Sie weitergeleitet.«
»Wer sollte ihn den umbringen wollen?«
Botschafter Smithson machte eine grimmige Handbewegung. »Wenn wir seinen wilden Behauptungen Glauben schenken wollen, ist das so deutlich zu erkennen wie die Nase in unserem Gesicht, möchte ich behaupten.«

O nein, dachte Kiet, geht's schon wieder los? Gestern ein Vortrag über imperialistischen Terrorismus von Botschafter Dang. Heute die gegensätzliche Ansicht. Smithson war vom Kommunismus besessen, wie auch der letzte amerikanische Präsident, der ihn nach Hickorn geschickt hatte. Sie glaubten mit religiösem Eifer an die Dominotheorie. Laos, Kambodscha und Vietnam waren vor eineinhalb Jahrzehnten umgefallen. Der vierte indo-chinesische Dominostein, Luong, blieb, wie in den Fels zementiert, stehen, doch sie waren Männer des Glaubens. Wenn die Roten Asiens ihn nicht umwerfen konnten, vielleicht genügte ein Anstoß von weiter weg, von Nicaragua oder von wem immer. Oder, wie Smithson sicher gleich predigen würde, die lokale marxistische Elite könnte einen Aufstand versuchen.
»Die Roten sind zur Zeit ziemlich ruhig, nicht wahr?«
»Ja«, stimmte Kiet zu. In Luong waren die Roten immer ruhig, dachte er. Sie hatten gar keine andere Wahl. Die rote Bewegung hatte in den frühen sechziger Jahren begonnen und wenig erreicht, beeinträchtigt durch einen chronischen Mangel an Geld und Versorgungsgütern.
Die roten Anführer lehnten jede angebotene Hilfe von außen ab. Eine Revolution war keine Revolution, wenn Russen und Chinesen und Nordkoreaner und Vietnamesen durch Hickorns Straßen spazierten, bewaffnet mit Scheckbuch und guten Ratschlägen. Die Roten warteten in den Bergen die Zeit ab, rauhe Guerillabanden, die gelegentlich eine Lastwagentransportkolonne überfielen oder eine Armeebaracke beschossen.
Mit unglaublicher Geduld warteten sie auf einen Ausbruch im Land selbst. Kiet konnte nicht umhin, den Idealismus der Roten zu bewundern, aber gleichzeitig fragte er sich, ob sie nicht zu lange in den Bergen geblieben waren, ohne ausreichende Nahrung. Arbeiter und Bauern hatten keine Fesseln, die sie abwerfen mußten. Seine Königliche Hoheit besteuerte die Bauern gerecht. Sie aßen den ihnen zustehenden Anteil am Getreide, das sie anbauten, und verkauften den Überschuß, ohne ihn zu hoch versteuern zu müssen. Auch die Einwohner der Städte lebten in Freiheit.

Monarchische Unterdrückung war eine klägliche Ausgeburt der Phantasie.
Botschafter Smithson strich sich nachdenklich über das Kinn und sagte: »Angenommen, Superintendent Kiet, nur einmal angenommen, Chipperfield hätte von irgend etwas Wind bekommen?«
»Von irgendwas?«
»Von einer Verschwörung, oder auch nur von der Möglichkeit einer Verschwörung, verstehen Sie?«
»Einer Verschwörung?«
»Eines Komplotts. Niemand kann leugnen, daß der Tourismus für Luongs Wirtschaft eine außerordentliche Wohltat ist.«
»Nein, niemand.«
»Der Tourismus kann schließlich sogar zu Luongs Hauptindustrie werden.«
»Ja, schließlich.«
»Was behindert den Tourismus?«
»Der Durchfall?«
Smithson lachte. »Großartig! Aber nein, ich spiele auf stärkere Abschreckungsmittel an – zum Beispiel auf Gefährlichkeit.«
»Gefahr für die Touristen?«
»Indirekt. Wenn die Architekten von ›Unbekanntes Asien‹ in tödlicher Gefahr schweben, kann sich dann der Durchschnittsreisende in Luong sicher fühlen? Nein, natürlich nicht. Wenn man versuchen will, diesen Geschäftszweig trockenzulegen – welcher Zeitpunkt wäre da günstiger als Savhanakip? Wer, frage ich, zieht aus dem dann entstehenden Aufruhr und der politischen Verwirrung einen Nutzen?«
Von Kiet wurde erwartet, daß er seinen Teil zu dem Gespräch beitrug, und so sagte er zögernd: »Die Roten?«
»Genau! Und das Fernsehen vervielfacht den Ansporn zum Aufruhr.«
Ah, das Fernsehen! Kiet schloß die Augen und belohnte sich mit einer Rückblende auf Matt Dillons kräftige Fäuste, Werkzeuge der Rache, die er auf einen feigen Gegner an-

setzte, der Doc Adams im *Longbranch* bedrohte. »›Gunsmoke‹«, sagte Kiet.
Smithson lächelte nachsichtig. »Nun ja, ich gebe zu, daß diese anachronistischen Pferdeopern auf Kanal 7 einen gewissen Unterhaltungswert haben, aber sie kratzen nur an der Oberfläche. Das große Potential des luonganesischen Fernsehens muß erst noch ausgeschöpft werden. Die Roten haben das begriffen.«
Anachronistische Pferdeopern? Kiet errötete. »Tatsächlich?«
»Ich habe das auch Touristikminister Ridsa klargemacht, Superintendent. Im Prinzip stimmt er mir zu, daß das Medium auf eine höhere Ebene gehoben werden muß und kann. Die pragmatische Philosophie der Unterhaltung und Beruhigung von Besuchern ist nur das Trittbrett zu langzeitigen Zielen, und Minister Ridsa ist ein vorausschauender Denker. Ich sehe voraus, daß in nicht zu ferner Zukunft zu wichtigen Sendezeiten Nachrichten und Informationen für die Zuschauer gebracht werden. Vor allem die Informationsprogramme sind besonders interessant, und ich habe mich verpflichtet, bei mangelnder Investitionskapazität einzuspringen.«
Informationsprogramme für die Zuschauer? Kiet übersetzte das in Propaganda. »Ausgezeichnet«, sagte er ohne Begeisterung.
»In gewisser Weise ist es ein Jammer, daß Sie in Ihrem gewählten Beruf so wichtig sind. Sie wären eine große Stütze, ein Eckpfeiler. Sie sind ein bedeutender Mann und genießen Respekt. Sie haben Charisma. Sie würden auf dem Bildschirm blendend herauskommen.«
Kiet entnahm Smithsons ernstem Lächeln und seinen großen Handbewegungen, daß man ihm ein bedeutendes Kompliment gemacht hatte. Captain Binhs Beschreibung amerikanischer Stützen und Eckpfeiler, die auch sehr lobend gewesen war, hatten ihn etwas zweifelnd zurückgelassen. Binhs Begeisterung über ihr Haar und die weißen Zähne und die elegante Sprache beschwor in Kiets Vorstellung ausgehöhlte Puppen, in die man Kassettenrecorder eingebaut hatte. »Hm, vielen Dank, Sir.«

»Irre ich mich, wenn ich den Geruch einer Ratte rieche?«
Kiet nahm ein Notizbuch aus der Tasche und begann eifrig zu kritzeln, ein Zeichen für den Botschafter, daß bald gehandelt werden würde, ein Zeichen, daß sich hoffentlich das Gesprächsthema ändern würde. »Nein, Sir. Im Gegenteil, Sie haben mir verschiedenes deutlich gemacht.«
»Vergessen Sie nicht, Superintendent, Ratten schließen sich zusammen. Sie fressen enorm und sind gesellig.«
Kiet wußte, was jetzt kam, aber er hatte keine Lust, es sich anzuhören. Er kritzelte noch eifriger, als ob das genügen würde, den Botschafter abzulenken. Es genügte nicht.
»Wie lange sind die Vietnamesen schon in Hickorn? Ungefähr?« fragte Smithson.
»Noch nicht lange. Sechs, sieben, vielleicht acht Monate.«
»*Zu* lange! Die sowjetische Schikane in Luong ist Legende, aber Vorsicht vor den Vietnamesen. Sie könnten ihren Herren noch ein paar Tricks beibringen. Dieses kleine Schwein von Dang, dieser degenerierte ... bewachen Sie ihn mit Argusaugen? Wenn irgend jemand, dann ist Dang fähig, eine Achse der Roten und Vietnamesen zu schmieden.«
Kiet konnte nie beurteilen, ob die Amerikaner auch die Fähigkeit hatten, ihr Gesicht so kraß zu verlieren wie die Luonganesen. Ihre Emotionen waren so elastisch. Wenn man bei einem Yankee einen Tiefschlag oder eine Beleidigung landete, würde er darauf nur mit einem harten Lächeln und einer geistreichen Bemerkung abwehren.
Kiet betrachtete Smithson. Seine eben gemachten Äußerungen, seine Anspielungen auf die verhaßten Vietnamesen, das bevorstehende Fußballspiel zwischen Luonganern und Vietnamesen, die bittere Erinnerung an die Umbenennung der Avenue Vo Nguyen Giap – all dies diskreditierte ihn. Vermutlich hatte er kein Gesicht verloren, aber es verlor immer mehr Farbe.
»Die Aufnahme von diplomatischen Beziehungen mit Vietnam war vernünftig«, sagte Kiet. »Laos grenzt an unser Land, und Laos ist ein Klient von Vietnam. Wenn man die Wäsche auf denselben Zaun hängt, sollte man hinüber- und herüberlächeln.«

»Ein witziger Vergleich«, bemerkte Smithson kalt. »Es macht ja nichts, daß Ihr lächelnder Nachbar bereit, willens und fähig ist, Ihre Unterwäsche zu stehlen.«
Genug, dachte Kiet, fünfzehn Minuten in der botschafterlichen Kammer, in der eisgekühlten Luft schlotternd, politische Wortspiele ertragend – es reichte. Er erzählte von Ambulance Al Selkirks Ermordung.
»Guter Gott!« rief Smithson. »Im Nationalmuseum?«
»Bedauerlicherweise ja. Mr. Chipperfield kam zu Ihnen, weil er einen Mord fürchtete. Hat er sich in der Vergangenheit ausgedrückt?«
»Sie meinen, ob er Bescheid wußte? Ich – ich glaube nicht. Andererseits könnte es seine erregte Verfassung erklären.«
»Das könnte es«, bestätigte Kiet.
»Verdächtigen Sie ihn?«
»Ich würde ihn gern sprechen.«
»Wenn ich das nur gewußt hätte! Ich hätte ihn aufgehalten. Was für komplizierte Gewebe wir weben, was? Ich habe Selkirk mal getroffen. Ein anständiger Kerl, scheint mir. Anwalt, soviel ich mich erinnere.«
Ohne Zulassung, wie Kiet wußte. »Ja«, sagte er.
»Ich habe diesen Beruf auch ausgeübt«, erwiderte Smithson nachdenklich. »Student in Yale, dann Jura in Harvard, später Wallstreet. Eine nützliche Lehrzeit für einen Bundesbeamten, werden manche sagen. Sie halten mich über die Entwicklung des Falles auf dem laufenden, Superintendent?«
»Selbstverständlich.«
»Bedenken Sie, daß das Idol an irgendeinem Punkt Probleme machen könnte!«
Das Idol? Der goldene Pfau? Kiet mußte sich voll Unbehagen eingestehen, daß das Gerücht diesen eisigen Turm erreicht hatte. Trotzdem, verrat dem Mann nichts, dachte er. »Das Idol, Sir?«
»Es wird Kopfweh verursachen. Denken Sie an meine Worte.«
Ist kein Problem, dachte Kiet boshaft: kein Hirn, kein Kopfweh. »Wie bitte?«
»Der Buddha. Der Mörder hat Selkirk mit einem religiösen

Gegenstand niedergeschlagen, sagten Sie, mit einem Buddha. Das ist ein Sakrileg, ganz gleich, von welcher Seite Sie es betrachten. So kurz vor Savhanakip wollen wir keine Unruhen. Ich bin kein Kriminalbeamter, Superintendent Kiet, aber ich würde dringend raten, die Mordwaffe vertraulich zu behandeln. Eine selektive Geheimhaltung, sozusagen.«

Kiet lächelte erleichtert. Smithson hatte die Geschichte des goldenen Pfaus nicht erfahren, und er würde sie auch jetzt nicht hören. Kiet erhob sich und schüttelte dem Botschafter die Hand. Die statische Entladung ihrer Finger war ein schmerzhaftes Kitzeln. »Vielen Dank«, sagte Kiet. »Selektive Geheimhaltung ist eine ausgezeichnete Empfehlung.«

Auf seiner Fahrt zum Präsidium kam Kiet am Postamt vorbei, einem wuchtigen Steingebäude mit dorischen Säulen, das Solidität und Zuverlässigkeit im Dienst am Publikum ausstrahlte. Ein Äußeres, das täuschte, wenn man Lin Aidit oder fast jeden anderen fragte, dachte Kiet.

Er sah Quoc, den leprösen Bettler ohne Nase. Er saß auf den Eingangsstufen. Kiet war erfreut, daß Quoc gehorcht und sich und seinen Almosenbecher vom *Luong Burgers* und seinem sich beschwerenden Manager entfernt hatte.

Quoc entdeckte Kiet. Er grinste und winkte.

»Auch am Flughafen!« rief Kiet zum Wagenfenster hinaus. »Abfliegende Touristen haben manchmal noch Zins in der Tasche, die sie nicht mehr ausgeben können.«

Quocs Grinsen wurde breiter. Er nickte und winkte mit seinen dürren Armen. Kiet salutierte und fuhr weiter. Die offensichtliche Bewunderung des Parias hatte seine Stimmung gehoben. Ein zufriedener Polizeikunde. Es gab so wenige davon.

10

»Nein«, sagte Binh als Antwort auf Kiets Frage. »Kein Fortschritt in Sachen goldener Pfau, nicht der geringste. Nichts. Aber durch den Flughafen ist er nicht gekommen, darauf verwette ich mein Leben, Superintendent.«

»Und Ihre Nachforschungen in der Stadt?«

»Da sie verschwiegen durchgeführt werden müssen und nur von mir und einer Handvoll vertrauenswürdiger Beamten – auch keine Ergebnisse. Wir können nicht zu hartnäckig bohren. Wir würden dem Gerücht nur mehr Glaubwürdigkeit verleihen. Ich kann die Leute nicht zählen, die angerufen oder vorbeigekommen sind, um zu fragen, ob es wahr ist. Ich mag nicht lügen, Superintendent. Trotzdem habe ich in zwei Tagen mehr Lügen erzählt als normalerweise in einem ganzen Jahr.«

Kiet nickte traurig. Sie saßen in seinem Büro, Kiet am Schreibtisch, Binh ihm gegenüber. Binh malte auf einem Notizblock herum. Kiet konnte sich nicht vorstellen, daß im Büro des Marshals von Dodge City leeres Notizpapier herumlag und man in dieser Art von glückloser Inaktivität so herumsaß. »Was Neues im Selkirk-Mordfall?«

Binh schüttelte den Kopf. »Das gleiche. Nichts. Chipperfield ist unsere wichtigste Spur, und er ist verschwunden, nachdem er den Glaspalast verließ. Er und seine Landyacht.«

»Landyacht? Er besitzt auch ein Amphibienboot?«

»Nein, nein. Ich meine seinen Chrysler 1962, Superintendent. Diese massiven alten Autos nennt man so. Vor zwanzig oder dreißig Jahren konnte man keinen Wagen in den Vereinigten Staaten kaufen, der nicht Heckflossen hatte und überall Chrom. Heutzutage kaufen die Amerikaner Toyotas, ausgenommen in Detroit –«

»Schon gut«, unterbrach Kiet Binhs Folklorevorlesung. »Wir ersticken im Negativen. Wir brauchen etwas Positives.«

»Ein zielorientierter Untersuchungsansatz ist wesentlich«, erklärte Binh und zeichnete geistesabwesend scharfe Pfeile auf den Block.

»Wie auch immer«, erwiderte Kiet. »Bis wir Mr. Chipper-

field nicht erwischen, scheint mir Dr. Latisa Chi der schwache Punkt zu sein.«
Binh lächelte. »Ganz meiner Meinung. Wann bringen wir ihn her? Mein frisch überholter Lügendetektor wartet auf ihn.«
»Wir sollten keine Drähte an dem ehrenwerten Direktor anbringen, solange wir keine Liste mit schwierigen Fragen für ihn haben.«
»Ja, ein Druckmittel«, sagte Binh. »Wir haben seine Vergangenheit überprüft.«
»Und?«
»Ein wirklich langweiliger Bursche, Superintendent. Junggeselle. Einfache Lebensführung. Er verbringt zwölf Stunden am Tag im Nationalmuseum, liest und staubt die Ausstellungsstücke ab.«
»Ich frage mich, ob eine unkonventionelle Überprüfung nützlich sein könnte.«
»Was meinen Sie damit?«
»Lin Aidit, die Reiseleiterin, ist eine Freundin von Ihnen?«
Binhs Gesichtsausdruck entspannte sich. Eine sinnliche Erinnerung? »Ich habe sie einmal ins Kino eingeladen. War sehr nett.«
»Sie erzählte mir, daß Kanal 7 so heißt, weil Dr. Chi die Sieben für eine Glückszahl hält«, sagte Kiet.
»Ein Spieler?«
»Eine Sieben zu werfen ist für einen Würfelspieler der Himmel, nicht wahr?«
Binh malte einen perspektivischen Würfel, komplett mit Punkten.
»Natürlich. Vielleicht hat er noch ein anderes, geheimes Leben. Vielleicht hat er Probleme. Ich werde mich mal in dieser Richtung erkundigen.«
Es klopfte an die Tür. Binh runzelte die Stirn und sagte: »Ich habe Anweisungen gegeben, daß wir in einer Konferenz sind.«
»Wir haben doch alles besprochen. Herein!«
Madame Mai Le Trung, vietnamesischer Kulturattaché und Verbindungsoffizier für das Fußballspiel, betrat den Raum

und sagte: »Entschuldigen Sie die Störung, Superintendent. Ich habe schon früher versucht, Sie wegen eines Termins zu erreichen, aber Ihr diensthabender Beamter sagte mir, Sie seien in einem Fall unterwegs. Jetzt habe ich es einfach auf gut Glück probiert.«
Diesmal keine Verbeugung, stellte Kiet fest. Aber ihr Lächeln war gewinnend und respektvoll, ein mehr als ausreichender Ausgleich. Er machte Madame Mai mit Captain Binh bekannt, der ihre Hand losließ, lange ehe er den Blick abwandte. Sein Blick war eine Mischung aus Lust und Verachtung. Er war ein kräftiger junger Mann mit einer äußerst geringen Toleranzschwelle für Kommunisten, ob sie schöne Brüste hatten oder nicht.
»Die Sache, die wir eben besprachen, Captain?«
»Wird sofort erledigt, Superintendent. Sofort.« Binh hatte den Wink verstanden und ging.
»Sie möchten die Sicherheitsvorkehrungen für Ihr Fußballteam überprüfen, Madame?« fragte Kiet und wies auf den Stuhl, den Binh geräumt hatte.
Sie setzte sich und antwortete: »Das würde ich gern, falls Sie eine Stunde Zeit haben, oder auch zwei.«
»Selbstverständlich.« Ihre seidene Jacke war sehr weit und fiel über eine ebenfalls weite Hose und eine weite Bluse. Es war keine aufreizende Kostümierung. Warum hatte sie dann diese Wirkung auf ihn?
»Vielen Dank. Stimmt es, daß ein amerikanischer Geschäftsmann in Ihrem Nationalmuseum ermordet wurde?«
»Es stimmt.«
»Deshalb ist Zeit für Sie sicherlich sehr kostbar«, sagte sie, schneller sprechend. »Das Team wird in unserer Botschaft untergebracht. Unsere Wächter werden sie beschützen, solange sie dort sind. Die Ankunft am Flughafen und die sichere Fahrt zur Botschaft unterliegt, glaube ich, unserer gemeinsamen Verantwortung.«
»Genau.«
»Auch das Spiel im Nationalstadion?«
»Ja.«
»Die jeweilige Situation ist verhältnismäßig voraussehbar.

Wenn Sie Ihre Leute richtig postieren, kann jegliche Gefahr jeweils vorausberechnet werden.«

»Wir werden uns bemühen, Madame«, sagte Kiet. »Oder sollte ich Genossin zu Ihnen sagen? Botschafter Dang hat Sie mit Madame angeredet, aber ich möchte keinen Fehler machen.«

»Madame Mai ist besser. Mai noch besser. Genossin ist zu steif und gestelzt. Erzählen Sie das bitte niemandem, sonst werde ich als reaktionär gebrandmarkt«, antwortete sie und lachte. »Und, ja, ich akzeptiere Ihre Sicherheitsmaßnahmen. Botschafter Dang hat großen Respekt vor Ihnen.«

»Vielen Dank«, sagte Kiet vorsichtig und dachte an Dangs schlangenhafte Logik.

»Bitte fassen Sie es nicht als Beleidigung auf, Superintendent, aber Botschafter Dang und ich machen uns Sorgen wegen der Parade am Savhanakip – das Fußballteam ist verpflichtet, mitzumarschieren. Die Route ist fünf Kilometer lang.«

»Fünf Komma acht«, erwiderte Kiet, um zu beweisen, daß er genaue Einzelheiten wußte. In Wirklichkeit wurde er auf deprimierende Weise daran erinnert, daß die Ablenkung durch den goldenen Pfau und Selkirk ihn daran gehindert hatte, alle Details von Savhanakip festzulegen. Es fehlte noch einiges.

»Die Strecke führt durch belebte Straßen im Zentrum, Tausende von Zuschauern nur eine Armeslänge von den Marschierern entfernt«, fuhr Mai fort.

»Ich habe vor, Leute in Zivil zu postieren, die sich frei in der Menge bewegen und beobachten, ob sich jemand auffällig benimmt. Aber selbst wenn ich eine Division Soldaten zu meiner Verfügung hätte – zwei Divisionen, zehn –, ist es natürlich unmöglich, eine Tragödie zu verhindern.«

»Ich weiß«, antwortete sie und seufzte.

»Würde es Sie beruhigen, wenn wir die Marschroute abfahren?«

Madame Mai bejahte, bedankte sich und sprang von ihrem Stuhl auf. Es passiert mir wieder, erkannte Kiet. Diese Vietnamesen! Gestern Dang, heute Mai. Sie setzten ihren Willen durch.

»Wir können sofort fahren, wenn es Ihnen paßt«, sagte er überflüssigerweise.

»Die Savhanakip-Parade beginnt hier«, erklärte Kiet. Er hatte seinen Citroën auf der Mu Savhana geparkt, bei der Nationalbank. Sie befanden sich gegenüber dem königlichen Palast, zwei Block südlich. Die Mu Savhana endete am Tor zum Palast. Zement und Schmiedeeisen schlossen üppige smaragdgrüne Rasenflächen ab, und ein Herrenhaus aus weißem Stein befand sich in der Mitte. Kritiker, vor allem Akademiker mit dem Kopf in den Wolken, und nationalistische Fanatiker spotteten über diese barocke französische Architektur. Ein Monument des Geistes, der vor der Unabhängigkeit wehte, klagten sie. Ein neokolonialer Scherz. Zum Teufel mit ihnen, dachte Kiet. Der königliche Palast und der Mann, der ihn bewohnte, waren Nationalschätze.
»Herrlich dekadent«, bemerkte Madame Mai.
Seltsame Worte. War das kommunistischer Humor? »Die königliche Gesellschaft sammelt sich am Tor. Elefantenfarmen in der Nähe von Hickorn bilden ihre Tiere dazu aus, Bauholz zu tragen. Das klügste und friedlichste Tier wird am Abend vorher gebracht. Es ist eine große Ehre für den Trainer, deshalb wählen die Farmen immer mehrere Elefanten aus, die nur das eine lernen: Wie man ein menschliches Wesen über das Pflaster trägt, ohne ihm die Nieren zu zerrütten.
Prinz Pakse besteigt die Elefantensänfte und reitet voran. Luonganische Würdenträger und angesehene ausländische Gäste und auch die Fußballteams von Luong und Vietnam folgen in Automobilen.«
Kiet wies mit der Hand nach Norden zum Nationalmuseum, das genau hinter der Avenue Irvin Crane lag, der nächsten Querstraße. »Die Karawane hält am Nationalmuseum«, fuhr er fort. »Der Museumsdirektor reicht einem der Minister den goldenen Pfau. Der Minister klettert eine Leiter hoch und setzt ihn auf den Kopf Seiner Königlichen Hoheit. Die Minister wechseln sich ab. Dieses Jahr ist es der Landwirtschaftsminister.«

»Ich habe das Nationalmuseum besucht«, sagte Mai. »Ihr goldener Pfau ist ein herrliches Kunstwerk.«
Während seines Monologs hatte Kiet die vietnamesische Frau keinen Augenblick aus den Augen gelassen. Er lauerte auf ein Zucken, eine Reaktion auf das, was er gesagt hatte, daß sie sich unfreiwillig verriet. Er hatte keinen stichhaltigen Grund zu glauben, daß die Vietnamesen und diese Frau auf irgendeine Weise an den kürzlichen Ereignissen schuld waren, noch konnte er sich vorstellen, daß sie in irgendeinen künftigen Schwindel verwickelt sein würden, aber er hatte auch keinen Grund, nicht mißtrauisch zu sein. Sie ließ sich nichts anmerken, auch nicht, als er das Nationalmuseum erwähnte oder als sie von dem goldenen Pfau sprach. Nichts.
Sie stiegen in den Wagen und begannen, die Paradestrecke abzufahren. Kiet beschloß, nichts weiter mehr zu erzählen. Wenn Mai Fragen hatte, sollte sie sie stellen. Sie saß vorgebeugt in ihrem Sitz da und sah forschend nach rechts und links.
Kiet roch zum erstenmal einen Blumenduft. Er fragte sich, ob sie in Hanoi Parfüm trug, ob so ein herrlicher Duftstoff als konterrevolutionär betrachtet würde.
Sie bogen nach links in die Mu Hickorn ein. An dieser geschäftigen Straße lagen viele Kinos und Terrassencafés. Gerüche nach Fisch, Fleisch und Soßen wehten durch den Citroën und überdeckten zeitweise Madame Mais verlockendes Aroma. Die Filmreklame war handgemalt. Diese Woche wurden offensichtlich nur indische und chinesische Filme gespielt. Jene schrecklichen und gewalttätigen Kung-Fu-Epen aus Hongkong und Taiwan. Rührselige Hindu-Liebesfilme, zerbrechliche Heroinen in Saris, mit seltsamen Farbtupfern im Gesicht. Ah, und dort auf einem Poster »Sabu the Jungle Boy«, ein ganz alter Film, ein Klassiker. Kiet mochte den Film. Nach Savhanakip würde er ihn sich wieder einmal anschauen.
Links in die Rue Ho Chi Minh. Die Kathedrale und das Rathaus, das jetzt Zentrum für öffentliche Verwaltung hieß. Überqueren der Avenue Dwight Eisenhower, auch bekannt

als Le Avenue. Dort gab es schicke Geschäfte, in denen Fremde und reiche Luonganer einkauften.
»Tu Do«, sagte Mai und blickte zurück, während sie über die Kreuzung fuhren.
»Wie bitte?«
»Ihre Le Avenue gleicht der Tu Do Street in Ho Chi Minh City. Während der französischen Besetzung hieß sie Rue Catinat. Kein Unterschied. Jede unterdrückte und unterentwickelte Nation hat eine Le Avenue, eine Tu Do, wo die Beute aus Gier und Korruption ausgegeben wird.«
»Die Käufer in der Le Avenue haben Geld, und über Gier und Korruption möchte ich nicht streiten. Existiert die Tu Do also immer noch in –« Beinahe hätte Kiet sich versprochen und Saigon gesagt, ein schlimmer Ausrutscher gegenüber diesen vietnamesischen Kommunisten. »– Ho Chi Minh City?«
»Nicht mehr so prächtig wie vor der Befreiung. Aber Küchenschaben sind ja angeblich unausrottbar. Und der schwarze Markt blüht nach wie vor.«
Kiet verfolgte das Thema nicht weiter. Madame Mai reagierte offensichtlich sehr heftig darauf, und er war sich nicht ganz sicher, ob ihre Verachtung von politischen Ansichten oder von Neid genährt wurde. Der vietnamesische Dong war kränker als der kranke Zin von Luong. Der Lohn, den sie für ihre Arbeit in der Botschaft erhielt, war wahrscheinlich gering und für die Ladenbesitzer in der Le Avenue äußerst wertlos. Wenn sie gern eine Brosche oder einen modischen Haarschnitt oder eine Lederhandtasche gehabt hätte, konnte sie davon nur träumen.
Rechts in die Avenue Ronald Reagan. Ein Park. Büros. Eine Bar. Ein Lagerhaus. Zwei Blocks weiter rechts in den Ma San Boulevard, der sich nordwärts wand, parallel zum Fluß.
»Der Hafen«, sagte Kiet und zeigte mit dem Daumen hinüber. Er hatte das Schweigen satt.
Madame Mai beugte sich zu Kiet und spähte zwischen ihm und dem Steuerrad hindurch. Ein seidener Ärmel berührte seinen bloßen Unterarm. Ihr Parfümduft wurde stärker und mischte sich mit ihrem Atem.

»Ich sehe nur Fischerboote und Getreidekähne«, sagte sie. »Hauptsächlich, ja. Hickorn ist kein Hafen für Frachter und Schlachtschiffe. Luong hat keinen Zugang zum Meer. Den Ma San hinauf und hinunter wächst Reis, nahe beim Wasser. Das Getreide wird in Hickorn abgepackt und gemahlen. Meine Schwester und ihr Mann sind Bauern, zwanzig Kilometer flußaufwärts.«

»Und warum sind Sie kein Bauer, Superintendent?«

Kiet schüttelte den Kopf. »Manchmal helfe ich beim Pflanzen. Aber ich halte nichts von Rückenschmerzen und schlammigen Füßen.«

Mais Lachen klang melodisch. Sie berührte seinen Arm und fragte: »Warum wurde das Nationalstadion auf einer Insel gebaut?«

Kiet erschauerte. Laut sagte er: »Weil dort genug Platz war, ungenutzt und praktisch. Die Einwohner von Hickorn können zu Fuß hingehen oder mit dem Rad fahren, wenn sie sich kein Taxi oder Radtaxi leisten können. Die andere Möglichkeit wäre gewesen, Dschungel kahlzuschlagen, Kilometer von der Stadt entfernt.«

Kiet fuhr auf die Foh Ten Bridge. Beton- und Stahlträger verbanden Hickorn und die schrecklichen Slums, nach denen die Brücke hieß. Schuppen aus Blech und Holzresten auf der anderen Seite des Flusses waren das Zuhause von Luongs Armen und Flüchtlingen, die vor dem Gesetz und auch vor ihrer persönlichen Verantwortung geflohen waren. Er erwartete halb eine scharfe Bemerkung über Foh Ten und die kapitalistische Ungerechtigkeit, aber Mai schwieg.

Die Foh Ten Bridge bestand eigentlich aus zwei kurzen Brücken, die zu beiden Seiten der schmalen Spitze von Savhana Island den Fluß überspannten. Diese Konstruktion war für den französischen Ingenieur, der sie gebaut hatte, einfacher gewesen. Kiet fuhr beim Ostbogen ab und schwang links in die Straße zum Stadioneingang ein. Er parkte auf einem Parkplatz, der bis auf ein paar Wartungswagen, einen Bus und zwei Polizeimotorräder leer war.

»Vor Savhanakip sind hier meine Leute rund um die Uhr postiert, Madame«, sagte Kiet. »Zur Spielzeit werden keine

Plastikbomben unter den Zuschauersitzen kleben, da können Sie sicher sein.«
»Hervorragend«, antwortete Mai. »Können wir hineingehen?«
»Kommen Sie!«
Das Nationalstadion war ein anspruchsloses Oval aus Eisengestellen, die flache Holzbänke trugen. Ein schmaler, durch eine Kette abgetrennter Teil mit gepolsterten Theatersesseln beim Mittelfeld war für bedeutende Leute reserviert, vor allem für Prinz Pakse und seine Begleitung. Abgesehen davon waren die vierzigtausend Sitze demokratisch unbequem.
Wartungsleute arbeiteten am näheren Ende und ersetzten Grasstücke, schnitten den Rasen mit Handscheren und zogen Kalklinien. Das Luonganer Team trainierte Pässe und Schüsse am entfernteren Tor. Kiets Beamte saßen auf der Teambank, rauchten Zigaretten und waren nicht unbedingt dabei, nach Plastikbomben zu forschen. Sie entdeckten den Superintendenten, sprangen auf und salutierten. Kiet vergab ihnen ihren Müßiggang und winkte.
Das Team trainierte jetzt ein Zusammenspiel. Der Flügelmann schoß den Ball hoch über das Tor hinaus. Der gegnerische Flügelmann verfolgte den Ball zur Seitenlinie und schickte ihn in einem schlappen Bogen zum Stürmer, der weit danebenschoß. Ein Trainer mit rotem Gesicht pfiff auf seiner Trillerpfeife. Ein anderer schlug sich die Hände vors Gesicht.
Kiet stöhnte und murmelte in sich hinein: »Mit wieviel Toren werden wir dieses Jahr verlieren?«
Madame Mai, die offensichtlich kein Fußballfan war, betrachtete forschend die Königsloge. »Wie sieht der Zeitplan nach dem Spiel für die Ehrengäste und die Mannschaften aus? Wird in die Stadt zurückmarschiert?«
»Nein. Die Würdenträger werden mit Armeefahrzeugen in die Stadt zurückgebracht. Wenn das Spiel zu Ende ist, wird viel Alkohol geflossen sein, hier und in Hickorn. Da gehen die Wellen der Gefühle hoch, vor allem, wenn Luong geschlagen wurde.«

»Ich bin beeindruckt«, sagte Mai. »Ich werde Botschafter Dang sagen, daß Sie alles tun, was getan werden kann.«
»Vielen Dank.«
»Ich habe noch eine letzte unbedeutende Sorge. Unsere Mannschaft trifft übermorgen am Flughafen ein. Könnten wir . . .«
»Wir können tatsächlich«, sagte Kiet. Er fuhr sie zum Internationalen Flughafen von Hickorn. Der Terminal war eine schäbige getünchte Angelegenheit. Ausländische Besucher, die die Überfüllung und den Wahnsinn der Flughäfen von New York und Tokio gewohnt waren, wunderten sich jedesmal, daß ein so schäbiges und schläfriges Unternehmen der wichtigste Endpunkt einer Hauptstadt war und ihr Tor zur Welt.
Kiet, den man beschuldigte, ein Feind des Fortschritts zu sein, war darüber nicht beleidigt, am wenigsten jetzt. Die Stille war ein Segen. Wieviel einfacher würde es für jemanden sein, einen gewissen goldenen, mit Juwelen besetzten Gegenstand aus dem Königreich Luong zu schmuggeln, wenn man die sprichwörtliche Sardine in einer übervollen Büchse mit Reisenden war.
Im Augenblick fanden keine Landungen oder Starts statt. Trotz des erhöhten Touristenstroms gab es ruhige Zeiten. Keine auf ihren Anschluß wartenden Passagiere dösten in den Sesseln oder redeten auf uninteressiertes Bodenpersonal ein, weil ihr Gepäck in Delhi oder Djakarta geblieben war. Madame Mai zählte einunddreißig Menschen. Kiet informierte sie, daß fünf von den einunddreißig keine Zivilisten waren.
»Polizeibeamte in Zivil?« flüsterte sie.
Kiet nickte verschwörerisch.
»Ich bin wirklich beeindruckt«, meinte sie. »Ihre Leute sind in der Lage, unsere Fußballmannschaft schon zwei Tage vorher zu beschützen?«
»Ja. Man muß auf alle Möglichkeiten gefaßt sein«, log Kiet. Die fünf Männer waren natürlich Captain Binhs Leute, die den Abflug des goldenen Pfaus verhindern sollten.

»Ich bin zufrieden«, sagte sie. »Ich werde Sie nicht mehr länger in Ihrem arbeitsreichen Tag stören.«
»Gestatten Sie, daß ich Sie zu einer kleinen Erfrischung einlade, ehe wir abfahren«, sagte Kiet.
»Sie haben mir schon so viele Gefallen getan. Das müssen Sie nicht.«
»Ein rein egoistisches Motiv, Madame«, erwiderte er und geleitete sie zur Cocktail Lounge. »Meine Kehle ist wie ausgedörrt.«
Sie nahmen an einem Fenstertisch Platz, von dem aus die Rollbahnen zu sehen waren. Kiet bestellte ein Golden Tiger, Mai eine Flasche Mineralwasser. War das das Lieblingsgetränk asketischer Guerillakämpfer? Er fragte besser nicht. Er sprach überhaupt nichts, Mai schwieg ebenfalls. Sie waren es zufrieden, in den weichen Barsesseln zu sitzen, sich aus ihren kalten beschlagenen Flaschen einzugießen, auszuruhen und hinauszuschauen.
Ein Flugzeug landete und rollte zum Terminal. Es war eine plumpe zweimotorige Boeing, die dreimal in der Woche von Bangkok kam. Mechaniker schoben eine Treppe auf Rollen zur Tür. Ungefähr fünfzig Passagiere stiegen aus.
Einige waren Luonganer, andere Thais. Über die Hälfte waren Amerikaner und Japaner. Sie blinzelten ins grelle Tageslicht und reckten die Hälse. Ein frisches Kontingent Kunden von »Unbekanntes Asien«. Anfangs erkannte Kiet niemanden, obwohl ein Mann, ein rundlicher Luonganer, seine Gedächtniszellen kitzelte.
Minuten später, zu spät, um noch irgend etwas zu unternehmen, reagierten die Gedächtniszellen endlich. Wie wenn ein Kind seine Puppe auszieht, zog Kiet im Geist dem Mann den blauen Geschäftsanzug aus, das weiße Hemd und die blaue Krawatte. Er ersetzte die seriöse Kleidung durch eine grelle Aufmachung, die Binh als veralteten Freizeitkunststoffanzug amerikanischen Zuschnitts bezeichnet hatte. Er fügte noch eine dicke goldene Halskette hinzu. Er rasierte den Ziegenbart ab und nahm die Brille weg.
Der Mann war der Freund von Touristikminister Phorn Ridsa, den Kiet vor einem Jahr ins Exil geschickt hatte: Fo

Tia, der ehemalige Bürgermeister von Hickorn war inkognito nach Luong zurückgekehrt.
Kiet trank sein Golden Tiger zu schnell und hatte einen Hustenanfall. Als er sich erholt hatte, fragte Mai: »Ist Ihnen das Bier in die falsche Kehle geraten?«
»In gewisser Weise, Madame«, antwortete Kiet. »Falsch. Ja. Ganz sicher.«

11

Kiet setzte Mai an der vietnamesischen Botschaft ab und verbrachte den Nachmittag im Präsidium, wo er Akten aufarbeitete. Er haßte diesen Aspekt der Polizeiarbeit, diese Schinderei mit Berichten, dem kleinlichen Ausfüllen von Formularen und dem Schreiben von Aktennotizen zwischen den Abteilungen. Er war frustriert, und das machte die bürokratische Hausarbeit zweimal so langweilig. Er würde das Durcheinander um den goldenen Pfau und Ambulance Al Selkirk nicht in Ordnung bringen, indem er seinen Namen auf Schriftstücke setzte und Zahlen in Formulare eintrug. Deshalb hatte er kein schlechtes Gewissen, als er früh nach Hause fuhr.
Er berechnete den Zeitpunkt seiner Abfahrt genau. Er schätzte, wie lange er brauchen würde, bis er im Wohnzimmer auf dem Sofa saß, gerade wenn die Themamusik zu spielen begann und der Vorspann der ersten der beiden Folgen von »Gunsmoke« den Bildschirm in Schwarzweiß ausfüllte.
Kiet stieg pünktlich aus seinem Citroën aus, drückte die Klinke zum Tor hinunter und sah sich einem Hindernis seines Plans gegenüber. Er ging in den Hof und dann zu dem Hindernis, das man wie mit dem Schuhlöffel in seinem kleinen Hof geparkt hatte. Er staunte, mit welcher Kunstfertigkeit das senfgelbe und silberne Ungetüm rückwärts hineingefahren worden war, ohne irgendwelchen Schaden anzurichten. Der Zwischenraum zwischen dem glänzenden Me-

tall des Wagens und der Hauswand war so gering, daß er die ganze Länge seitwärts würde gehen müssen.
Die Bewunderung für den kunstfertigen Autofahrer machte Wut Platz. Kiet betrachtete die vier verchromten Scheinwerfer des Chryslers und wünschte, er würde Stiefel tragen statt Sandalen. Er hätte sie eingetreten. Statt dessen trat er gegen die Haustür. Sie stand schon ein wenig offen, so daß er seinem Ärger schmerzlos Luft machen konnte.
»Hallo, mein Lieber!«
Chick Chipperfield sprach vom Sofa aus. Seine schuhlosen, weißbestrumpften Füße ruhten auf einem Sitzpolster. Kiets Kater ohne Namen schlief ungewöhnlich tief in seinem Schoß, den Kopf auf der Golden-Tiger-Flasche, die zwischen Chipperfields Beinen lag. Der Fernseher dröhnte.
»Mein Adjutant hackt auf mir herum, weil ich die Türen nicht abschließe«, sagte Kiet, sich an Chipperfield vorbeischiebend, um die Lautstärke zu verringern und die Antenne richtig zu postieren. »Vielleicht sollte ich endlich auf ihn hören.«
»Hatte ich ja Glück. Ich sage Ihnen, ich war in einer scheußlichen Lage, wie zwischen einem Felsen und einer harten Wand. Nachdem mich die Blödiane von der Botschaft weggejagt hatten, wußte ich nicht, ob ich scheißen oder erblinden sollte.«
Eine medizinische Abnormität, die Fehlfunktionen der Eingeweide und der Augen miteinander verband? In Chipperfields Fall eine biologische Unmöglichkeit, die durchaus hätte möglich sein können. Kiet schnippte mit dem Fingernagel gegen den Antennenmast und eliminierte Miss Kittys hübschen Schatten. Er sagte: »Sie hätten sich im Präsidium stellen können.«
»Ich mich stellen! Zum Teufel! Ich habe doch nichts getan! Ich bin hier, um Schutz zu suchen. Wenn ich zu Ihrem Präsidium gehe und Sie sind nicht da, um alles zu erklären, stekken mich Ihre Gendarmen in eine Zelle und werfen den Schlüssel weg.«
Kiet betrachtete den Touristikunternehmer, den ehemaligen Wagenhändler, den Überlebenden der Doublemint Twins.

Er erkannte Chick Chipperfields großsprecherische Fassade und sah in seinen Augen Todesangst. »Sie ersuchten um politisches Asyl. Sie erzählten Botschafter Smithson, Sie hätten Angst, von Berufskillern meuchlings ermordet zu werden.«
Chipperfield nickte eifrig. »Ja, Berufskiller. Kommunisten, soviel ich begreife.«
»Weil«, sagte Kiet, »der Erfolg von ›Unbekanntes Asien‹ Luongs Wirtschaft verbessert und die Propagandakampagne der Roten unterminiert, die in der Hauptsache auf Unzufriedenheit basiert?«
»Ja, das trifft's genau. Smithson, der ist ein Wichtigtuer, aber kein Dummkopf. Er sieht die Sache genauso. Er weiß, was gespielt wird.«
Kiet fiel ein Unterteller voll Golden Tiger am Boden neben Chipperfield auf. Die wie in tiefer Bewußtlosigkeit daliegende Katze teilte die Schwäche ihres Herrn für das Gebräu.
»Tatsächlich? Hat man versucht, Ihnen das Leben zu nehmen?«
»Nun, nein, aber wenn Sie soviel herumgekommen sind wie ich, dann riechen Sie den Braten. Sie kennen ja den Witz von dem zweiten Schuh, der noch gegen die Wand geworfen werden muß.«
»Ist Ihr Partner Mr. Selkirk auch besorgt?«
»Na sicher, er ist kein Dummkopf.«
»Wo ist er denn?«
Chipperfield trank einen tiefen Schluck. Luftbläschen stiegen in der Flasche auf. Er klopfte sich auf den Bauch, rülpste leise und sagte: »Das Zeug ist wirklich nicht schlecht. Ihrem Kater schmeckt's auch. Ich schulde Ihnen was.«
»Sie haben meine Frage nicht beantwortet.«
»Verkaufen Sie mich nicht für dumm, Kiet! Al ist tot, und ich habe eine Scheißangst, weil er tot ist. Ich bin der nächste auf der Liste.«
»Sie sagten, er *ist* kein Dummkopf. Gegenwart. Sie sind bei mir genauso spröde wie in der Botschaft.«
»Okay, okay. Ich wußte es.«
»Wann haben Sie von Mr. Selkirks Tod erfahren?«

»Ich kriegte einen Anruf in meinem Hotelzimmer. Riß mich aus tiefem Schlaf.«
»Von wem?«
»Von Latisa Chi.«
»Aus dem Nationalmuseum?«
»Ja. Der arme kleine Kerl. Ich konnte kaum verstehen, was er sagte. Er hatte sich gerade die Eingeweide aus dem Leib gekotzt.«
»Was bitte wollte Mr. Selkirk mitten in der Nacht im Nationalmuseum?«
»He, wie soll ich das wissen? Al war frei, weiß und einundzwanzig. Er war ein großer Junge.«
»Hat der große Junge Ihnen je anvertraut, wieso er zufällig einen Schlüssel zum Museum besaß?«
»Einen Schlüssel? Nein. Hm – das ist mir völlig neu.«
»Ich bin durchaus bereit, Mr. Chipperfield, für Ihren Schutz zu sorgen.«
Chipperfield klatschte in die Hände und rieb sie dann aneinander. »Ich wußte, ich war auf dem richtigen Leitstrahl, als ich zu Ihrem Haus fuhr, Kiet. Ich habe schon gehört, daß Sie okay sind. Geben Sie mir vierundzwanzig Stunden, um mit meinen Geschäften klarzukommen und ein Ticket zu kaufen, und ich bin weg vom Fenster. Ich werde ›Unbekanntes Asien‹ mit Fernbedienung von Bangkok aus steuern. Das Leben ist für einen politischen Mord und all diesen Unsinn zu kurz.«
»Schutz im Tausch für Informationen.«
»Ich habe Ihnen alles gesagt, was ich weiß.« Seine Augen waren groß vor Unschuld.
Chester war gerade in das Büro des Marshals geplatzt, sein lahmes Bein nachziehend, und berichtete Matt stammelnd, daß ein schießfreudiger Fremder im *Longbranch* auf Leute zielte. Kiet stöhnte. Er würde eine herrliche Szene verpassen. Er packte Chipperfield am Handgelenk und zog ihn auf die Füße. Die Katze machte einen Salto, landete auf allen vieren, fauchte und schlüpfte in die Küche.
»He!« Chipperfield stemmte sich mit seinen weißbestrumpften Füßen gegen die Tür. »Wohin gehen wir?«

»*Sie* gehen? Ihr Zielort ist für mich nicht von Interesse.«
»Sie bringen mich damit um, Kiet! So sicher, als würden Sie mir eine Waffe in den Hals stecken.«
Kiet hatte ihn rücklings nach draußen gezogen. Er warf ihn gegen den Chrysler und sagte: »Informationen.«
Chipperfield weigerte sich, ihm in die Augen zu sehen, und sagte: »Kann sein, daß ich das eine oder andere vergaß zu erwähnen. Aber Sie müssen mir glauben, daß ich ziemlich ehrlich zu Ihnen bin, alles in allem betrachtet.«
»*Ziemlich* ehrlich?«
»Okay, einverstanden«, lenkte Chipperfield ein. »Sie haben mich in die Enge gedrängt. Wenn ich mich nicht täusche, ist noch mehr Golden Tiger in Ihrem Kühlschrank.«
»Kommen Sie«, sagte Kiet.

Sie sprachen nicht, bis die erste Folge von »Gunsmoke« zu Ende war. Der fremde schnelle Schütze, der im *Longbranch* für Aufregung sorgte, war, wie sich herausstellte, der jüngere Bruder eines anderen schnellen Schützen, den Matt erschossen hatte, weil er noch schneller gewesen war. Er war nach Dodge City geritten, um sich zu rächen. Matt schickte ihn auf den Weg, etwas klüger und weniger bösartig. Die Vernunft hatte über die Gewalt triumphiert. Kiet war begeistert.
»Wen, sagte Mr. Selkirk, wollte er letzte Nacht treffen?«
»Phorn Ridsa.«
»Warum?«
»Das sagte Al nicht. Er verriet nur, daß Ridsa ihn dringend sprechen wollte. Al, mein alter *Kemo Sabey*, Gott sei seiner Seele gnädig, dachte wohl, er würde mich später einweihen. Ich hatte nur so eine Vermutung.«
»Und die wäre?«
»Es geht um Ihr Schmuckstück Nummer eins, wegen dem Sie uns gestern im *Terrasse* aushorchten. Der glänzende Kopfschmuck. Es ist kein Geheimnis, daß ihn jemand die Nacht vorher geklaut hat. Diese Stadt gehört Ihnen, Kiet! Wenn Sie den Klatsch auf Flaschen ziehen und für fünf Dollar die Flasche verkaufen würden, wären Sie Millionär.

Ridsa saß auf Kohlen. Wenn Al einen Schlüssel hatte, wie Sie behaupten – nun, vielleicht hielt ihn Ridsa für den Dieb.«
»Ist die Annahme richtig?«
»Nein. Ich und Al, wir waren mit Schwestern verheiratet, und wir waren Partner, ja, aber ich habe ihm nie hundertprozentig getraut. Zuzutrauen ist es ihm, aber dann hätte ich es gewußt.«
»Beschreiben Sie, in welcher Beziehung Sie zu Minister Ridsa standen.«
Chipperfield grinste hämisch. »Der Bursche hat einen Komplex. Er liebt die Macht. ›Unbekanntes Asien‹ war sein Kind, und wir mußten nach seiner Pfeife tanzen. Ich glaube, es macht ihm Spaß, Weiße herumzukommandieren. Ich und Al, wir verdienten viel Geld, also, warum zum Teufel sollten wir nicht mitspielen. ›Unbekanntes Asien‹ und der *Luong Burger* waren starke Geschütze. Wenn wir erst mal Werbezeit verkaufen, würde das Fernsehen auch zu einer Goldmine. Wir spielten Ridsas Spiel, redeten ihn mit Sir an und küßten ihm den Hintern, die ganze Palette.«
»Die Entstehungsgeschichte von ›Unbekanntes Asien‹ ist nicht ganz klar.«
»Ist das eine Frage? Okay. Ich und Al, wir hatten uns zu Hause von Tisch und Bett getrennt. Unsere Frauen arbeiteten in der Reisebranche, deshalb konnten wir billig umherreisen. Wir mochten den Fernen Osten. Er ist für alles offen, und die Weiber kennen ihren Platz, im Gegensatz zu den Barrakudas, mit denen wir verheiratet gewesen waren, doch das ist eine andere Geschichte. Jedenfalls hatten wir zu Hause gewisse Probleme, aber das ist wieder eine andere Geschichte. In Bangkok haben wir ein paar Kontakte geknüpft, je mal dortgewesen?«
Kiet schüttelte den Kopf.
Chipperfield blinzelte. »Sie sind Junggeselle, was? Sie sollten mal für ein Wochenende rüberzischen. Die Stadt ist der Traum jedes Junggesellen. Ich werde den Abend nie vergessen, an dem wir diese beiden Süßen –«
»Ihre Kontakte in Bangkok, bitte.«

»Sie würden sich wundern, wie viele Leute aus Luong in Thailand leben. Manche von den Burschen haben noch einen heißen Draht hierher.«
Kiet schloß kurz die Augen. »Kommen wir doch zur Sache, bitte, möglichst schnell.«
»Okay, in Ordnung. Dieser eine Bursche, mit dem wir in einem feineren Wasserloch tranken, er war dick befreundet mit Ridsa. Wir kamen ins Gespräch. Worin wir gut waren, war genau das, worin er auch gut war. Er rief Ridsa an, der rüberflog und drei Tage lang mit uns herumzog. Drei Tage Geschäft und Vergnügen, Kiet, es war unglaublich.«
»Wie hieß der dicke Freund von Ridsa?«
Chipperfield bohrte mit den Fingern der einen Hand im Handteller der anderen. »Die Zeit ist zu Ende. Hm-hm. Ridsa, der Kerl hat überall Ohren. Und er hat uns klargemacht, daß das streng vertraulich ist, zwischen ihm und uns.«
»Soll ich raten?«
Chipperfield zuckte die Achseln. »Wir leben in einem freien Land.«
»Es ist Fop Tia, Hickorns ehemaliger Bürgermeister.«
»Ja.«
»Ist er im Augenblick in Hickorn?«
»Ich weiß es nicht, aber Sie benehmen sich so, als wäre er's.«
»Wo würde er dann wohnen?«
»Keine Ahnung.«
»Minister Ridsa, Ihr Geschäftspartner, könnte es wissen.«
»Vielleicht.«
»Werden Sie sich erkundigen?«
»Die Zeit ist abgelaufen, Kiet. Mehr Informationen für Schutz gibt es nicht.«
»Mein Gefängnis ist der sicherste Ort in ganz Hickorn.«
»Unmöglich. Dieser Bursche hier wird nicht mit einer Bande von dreckigen Perversen zusammengesperrt, die Fischköpfe und Reis essen. Hören Sie, begleiten Sie mich zu einem Flugzeug.«
»Kein Flugzeug.«
»Es ist mir ernst, Mann, Sie haben die Quelle trockengelegt.«

»Schließen wir einen Kompromiß.«
»Ich höre.«
»Sie kehren in Ihr Hotelzimmer im *Continental* zurück. Ein bewaffneter Posten steht Tag und Nacht vor Ihrer Tür.«
Chipperfield schwieg, um nachzudenken, und zupfte sich dabei am Ohr. »Also«, meinte er dann. »Bangkok wäre besser.«
»Fischköpfe und Reis und dreckige Perverse wären schlimmer.«
»Ja, aber Ihre Vorstellung von Schutz ist eigentlich Hausarrest.«
»Das Gefühl des Beengtseins ist oft eine Geisteshaltung.«
»Sie werden wieder orientalisch unergründlich, was? Okay, in Ordnung. Unter einer Bedingung.«
»Die wäre?«
»Daß wir die Sache um eine Stunde verschieben und uns die zweite Folge von ›Gunsmoke‹ ansehen. Die Sender zu Hause, die zeigen keine solchen guten Serien mehr. Einverstanden?«
Kiet lächelte. »Einverstanden.«

12

Bansam Kiet deponierte Chick Chipperfield in seinem Hotelzimmer, beorderte eine Wache aus dem Präsidium vor die Tür und fuhr mit gefährlich hoher Geschwindigkeit nach Hause, während er sich innerlich über die unfairen Sprünge und Wendungen beklagte, die seine Arbeit immer wieder nahm und die ständig an den Ecken seiner Freizeit knabberten.
Dieser Gemeinplatz paßte auch auf die Show, die Kiet sich anzusehen begann: »The Life and Legend of Wyatt Earp.« Wie konnte ein so geleckter und manikürter adretter Marshal in einer Stadt wie Dodge City für Ruhe und Ordnung sorgen, einer Stadt, die sowieso Matt Dillon gehörte? Wie konnte ein feiner Maxe mit Schnurkrawatte und pomadi-

siertem Haar den ungehobelten Grenzstadtbewohnern Respekt abverlangen?

Vielleicht hatte er eine schnelle Hand, einen Colt 45, mit dem er gut umgehen konnte. Die Gewißheit, daß die Gewalt am Ende besiegt werden würde, hielt ihn davon ab, das Gerät angewidert abzustellen und ins Bett zu gehen. Kiet wußte, daß die Autoren eine lohnende Endauseinandersetzung eingeplant hatten. Amerikanisches Fernsehen, dachte er. Sie hatten die Phantasievorstellung von schneller Gerechtigkeit perfektioniert.

Es klopfte an die Tür, und Kiet ging hin, um zu öffnen.

»Zweimal an einem einzigen Tag dringe ich unangemeldet bei Ihnen ein«, sagte Madame Mai. »Bitte, entschuldigen Sie dies tausendmal! Aber ich würde Sie nicht zu Hause aufsuchen, wenn es nicht wichtig wäre.«

Nachdem sie aufgehört hatte zu sprechen, verneigte sie sich leicht, wie sie es in Botschafter Dangs Zimmer getan hatte. Eine respektvolle Geste, ja, dachte Kiet, aber Demut stand ihr nicht. Verblüfft bat er sie, hereinzukommen und auf dem Sofa Platz zu nehmen. Sie setzten sich, jeder an ein Ende.

Statt der weiten Jacke trug sie einen schwarzen Pyjama, die Standarduniform der grausamen Vietcong-Guerillas. Aber ihr Anzug schien nicht für den Kampf gemacht zu sein. Er war zu glänzend, der Schnitt zu elegant.

»Ich muß mich auch für meine informelle Kleidung entschuldigen«, begann sie, nachdem sie sich gesetzt hatte. »Ich erhielt eine Mitteilung aus Hanoi und eilte sofort zu Ihnen.«

Kiet errötete. Mai hatte ihn dabei ertappt, wie er sie unverhohlen anstarrte. Er stellte den Fernseher ab und fragte: »Darf ich Ihnen – hm – eine Erfrischung anbieten?«

»Nein, danke. Lassen Sie mich sagen, was ich zu sagen habe. Dann werde ich mein aufdringliches Selbst aus Ihrem Haus entfernen. Unsere Fußballmannschaft kommt schon morgen an, nicht erst übermorgen.«

Kiet stöhnte. »Warum das denn?«

»Unsere Anführer haben entschieden, daß das Team sicherer ist, wenn der Zeitplan geändert wird. Man könnte einwenden, daß ein Tag nach dem angekündigten Datum bes-

ser wäre als ein Tag vorher, weil die Mannschaft dann zwei Tage weniger in Luong sein müßte.«
»Ja, das könnte man einwenden«, stimmte Kiet düster zu. »Ich bin auch der Meinung. Auf diese Weise verlieren wir einen Tag für die Vorbereitungen.«
»Aber wer immer etwas im Schilde führt, hat den Plan sorgfältig ausgearbeitet und das schon weit im voraus. Abgesehen von dem Umzug am Savhanakip halten wir die Ankunft am Flughafen und die Fahrt zur Botschaft als die am wenigsten abzusichernden Schwachpunkte. Wir rechnen mit dem Überraschungsmoment bei ihnen.«
Bei ihnen, dachte Kiet. Diese Ausländer und ihre Angst vor Verschwörungen. »Wäre ein Tag später nicht auch eine Überraschung?«
»Eine Kampfeinheit, an Ort und Stelle gebracht, braucht nur abzuwarten.«
Ja, dachte Kiet, vielleicht wenn es sich um einen Überfall auf dem Land handelt. Aber Verrückte, die mit Sprengstoff und Waffen beladen waren und in einer Stadt vierundzwanzig Stunden warten mußten, würden ein wenig mehr auffallen. Er begann, die labyrinthische vietnamesische Logik zu verstehen. Jahrzehntelanger Dschungelkrieg hatte die Welt zu einem unberechenbaren Schauplatz von Abwehr und Angriff gemacht.
»Wir werden bereit sein«, sagte Kiet. »Hoffentlich.«
Mai stand auf und ging zur Tür. Kiet dachte, sie würde gehen, aber sie sah nur aus dem Fenster und setzte sich dann wieder, diesmal mehr zur Sofamitte hin. »Gehört das alte amerikanische Auto draußen Ihnen?«
»Es wurde von der Polizei beschlagnahmt und vorübergehend hier abgestellt.«
»Sie wohnen schön«, sagte sie, während ihr Blick im Zimmer umherwanderte. »In Vietnam würden sich drei Familien ein so geräumiges Haus teilen.«
Daß Mai keine weitere Neugier wegen Chipperfields Chrysler zeigte, war seltsam. »Ja, ich habe wirklich Glück.«
»Ihre Frau und Ihre Kinder sind heute abend nicht da?«
»Ich lebe allein.«

»Entschuldigen Sie. Ich wollte nicht in Ihrem Privatleben herumschnüffeln.«
Kiet hatte das Gefühl, daß sie nicht herumschnüffelte, sondern Bescheid wußte. Trotzdem sagte er: »Ich war einmal verheiratet. Tien, meine Frau, starb in der Choleraepidemie von 1966. Wir wohnten hier. Kinder hatten wir keine.«
»Das tut mir leid.«
»Noch mehr Entschuldigungen werde ich nicht dulden«, sagte Kiet in gespieltem Protest. »Botschafter Dang erwähnte, daß Sie auch verwitwet sind.«
»Ja. Mein Mann Thanh wurde in Hue getötet. 1968.«
»Tut mir leid«, sagte Kiet.
Mai schüttelte den Kopf. »Ich spüre keine Trauer mehr. Ich denke mit Freude an ihn. Thanh starb als Held unseres sozialistischen Kampfes. Er und sein Regiment verloren die Schlacht und Thanh verlor sein Leben, aber er nahm viele, viele imperialistische Soldaten mit sich. Mehr als zwanzig Jahre verwitwet, Sie und ich, Kiet. Offensichtlich paßt es zu uns.«
»Ja und nein.« Kiet machte eine unsichere Handbewegung. Sie führte ihn auf ein dunkles wildes Gebiet, eine Ebene, die selbst nach so vielen Jahren nur oberflächlich erkundet worden war. Die Wendung, die ihr Gespräch genommen hatte, erinnerte ihn daran, daß es seit seiner letzten »Beziehung«, wie Binh eine sexuelle Freundschaft nannte, Monate her war.
»Die Freiheit ist gut, nicht wahr? Die Einsamkeit – manchmal schrecklich.«
Er sah sie an und wollte zustimmend antworten, doch da war sie schon bei ihm. Sie küßten und streichelten sich, sie tastete nach seinem Reißverschluß, er zerrte an der Seide und fluchte im stillen, als er hörte, wie der Stoff zerriß. Er kam schnell und ungeschickt, ein zu alter Halbwüchsiger, der, wie es ihm schien, im Bruchteil einer Sekunde den Höhepunkt erreichte.
Sie lagen umschlungen auf dem Sofa, redeten nichts und atmeten heftig, während sie sich gegenseitig die Schweißtropfen von der Stirn wischten. Er unterdrückte eine Entschuldi-

gung und war ihr dankbar, daß sie ihm kein gönnerhaftes Kompliment über seine männlichen Fähigkeiten machte.
Dann stand er langsam auf und zog ihr zart die restlichen Kleider aus, dann auch sich selbst. Er hob Mai auf und trug sie ins Schlafzimmer, wobei er sich Matt und Miss Kitty vorstellte. So würde Matt es machen, der Anfang einer gekonnten Verführung. Doch bei Mr. Dillon gab es keine zerrissene Seide.
Es machte ihnen Spaß, sich ein wenig zu unterhalten, und bald begannen sie, sich zart zu streicheln und zu erkunden.
»Ich kann die Männer an einer Hand abzählen, mit denen ich seit Thanhs Tod geschlafen habe«, sagte Mai. »Ich habe oft gedacht, etwas stimmt nicht mit mir, weil ich mich so selten zu einem Mann hingezogen fühle. Ich hätte nie gedacht, daß mir einmal ein Mann gefallen würde, der kein Vietnamese ist.«
»Botschafter Dang hat mir erklärt, daß Vietnamesen und Luonganer Brüder sind, nach Haut und Seele.«
Mai lachte. »Ihr Luonganer habt eine hellere Haut, und die Nasen sind spitz.«
»Und mir ist aufgefallen, daß die Vietnamesen dunkel sind und breite Nasen haben.«
»Eure Augen sind runder«, entgegnete Mai.
»Schönere Brüste«, sagte Kiet und streichelte sie.
Mai setzte sich auf ihn und schob seine Hände weg. »Tu einfach nichts.«
Hatte er etwas gesagt, das sie erregte? Was? Er gehorchte, und sie bewegten sich in entspannter Einigkeit. Mais Augen schlossen sich in einer nur ihr zugänglichen Ekstase. Sie rollte sich zur Seite, zog seinen freien Arm um sich und legte seine Hand auf ihre Brust.
Er lauschte einen Augenblick auf ihren Atem, dann schlief er ebenfalls ein, wie betäubt, als habe er einen Kasten Golden Tiger ausgetrunken. Die Morgensonne, die durch die Vorhänge drang, weckte ihn. Madame Mai Le Trung war gegangen.
Irgendwie hatte er gewußt, daß sie das tun würde.

13

Am Vormittag um 11.05 Uhr landete eine zweimotorige Turbopropmaschine mit Aeroflot-Kennzeichen und rollte auf das Vorfeld neben dem Flughafengebäude. Eine Zufahrtsstraße zwischen dem Terminal und einem Hangar führte direkt zum Richard Nixon Boulevard, der Schnellstraße, die den Flughafen mit der Stadt verband. Wegen des unvorhergesehenen Zeitdrucks hatte Kiet den Zoll überredet, keine Kontrollen durchzuführen. Die Nationalmannschaft von Vietnam würde nicht in einem überfüllten Gebäude an der Abfertigung Schlange stehen müssen – keine Fragen, keine Gepäckdurchsuchung, keine Gefahr. Wenn die Athleten tatsächlich Konterbande ins Königreich von Luong schmuggelten, dann sollten sie ruhig schmuggeln.

Kiet stand mit Captain Binh außerhalb des Kreises des offiziellen Begrüßungskomitees und beobachtete, wie die vietnamesischen Spieler im Gänsemarsch das sowjetische Flugzeug verließen. Sie waren in die Farben der Landesfahne gekleidet: rote Jogginganzüge mit kühnen gelben Sternen auf dem Oberteil. Es waren trainierte und rauhe junge Männer. Keiner von ihnen lächelte. Das energisch gestraffte Kinn verriet, warum sie gekommen waren.

Luongs Spieler liebten das Vergnügen, lachten gern, und es gefiel ihnen, sich nach dem Training in Bars und Cafés zu verbrüdern. Vielleicht siegen sie im nächsten Jahr, dachte Kiet. Vielleicht können wir die Antarktis herausfordern.

»Ich fürchte, unsere Jungs werden aufgefressen«, bemerkte Binh.

Kiet sagte nichts. Er beobachtete die kurze und informelle Begrüßungszeremonie – Händeschütteln, unnatürliches Lächeln, Applaus. In aller Eile waren ein paar Würdenträger zusammengetrommelt worden. Die meisten gehörten zur mittleren Kategorie der Macht. Touristikminister Ridsa war da, der stellvertretende Außenminister, eine unbedeutende Reihe von Beamten aus anderen Ministerien. Der

schweinchenhafte rauchende Botschafter Dang mit seiner Begleitung, eine Gruppe von Offizieren, ein höherer Rang als Oberstleutnant war nicht darunter.
Madame Mai tauchte neben ihm auf. »Sieht aus, als wäre hier alles unter Kontrolle, Superintendent.«
Bleib kühl und geschäftsmäßig, ermahnte sich Kiet. Binh wird nie Verdacht schöpfen. Er deutete auf einen Bus, in den die Mannschaft jetzt einstieg, und sagte: »Beamte auf Motorrädern werden ihm voranfahren und ihm folgen, bis zu Ihrer Botschaft. Noch mehr Männer habe ich entlang der Fahrstrecke postiert. Sie halten Ausschau nach möglichen Unruhestiftern.«
»Sehr eindrucksvoll. Ich bin unbesorgt.«
Bis dieses Fest vorbei ist, bin *ich* es aber nicht, dachte Kiet. Er hatte eine beträchtliche Anzahl von Leuten von ihrem üblichen Streifendienst abgezogen, um die Vietnamesen zu schützen. Kiet, ein Agnostiker, betete zu jedem Gott, der ihn erhören würde, daß man die Stadt inzwischen nicht brandschatzte. »Ich tue nur meine Arbeit, Madame«, sagte er in möglichst offiziellem Ton.
»Und nochmals vielen Dank für Ihre Unterstützung. Ich muß zu meiner Delegation zurück. Können wir uns später treffen, um die Sicherheitsmaßnahmen für die restliche Zeit ihres Aufenthaltes zu besprechen?«
Kiet nickte kurz, und Mai ging wieder zu ihren Leuten.
»Wie haben Sie von der Änderung erfahren, Superintendent?« fragte Binh. »Sie haben es mir erst heute früh gesagt.«
Der mißtrauische Kiet hatte gehofft, das zu vermeiden, was jetzt auf Binhs gerunzelter Stirn geschrieben stand. Ein in so vieler Hinsicht unerfahrener junger Mann, aber nicht in der geheimen Sprache der Liebenden. »Sie, hm, sie erschien gestern abend bei mir zu Hause.«
»Oh«, machte Binh und studierte den Horizont.
»Ich war nicht im Präsidium, als die Mitteilung in der Botschaft eintraf«, fuhr Kiet fort. »Das Protokoll verlangte, daß sie mit mir Kontakt aufnahm und mit niemandem sonst.«
»Klar«, erwiderte Binh und nickte. »Kein Problem.«

Kiet antwortete nicht. Er glaubte, in Binhs in die Ferne gerichtetem Blick Neid und Ablehnung zu gleichen Teilen zu erkennen: Sein Vorgesetzter hatte sich eine schöne und exotische Frau ins Bett geholt. Sein Vorgesetzter hatte sich eine exotische und schöne Kommunistin ins Bett geholt, die Agentin eines aggressiven Nachbarlandes.
Seit Tiens Tod hatte sich Kiets Liebesleben auf Phasen der Promiskuität und der Keuschheit eingependelt. Seit kurzem hatten sich die Zeiten der Keuschheit zu seinem Lebensstil entwickelt. Ständig irgend jemanden erobern zu müssen, brachte zuviel Unruhe mit sich, kostete zuviel Energie und war irgendwie entwürdigend.
Wieso ließ er es dann nach Monaten der Enthaltsamkeit zu, daß Binh ihm ein schlechtes Gewissen machte? Ein Mann und eine Frau hatten sich einen Abend lang grundlegenden und lange vernachlässigten Bedürfnissen gewidmet. Was war daran so schlimm? Zumindest der Hormonspiegel war jetzt bei ihnen beiden besser, und der allgemeine Gesundheitszustand auch.
Binhs Zensur geriet Kiet in die falsche Kehle. Schlimmer als der stumme Vorwurf war die Umkehrung des uneingestandenen Vater-Sohn-Verhältnisses, das ihre Freundschaft würzte. Würde Binh als nächstes Ausgangssperre verhängen und die Wagenschlüssel verlangen?
Kiet bemühte sich, die Ordnung im Universum wiederherzustellen. »Wie sieht die neueste Entwicklung aus?« fragte er barsch.
Es gelang ihm. Binh zuckte zusammen. Seine Stirn glättete sich. »Selkirk und – na, Sie wissen schon. Was Dr. Chi anbetrifft, so scheint Ihre Vermutung der Schlüssel zu sein, nach dem wir suchten.«
»Ein Spieler?«
»Ja, Superintendent.«
»Hier sind zu viele Ohren«, sagte Kiet. »Kommen Sie.«
Sie gingen durch die Staubfahnen, die der Bus aufgewirbelt hatte, zum Parkplatz und zu Kiets Citroën. »Mr. Lee«, sagte Binh.
»Aha!« Mr. Lee war ein Chinese, dem in Hickorn die Spiel-

salons gehörten. Hauptsächlich spielte man bei ihm mit Würfeln oder Karten, aber er stand in dem Ruf, Wetten auf fast alles anzunehmen. Binh hatte ihn nicht aus Respekt »Mister« genannt. Lees Vorname war unbekannt.
»Ich hab was gegen ihn, weil er jetzt auch Zinswucher betreibt.«
»Die Leute leihen von ihm Geld zu hohen Zinsen?«
»Genau.«
»Die Buchhaltung steckt in Form von Zetteln in der Hosentasche? Rückständige Zahlungen werden von Cro-Magnon-Typen eingetrieben mit Stöcken aus Hartholz, die in ihrem Gürtel stecken?«
»Sie haben's erraten.«
»Warum diese neuartige Kapitalanlage? Ich dachte, Mr. Lee sei ein friedlicher Mann, der sich mit dem Glücksspiel begnügt?«
»Er ist immer noch ziemlich friedlich. Bis jetzt gab es keine größeren Schwierigkeiten, soviel ich weiß. Er hat eine Menge Bargeld und investiert einen Teil in Fernsehern.«
»Mr. Lee kauft und verkauft Fernseher?«
»Hm. Er finanziert sie. Alle Leute in der Stadt wollen ein sogenanntes TV-Gerät, wissen Sie. Seine Zinsen sind maßlos, aber wenn man bei Mr. Lee borgt, kann man sofort einen Sony im Haus haben.«
»Das Fernsehen«, sagte Kiet. »Der Fortschritt.«
»Bis jetzt hat er seine Darlehen auf Leute beschränkt, die kein Risiko darstellen, Superintendent. Seine Kunden lassen sich zwei oder drei Jahre lang schröpfen, aber sie zahlen. Ich glaube nicht, daß es zu Gewalttätigkeiten kommt, aber das habe ich Mr. Lee nicht gesagt, als ich ihn verhörte.«
»War bestimmt die Mühe wert.«
Binh grinste. »O ja.«
»Der Aufhänger für Ihr Interview war sicherlich die Mehrdeutigkeit der Gesetze von Hickorn, was? Und die strikte Auslegung der Gesetze über die Finanzierungsmöglichkeiten für Verbraucher, die ihn in unser bescheidenes Gefängnis führen könnte?«
»Wieso wissen Sie das, Superintendent?«

Kiet lächelte. »Ich habe Sie schließlich ausgebildet. Also, bitte, der Zusammenhang zwischen Mr. Lee und Dr. Chi.«
»Chi ist Lees Opfer, mit Haut und Haar.«
»Bereit, ihn zu verschlingen?«
»Ja. Es scheint, daß der freundliche Dr. Chi ein kostspieliges Laster hat. Er ist vom Spielteufel besessen und hat eine Pechsträhne. In den letzten sechs Monaten ist es ihm nicht gelungen, die richtigen Karten zu bekommen, um seine Seele zu retten. Er hat auf Kredit gespielt.«
»Hervorragende Arbeit, Captain. Wieviel Schulden hat Dr. Chi?«
»Ich konnte Lee nicht festnageln, aber es muß eine Menge sein.«
»Lee hat nie den Eindruck eines geduldigen Mannes auf mich gemacht.«
»Ist er auch nicht. Das ist es ja. Lee hat ihn unter Druck gesetzt. Vor zwei Wochen hat Chi versprochen, seine Schulden zu bezahlen.«
»Alle?«
»Ja.«
»Hat er sie bezahlt?«
»Nein. Aber er hat Lee davon überzeugt, daß er bald zu Geld kommen wird.«
»Haben Sie bei Ihrem Gespräch auch eine Bemerkung über ›Unbekanntes Asien‹ gemacht?«
»Natürlich. Lee spielte den Dummen, und ich bin halbwegs geneigt, ihm seine Ahnungslosigkeit abzukaufen. Aber wenn Chipperfield und Selkirk den goldenen Pfau zusammen mit Chi gerupft haben, dann ist klar, warum Chi bald zu Geld kommt.«
»Allerdings.«
»Ich finde, Superintendent, die Zeit ist reif für ein Verhör von Chi.«
»Ganz meiner Meinung.«
»Und wir schließen ihn an den Lügendetektor an?«
Wie kann ich ihm das angesichts so ausgezeichneter Polizeiarbeit verweigern, dachte Kiet. »Selbstverständlich«, murmelte er. »Ich bestehe darauf.«

»Das ist gar nicht unser Lügendetektor, Superintendent!«
Captain Binh hatte ihn gerade aus dem Versandkarton genommen. Das Gerät war ein rechteckiger Metallkasten. Auf der Oberseite waren ein Knopf und eine Anzeigenskala. Zwei isolierte Drähte ragten hervor. Sie waren zusammengebunden, das eine Ende offensichtlich dazu bestimmt, in einen Stecker an der Seite des Kastens gesteckt zu werden. Am anderen Ende waren die Drähte aufgeteilt und an verschiedenen Punkten mit einem Plastikband verbunden, das mit einer Schließe geschlossen werden konnte. Es sah aus wie ein kleiner Gürtel.
»Tut mir leid«, sagte Kiet, »aber meine Erinnerung an den anderen Lügendetektor ist ziemlich dunkel.«
»Es war ein richtiges Kunstwerk, Superintendent. Er hatte Einstellknöpfe, Atemkontrolle, galvanische Fingersensoren, und er druckte ein Schaubild aus. Das ist eine schreckliche Verwechslung.«
Kiet untersuchte das Gerät genau. Am Boden war ein Schildchen aufgeklebt: Eigentum des Blenheim Waisenhauses, Ottumwa, Iowa.
»Ein Waisenhaus!« stellte Kiet erstaunt fest. »Was für eine Verwendung hat ein Waisenhaus für einen Lügendetektor? Ihn bei Kindern anzuwenden ist schlimm.«
»Ich weiß es nicht«, antwortete Binh in einem klagenden Ton, der Kiet in den Zähnen weh tat. »Ohne die Brusträhren kann man den Atemvorgang und die Herzkranzgefäße nicht beobachten. Ohne Fingersensoren kann man die unterschiedliche Schweißabsonderung nicht messen.«
Kiet zuckte die Schultern. Ihm sagte Binhs technisches Erklären nichts. »Vielleicht war unser Gerät veraltet. Der Fortschritt, Captain. Vielleicht haben sie uns irrtümlich das neueste und technisch verbesserte Modell geschickt, das schon mit dem Anbringen eines einzigen Kabels funktioniert.«
»Ich weiß es nicht«, wiederholte Binh. »Unser alter Lügendetektor war so raffiniert. Der hier sieht aus wie ein Spielzeug.«
Sie standen vor dem Verhörzimmer, in dem ein zur Zusam-

menarbeit nicht bereiter Dr. Latisa Chi wartete. Ohne Anwendung des Polygraphen hatten Kiet und Binh ihn wegen des Pfau-Diebstahls verhört. Sie hatten beschlossen, ihn zuerst zu diesem Fall zu befragen, ehe sie den Mord an Selkirk zur Sprache brachten.

Chi wiederholte automatisch seine ursprüngliche Geschichte: Ridsas Vortrag verzögerte die übliche Schließung des Nationalmuseums um 16.30 Uhr. Ridsa und die Gruppe gingen um 17.15 Uhr. Chi schloß ab und stellte den Alarm um 17.30 Uhr ein. Am nächsten Morgen entdeckte er den Diebstahl.

Die Fragen waren scharf und drängend, doch Chi hielt ihrem Angriff tadellos stand. Als sie Mr. Lee und die Spielschulden erwähnten, wurde er verstockt und zeigte ein erstaunlich solides Rückgrat. Diese Verwandlung von einem Schwächling in einen man könnte sagen harten Typ geschah instinktmäßig, das wußte Kiet – die Verzweiflung eines Mannes, der an einen Abgrund gedrängt wird.

»Nun«, sagte Kiet. »Es ist Ihr Spielzeug. Sie haben die Wahl. Wollen wir?«

»Ach, zum Teufel, ja, probieren wir's«, meinte Binh mit einem resignierten Seufzer. »Jeder Lügendetektor ist bei neunzig Prozent normaler Personen genau, und bei Psychopathen liegt die Erfolgsquote bei siebenundsechzig Prozent. Dieser Blechkasten registriert vielleicht nicht jede Reaktion, aber er ist doch besser, als wenn wir Chi mit einem spitzen Stock ins Auge bohren würden. Ach, eine Sache habe ich vergessen. Bin gleich wieder da.«

Der junge Adjutant verschwand im Verhörraum, und Kiet überlegte, wie weit bei einem Lügendetektor der Fall einer Körperverletzung gegeben war. Binh kam mit Dr. Chis Schuhen aus dem Verhörraum. »Der Polygraph ist ein Gefühlsdetektor, Superintendent. Drüben in Amerika, im District of Columbia, versteckten gewitzte Verdächtige Reißnägel in ihren Schuhen. Sie traten darauf, wenn sie die Wahrheit sagten. Der Schmerz wurde registriert und dadurch war das, was der Apparat anzeigte, falsch, als ob sie gelogen hätten. Die Ergebnisse eines solchen Tests waren wertlos.«

Der Bursche war so selbstgefällig. Wieder einmal gab er mit seinem polizeiwissenschaftlichen Know-how an, das er sich in Amerika erworben hatte. Eine kleine Schwäche, beruhigte sich Kiet selbst, nur eine kleine Schwäche. »Großartig, Captain. Darauf wäre ich nie gekommen. Sind wir soweit?«

»Wir sind es«, antwortete Binh. »Aber ob's der gute Doktor ist, weiß ich nicht.«

Der gute Doktor war noch nicht soweit, nicht, als er den Metallkasten entdeckte, den Captain Binh und Superintendent Kiet ins Verhörzimmer mitbrachten. Er musterte die herunterhängenden Drähte und den Miniaturgürtel mit seiner Schließe, verschränkte die Arme vor der Brust und vergrub seine Hände in den Achselhöhlen.

Im Zimmer roch es nach Schweiß. Es besaß keine Fenster und war in einem trüben Grau gestrichen. Ein Stahltisch, ein gepolsterter Drehstuhl für den Fragenden und ein Metallhocker für den Verdächtigen standen da. Über dem Tisch hing eine nackte Fassung mit der hellsten weißglühenden Birne, die in Hickorn zu finden war. Bansam Kiet war der Innenarchitekt gewesen. Er verbot körperliche Mißhandlungen, aber er hatte nichts dagegen, wenn die Umgebung unbestimmbare Ängste weckte.

»Dr. Chi«, sagte Kiet. »Wir müssen uns noch weiter unterhalten.«

»Was ist das da – ein Marterinstrument?«

»Ein harmloses wissenschaftliches Werkzeug der Polizei, ich versichere es Ihnen. Ein Polygraph. Sie schwören, daß Ihre Antworten richtig sind. Ich habe starke Zweifel. Dieses Gerät wird Sie rechtfertigen, wenn Sie ehrlich gewesen sind, und ich werde mich dann freudig für die Unannehmlichkeiten entschuldigen, die Sie gehabt haben.«

»Ich bin ein Luonganer Bürger. Ich weigere mich, auch nur eine Minute länger Ihre mittelalterlichen Verhörmethoden zu erdulden.«

Chis Worte klangen schrill und zittrig. Sein Widerstand ist im Schwinden, dachte Kiet. »Ein unpassender Vergleich«, meinte er. »Ihr Verbrechen ist zwar zeitlos, aber dies ist das zwanzigste Jahrhundert, nicht das sechzehnte. Gestatten Sie mir, bitte, eine Bemerkung: Sie hätten als Student an der Universität Ihr Studium der Geschichte und Philosophie mit Vorlesungen über Mathematik und Statistik würzen sollen.«

»Eine dumme Bemerkung, die völlig unsinnig ist, Kiet.«

Kiet beugte sich, auf die Ellbogen gestützt, über den Tisch und starrte Chi an, bis er dessen ausweichenden Blick eingefangen hatte. »Meine Bemerkung ist bei weitem nicht so dumm wie Ihr Spiel gegen die Bank mit dem Glauben, Sie könnten gewinnen, Doktor. Mr. Lee muß Sie nicht einmal betrügen. Bedingungen und Möglichkeiten des Spiels selbst genügen schon. Sie betrügen sich fröhlich selbst.«

»Dumm«, sagte Chi. »Abgeschmackt, schwachsinnig, idiotisch!«

Inzwischen befestigte Binh das Lügendetektorarmband an Chis dürrem Oberarm. Dr. Chis intellektueller Widerstand war zu einer Schimpfkanonade degeneriert, sein körperlicher Widerstand war gleich Null. Kiet war zufrieden, daß Binh die Sache jetzt übernahm. Binh erklärte in eintönigem Ton, mit dem er sicherlich einen amerikanischen Beamten nachmachte, wie der Apparat funktionierte. Es sei wichtig, auf jede Frage nur mit ja oder nein zu antworten. Dr. Chi brauche keine Angst zu haben.

Binh begann mit dem Lügendetektorverhör: »Sie heißen Latisa Chi?«

»Ja.«

»Sind Sie der Direktor des Nationalmuseums?«

»Ja.«

»Sind Sie schon einmal auf dem Mond gewesen?«

»Nein.«

»Sind Sie am Verschwinden des goldenen Pfaus beteiligt?«

»Nein.«

Binh warf Kiet einen kurzen Blick zu. Kiet wußte, warum. Die Nadel des Anzeigers hatte sich nicht einen Strich weiterbewegt, hatte nicht einmal gezittert. Vielleicht war dieser Ersatzlügendetektor tatsächlich ein Spielzeug. Dumm, abgeschmackt, schwachsinnig, idiotisch. Kiet antwortete

mit einem verstohlenen Nicken, daß er weitermachen solle.
»Spielen Sie in Mr. Lees Spielsalons mit Karten und Würfeln?«
Kiet drückte auf den Knopf neben dem Anzeiger. Seine Nadel machte einen Satz. Dr. Chi ebenfalls.
»Aiiiau!«
»Schmerzen?« fragte Kiet.
Binh kratzte sich an der Schläfe. »Hm, vielleicht haben wir einen Kurzschluß. Kann nicht so schlimm sein. Ich versuch's noch mal. Dr. Chi, spielen Sie in Mr. Lees Spielsalons mit Karten und Würfeln?«
»Nein«, erwiderte Chi rasch.
Kiet drückte auf den Schalter.
»Aauuuh!«
»Verdammt«, sagte Binh und schlug auf den Tisch. »Man schickt uns nicht nur das falsche Gerät – das verdammte Ding ist auch noch kaputt.«
»Doch!« schrie Chi. »Ich spiele, ich spiele. Meine Würfel sind gefallen, als hätte der Teufel selbst sie geworfen. Ich schwöre, daß ich die Erinnerung an Prinz Savhana nicht beflecken wollte. Wenn alles nach Plan gelaufen wäre, hätte der goldene Pfau ein Lösegeld eingebracht und wäre längst wieder zu Hause.«
Die beiden Polizeibeamten standen mit offenem Mund sprachlos da. Binhs westliches Polizeispielzeug war tatsächlich ein Lügendetektor, dachte Kiet. Er ließ einen gekrümmten Finger über dem Schalter in der Schwebe und sagte: »Bitte sprechen Sie weiter, Dr. Chi.«
Die Augen des Museumsdirektors waren wäßrig und leer. Er massierte sich die Stirn. »Ja, selbstverständlich, ich rede weiter. Aber bitte hören Sie auf damit! Ich – ich schloß ein Abkommen mit Selkirk: Wir wollten den goldenen Pfau stehlen.«
»Nur mit Selkirk. Nicht auch mit Chipperfield?« fragte Kiet, während er zart mit dem Fingernagel an den Zauberknopf klopfte.
»Ich habe nur mit Selkirk verhandelt, aber ich nehme an, daß dieser Chipperfield ihn ins Vertrauen zog. Chipperfield ist

ein Einfaltspinsel. Ich hätte ihm das Kidnapping nie vorgeschlagen!«
»Wieso Kidnapping?«
»Die Unbezahlbarkeit des goldenen Pfaus. Ist dieser Ausdruck nicht zutreffend?«
»Weiter«, forschte Kiet.
»Nachdem Minister Ridsa und die Gruppe, die seinem Vortrag zugehört hatte, gegangen waren, beförderte ich den Schatz in einen Aktenschrank in Minister Ridsas Büro. Falls die Amerikaner mich austricksen wollten oder der Plan aus irgendeinem Grund schieflief, würde meine Schuld minimal sein. Minister Ridsa, ein Dummkopf und gleichzeitig ein Angeber, würde den Schaden haben. Ich hatte Selkirk Nachschlüssel gegeben. Ich stellte den Alarm absichtlich nicht ein, als ich an jenem Abend nach Hause fuhr. Selkirk sollte das Nationalmuseum spät in der Nacht aufsuchen und die Beweise dafür herstellen, daß ein Einbruch stattgefunden hatte – die Kratzer auf der Alarmanlage, das ausgeschnittene Stück Scheibe, die manipulierte Alarmanlage –, und er sollte den Pfau mitnehmen. Danach würde er mit dem Königlichen Palast Kontakt aufnehmen und ein Lösegeld verlangen. Der Tausch würde vonstatten gehen, das Geld zwischen Selkirk und mir geteilt. Ich gebe zu, daß meine Überlegungen auf etwas schwachen Füßen standen, aber ich glaubte fest daran, daß diese ungehörige Transaktion geheim und schnell über die Bühne gehen würde. Niemand hätte etwas erfahren, und der einzige Schaden wäre eine geringe Verminderung der königlichen Schätze gewesen.«
»Aber etwas lief schief«, stellte Kiet fest.
»Ja, leider. Selkirk informierte mich am nächsten Morgen in ziemlich direkter Sprache, daß er das Nationalmuseum betreten und die Beweise gefälscht habe. Doch der Pfau sei nicht in Minister Ridsas Aktenschrank gewesen. Ich war skeptisch.«
»Sind Sie es immer noch?«
»Nein.«
»Wegen der Ermordung von Mr. Selkirk?«
»Ja. Ich kann es nicht beweisen, aber ich glaube, Minister

Ridsa kehrte aus irgendeinem Grund in sein Büro zurück und stellte fest, daß der Alarm abgestellt war. Er entdeckte, daß der Pfau nicht mehr auf seinem Platz stand, und begann zu suchen. Vielleicht habe ich sein Büro irgendwie in Unordnung gebracht, als ich dieses Zierstück versteckte. Ich war schrecklich nervös. Ich hatte noch nie zuvor ein Verbrechen begangen.«

»Außer an illegalem Glücksspiel teilzunehmen«, erinnerte Kiet.

»Ich brauchte eine große Geldsumme. Dr. Lee drohte, mir die Kniescheiben zu zertrümmern, wenn die Schulden nicht bald bezahlt würden.«

»Spieler und Geldverleiher tun das, Superintendent«, sagte Binh.

»War der Diebstahl Ihre brillante Idee oder die von Selkirk?«
Chi schüttelte den Kopf. »Ich kann es wirklich nicht sagen. Wir unterhielten uns eines Abends ziemlich lange – und da wurde die Sache geboren.«

»Was wissen Sie über den Mord?«

»Ich habe ihn nicht umgebracht. Ich habe ihn nicht getötet. Ich –«

»Ich weiß«, unterbrach ihn Kiet, weil er sich an Chipperfields Behauptung erinnerte, Ridsa habe Selkirk angerufen. »Sie sind nicht der gewalttätige Typ. Erzählen Sie bitte, wie es kam, daß Sie Selkirks Leichnam entdeckten?«

»Früher an jenem Abend hatte mich Minister Ridsa zu Hause angerufen. Er war äußerst wütend. Er erklärte, er habe noch spät gearbeitet. Und als er gehen wollte, habe er bemerkt, daß das Museum im Dunkeln lag, daß alle Lichter ausgeschaltet waren.

Ich war sicher, daß ich das Licht in den vorderen Räumen angelassen hatte. Von dort konnte man nicht bis zu dem Platz des Pfaus sehen, aber es war genügend hell, um jemanden von einem erneuten Einbruch abzuschrecken. In meinem verängstigten Zustand konnte es jedoch sein, daß ich mich geirrt hatte. Und ganz offensichtlich war es so. Ich fuhr zum Museum. Alle Lichter waren aus. Ich ging hinein und sah ... Mr. Selkirk.«

»Sonst noch etwas?«
»Nein, ganz bestimmt nicht! Was wird jetzt mit mir? Was?«
Kiet bedeutete Binh, den Polygraphen abzuschalten, dann wiegte er sich in seinem gepolsterten Drehstuhl, starrte an die grauen Wände und tat, als denke er tief und gründlich nach. Er wußte bereits, was er tun würde, er wollte nur den passenden Augenblick abwarten, um Chi seinen Entschluß zu eröffnen. dieses gespielte tiefe Nachdenken, die Verzögerung waren für den Mann gedacht, der auf dem Hocker saß. Chi sollte sich beunruhigt fragen, ob Kiet an Verhaftung und Gefängnis dachte, möglicherweise an ein Gerichtsverfahren. Wer konnte vorhersagen, ob der Superintendent nicht eine gerechte Wut auf ihn hatte? Matt behandelte als Marshal von Dodge City seine Angelegenheiten auf die gleiche Weise. Stark, schweigsam, unerschütterlich, noch das letzte Stäubchen Widerstand beim Delinquenten zerstörend.
Chi neigte den Kopf. »Sie haben meine volle und rückhaltslose Unterstützung, Superintendent Kiet. Ich bin sogar bereit, ein Geständnis zu unterschreiben, ohne es vorher zu lesen. Ich habe es verdient, im Gefängnis zu verrotten.«
Großartig, dachte Kiet und bemühte sich, seine Gefühle nicht zu zeigen. »Wir werden eine Erklärung für Sie zur Unterschrift vorbereiten, Dr. Chi. Allerdings gibt es noch ein Problem. Sie gestehen den Diebstahl an einem Gegenstand, der offiziell nicht gestohlen wurde.«
»Ja?«
»Wie heißt das Wort, nach dem ich suche, Captain? Rückwirkend?«
Binh nickte gutmütig. »Für unsere Arbeit als Beamte paßt das so ungefähr.«
»Sie bleiben bis auf weiteres auf Ihrem Posten im Nationalmuseum, Dr. Chi«, fuhr Kiet fort. »Sie sind vierundzwanzig Stunden im Dienst und stehen unter Hausarrest. Sie werden die Reparaturen an den Wasserleitungen und Elektrokabeln überwachen und rund um die Uhr arbeiten, damit bis zum Savhanakip alles wieder in Ordnung ist. Sie werden weiterhin an der Betrugsgeschichte festhalten. Sie dürfen auf keinen Fall –«

»– die Katze aus dem Sack lassen«, unterbrach ihn Binh.
»Eben«, bestätigte Kiet. »Einverstanden?«
Der schweißnasse Dr. Latisa Chi spannte an Muskeln, was er an Muskeln hatte, während er zusammengesunken wie ein Pudding, den man aus der Form genommen hat, auf seinem Hocker kauerte. Seine Lippen verzogen sich in einem pathetischen Lächeln nach oben. »Einverstanden«, rief er. »Einverstanden, einverstanden, einverstanden.«

Chis Geständnis war zu vertraulich, es konnte nicht von einem Stenographen aufgenommen und getippt werden. Binh schleppte eine bleischwere alte Underwood-Schreibmaschine herein – das Beste, was seine Abteilung zu bieten hatte – und versuchte, die Informationen zu Papier zu bringen. Seine Jagd nach den Buchstaben war äußerst langwierig.
Kiet kritzelte ungeduldig das Wesentliche des Verhörs auf einen Block und reichte ihn Chi zur Unterschrift. Binh verglich Kiets handgeschriebene Notizen mit dem, was man eines Tages auf einer Rolle geschrieben in einem Grab finden mochte und ein Archäologe in lebenslanger Arbeit zu entziffern versuchen würde. Chi hatte erklärt, er würde nicht einmal lesen, was man ihm zur Unterschrift hinhielt. Er blinzelte ungläubig auf den Block und unterschrieb, getreu seinen Worten.
Ehe sie den Kurator zu seinem Museum-Gefängnis fuhren, fragte Binh Kiet, ob es in Ordnung sei, den Lügendetektor zu überprüfen. Hatten sie noch die Zeit dazu? Kiet seufzte und bejahte – natürlich. Savhanakip war noch drei Tage entfernt. Zweiundsiebzig Stunden waren eine Ewigkeit.
Kiets Sarkasmus verfehlte sein Ziel. Es war, als habe er eine Platzpatrone abgefeuert. Sie trugen das Gerät in Kiets Büro. Binh legte sich das Band um das eigene Handgelenk, steckte den Stecker ein und drückte auf den magischen Lügen enthüllenden Knopf. Er zuckte leicht zusammen, es war ein männliches Zusammenzucken, und sagte: »Schwache Spannung, Superintendent. Ich vermute, Chi hat eine niedrige Schmerzschwelle. Ganz sicher.«

»Nehme ich auch an«, versetzte Kiet.
Binh drückte wieder auf den Knopf. Dann: »Genau das gleiche. Ich würde das nicht gern zu meinem Beruf machen, aber es ist wirklich nicht schlimm, die Stärke verändert sich nicht. Es sieht so aus, als wäre dieses Ding tatsächlich gemacht, um einem einen Schlag zu versetzen.«
»Vielleicht«, sagte Kiet.
»Junge, Junge, wenn ich Erfinder wäre, würde ich eine Menge Dollar mit dem Gerät machen.«
»Wieso?«
»Wissen Sie, man könnte damit schlechte Gewohnheiten ausmerzen. Angenommen, ein Kerl kann nicht mit dem Rauchen oder Trinken aufhören. Man gibt ihm eine Zigarette oder ein Glas Schnaps. Jedesmal, wenn er einen Zug an der Zigarette machen oder einen Schluck trinken will, kriegt er einen Schlag. Er wäre im Handumdrehen sauber.«
Was für eine rege Phantasie, dachte Kiet. »Erstaunlich«, erwiderte er höflich. »Wer weiß, was die moderne Wissenschaft sich als nächstes erträumt.«

15

Kiet und Binh transferierten einen Hausarrestgefangenen – Dr. Latisa Chi – in ihrem Citroën zum Nationalmuseum und fuhren zum *Hickorn Continental*, um ihren anderen, Mr. Chick Chipperfield, zu besuchen. Was bin ich doch für ein netter Polizeisuperintendent, dachte Kiet. Was für hübsche Gefängnisse ich für Schwerverbrecher besorge.
Dieser Gedanke war bitter und kurz. Das Rätsel, das ihn beschäftigte, war die Frage, welchen Platz Phorn Ridsa in dem ganzen Durcheinander einnahm. Kiet würde voller Überzeugung ein Jahresgehalt mit Mr. Lee wetten, daß Ridsa Selkirk getötet hatte. Aber warum? Und wie konnte man ihm das beweisen?
Der Diebstahl des goldenen Pfaus war das Rätsel. Binhs Lügendetektor hatte unbeabsichtigt eine schwache Spannung

durch den Körper eines Mannes geschickt, der Schmerz nicht ertragen konnte. Kiet würde voller Überzeugung ein weiteres Jahresgehalt mit Mr. Lee wetten, daß Chis Geständnis bis auf das letzte Wort wahr war.
Also mußte Ridsa zufällig auf den Diebstahl gestoßen sein und hatte sich eingemischt. Er war ein Ersatzspieler, der Nutznießer eines Gottesgeschenks, von Brot und Fischen, ein später Hinzugekommener, der die Spielregeln aus dem Stegreif geändert hatte. Kiet mochte bei seinen Verbrechen keine Unberechenbarkeit. Die typische, durch nichts zu erschütternde Habgier der Allianz Selkirk – Chipperfield(?) – Chi war von grundlegender Bedeutung. Sie waren Amateurdiebe. Das Verbrechen hätte lang vor Savhanakip geklärt werden können. Ja, es wäre sicherlich abgeklärt worden. Aber nein. Jetzt nicht mehr. Nicht, seit der unerhört ehrgeizige Phorn Ridsa bei dem Spaß mitmachte. Nicht, seit dem gar nicht zufälligen Zufall, daß Fop Tia, Ridsas Landsmann, auf luonganesischem Boden aufgetaucht war.
Während sich sein Gehirn mit diesem harten Brocken beschäftigte, geriet Kiet immer mehr in eine Laune, die düsterer war als eine Mondfinsternis. Als sie das *Continental* betraten und auf die Treppe zugingen, um zu Chick Chipperfields luxuriöser Gefängniszelle zu gelangen, rief jemand:
»Superintendent!«
Kiet drehte sich um. Gaston LaCroix, der Hotelmanager, eine die Augen blendende Erscheinung in seinem weißen Sidney-Greenstreet-Anzug, trippelte auf sie zu, so schnell es seine gebrechlichen Knochen zuließen. Er schwang ein Blatt Papier.
»Aha«, sagte Kiet. »Informationen?«
»Nein. Nicht im Zusammenhang mit unserem letzten Gespräch, wenn Sie das meinen.«
Kiet hob eine Hand. »Später bitte.«
LaCroix hielt ihm den Bogen hin. »Es ist äußerst wichtig, Superintendent, daß wir –«
Kiet sah die Zahlenkolonnen auf dem Papier. »Stören Sie mich nicht wieder, bis sie Übles sehen, Übles hören, Übles sprechen, LaCroix.«

Ärger und Frustration hatten Kiet die Kehle verengt. Seine Worte waren kaum zu hören. Es waren eher gutturale Laute gewesen – fast nicht zu verstehen. LaCroix riß das Blatt zurück, als sei Kiet elektrisch aufgeladen.
Binh und Kiet gingen die Treppe hinauf zu Chipperfields Zimmer im zweiten Stock. Die Wache vor der Tür salutierte.
»Hatte er Besuch?« fragte Kiet.
»Nein, Sir, außer uniformiertem Hotelpersonal, das Essen brachte. Kellner und Kellnerinnen und ein Mann in Anzug und Krawatte, der sagte, er sei der stellvertretende Manager. Wie angeordnet, habe ich jeden nach Waffen durchsucht.«
»Haben Sie jemanden wiedererkannt?«
»Ich kenne die Angestellten nicht, Superintendent. Aber sie brachten alle Essen und Getränke.«
Kiet öffnete die Tür und trat ein. Chipperfield lag auf dem Bett, die Hände hinter dem Kopf verschränkt. »He, haltet ihr Kerle nichts vom Anklopfen?«
Kiet überhörte die Kritik an seinem Verhalten und blickte sich um. Der Raum war schmutzig, überall waren Teller, Gläser, Tabletts und Kleidungsstücke verstreut. Und über allem lag ein ranziger, penetranter Geruch nach abgestandenem Essen, Schnaps und – seltsam, wie war das möglich? – nach Sex. Der Fernseher lief. »The Lone Ranger« und Tonto waren in einen künstlich in Szene gesetzten Streit mit vier Verbrechern verwickelt. Unrealistisch, dachte Kiet. Zu ordentlich. Man sah, daß die Schläge nicht richtig landeten. Verglichen mit »Gunsmoke« war die sogenannte *action* lächerlich.
Chipperfield stand auf und wischte sich Krümel von seinem glänzend schimmernden Morgenrock. »Gefällt er Ihnen? Habe ich in Tokio gefunden. Angeblich reine Seide. Er ist wie ein Kimono geschnitten. Waren Sie schon mal in Japan, großer Junge?«
»Nein.«
Chipperfield blinzelte. »Sollten Sie mal ausprobieren. Die Weiber in bestimmten Etablissements – sie gehen einem sogar auf dem Rücken.«
Captain Binhs Nasenflügel bebten. »Stinkt.«

»Ja«, sagte Chipperfield. »Der Putzdienst ist lausig. Haben Sie einen Draht zu LaCroix? Sie sollten ihm die Hölle heiß machen.«
Kiet sah Chipperfield an. »Sie sind über die Unterbringung nicht zufrieden, Mr. Chipperfield? Die Alternative sind Fischköpfe, Reis und –«
Chipperfield unterbrach ihn mit einem gezwungenen Lächeln. »Nein, nein, verstehen Sie mich nicht falsch!« Er schüttelte heftig den Kopf. »Ich beklage mich nicht. Vergessen Sie, daß mir die Zunge ausgerutscht ist.«
»Wir hatten einen Vertrag abgeschlossen: Informationen gegen Schutz.«
Chipperfield seufzte und deutete auf den Telefonapparat. »Ich versuche es ja! Rom wurde nicht an einem Tag erbaut, wie Sie wissen.«
»Minister Ridsa?«
»He, ich glaube nicht, daß ich Ihnen was übers Telefonnetz von Hickorn erzählen muß. Es ist leichter, ein Rauchsignal loszuschicken, als zu jemandem durchzukommen. Ich habe mir schon einen Finger wund gewählt. Aber ich hatte Glück und habe Ridsas Büro erreicht. Zweimal. Ich habe eine Nachricht hinterlassen.«
»Fop Tia?«
»Okay, gut. Ridsa ist mein Draht zu Tia. Wenn Ridsa mich behandelt, als ob ich aussätzig wäre – was soll ich da tun? Ich sitze in einem Käfig. Mein Aktionsradius ist stark beschnitten. Ich habe keinen Menschen gesehen oder von jemandem gehört.«
Abgesehen davon, daß Kiet den Mord und den Diebstahl aufklären wollte, wußte er nicht, was Chipperfield für ihn tun konnte. Er tauschte Blicke mit Binh aus, Signale, die sich Polizeibeamte geben, wenn sie überlegen, ob der Delinquent ehrlich ist oder nicht. Binhs Lippen verzogen sich zur Backbordseite seines Gesichts. Eine Braue auf Steuerbord hob sich. Übersetzung: Ich bin mir unklar.
»Ein Finger ist wund«, sagte Kiet. »Aber Sie haben noch neun andere.«
Chipperfield hob einen unverletzten Zeigefinger und einen

Mittelfinger in einem V-Zeichen, bewegte sie und lächelte. »Ich steh zu meinem Wort, Kiet. Ehrlich. Ich werde dafür sorgen, daß die Finger eine Menge laufen müssen.«
»Bitte tun Sie das.« Kiet und Binh gingen hinaus. Sie waren äußerst skeptisch. LaCroix wartete unten an der Treppe, ein flehender Ausdruck lag auf seinem Gesicht. Er hielt das lebenswichtige Blatt Papier in der Hand. Kiet gönnte sich in seiner Phantasie eine Szene à la Dillon: Der Bogen in LaCroixs Hand war ein 45er Colt. LaCroix zog ihn rasch. Kiet war um eine Tausendstelsekunde schneller und schoß dem Halunken den Colt aus der Hand.
»Na gut«, sagte Kiet. »Wenn es sein muß.«
LaCroix reichte ihm das Blatt Papier, auf dem die Ausgaben für den Zimmerservice während der letzten achtzehn Stunden notiert waren. Kiet stöhnte. Fast hunderttausend Zin. Abendessen, Snacks, alkoholische Getränke, großzügige Trinkgelder. Zweimal wurden die Drinks von LaCroixs *Terrasse*-Hostessen geliefert, zu entsprechend höherem Preis.
»Mr. Chipperfield informierte mich, daß er sich in Gewahrsam der Polizeibehörde von Hickorn befindet und Sie uns für die Aufenthaltskosten entschädigen«, sagte LaCroix. »Ist diese Annahme richtig, Superintendent?«
Kiet sah Binh an, ob dieser ihn über die gesetzlichen Vorschriften zu diesem heiklen Punkt aufklären konnte, aber Binh reagierte nicht. Er mißbilligte Hausarrest und das Verzärteln von Gangstern, die eigentlich ins Gefängnis gehörten. »Das ist eine Grauzone«, sagte er dann.
»Wir müssen für sein körperliches Wohl sorgen«, meinte Kiet. »Aber nicht für Orgien.«
»Wer zahlt dann meine Rechnung?«
»Sie haben nicht auf seine Ausschweifungen geachtet, LaCroix. Ich nehme an, Sie haben auch nicht auf seine Besucher geachtet.«
Die Aussicht auf einen glatten Tauschhandel trieb LaCroix einen leichten Hauch von Röte ins kalkweiße Gesicht. »Entschuldigen Sie die langsame Arbeit meines alternden Gedächtnisses, Superintendent. Jetzt fällt es mir wieder ein. Ein einziger, wirklich nur ein einziger Nichtangestellter be-

suchte ihn, ein eleganter Mann in Anzug und Krawatte. Ich beobachtete persönlich, wie er Mr. Chipperfields Zimmer mit einem Sandwich betrat, das er vermutlich von einem Straßenverkäufer erworben hatte.«
»Tragen Ihre Hilfsmanager Anzug und Krawatte?«
»Nein. Blazer und offenen Kragen.«
»Dachte ich's mir doch. Der Name des elegant gekleideten Herrn bitte.«
»Offiziell sind wir uns nie vorgestellt worden, aber ich kenne ihn vom Sehen. Es ist Tui Nha.«
»Der Getreidehändler?«
»Ja.«
Ah, ein Freund des ehemaligen Bürgermeisters und aus der Verbannung in Bangkok zurückgekehrten Fop Tia. Ehe er in die Politik ging, handelte und spekulierte Tia – mit Holz, Reis, Tabak. Kiet bedankte sich bei LaCroix für seine Mitarbeit, steckte die obszöne Rechnung in die Tasche und entließ ihn mit einem herzlichen Händedruck.
»Wir werden sie nicht bezahlen, nicht wahr, Superintendent«, sagte Binh.
»Nein. Ich möchte eine dreizehnjährige gute Verbindung nicht mit dem schnöden Mammon beflecken. Er wird den Verlust in seiner kreativen Buchhaltung begraben, und wir werden uns weiterhin gegen Unterschlagungen und Prostitution blind stellen.«
»Was ist mit Chipperfield?«
»Eine gute Frage.«
»Seine Nase ist schon so lang!« Binh streckte einen Arm aus.
»Was soll das heißen?«
»Genau wie bei Pinocchio.«
Wer immer Pinocchio ist, dachte Kiet, verschon mich mit Erzählungen über ihn. Laut sagte er. »Er hat uns belogen. Während ich mich um eine andere Sache kümmere, stellen Sie Mr. Chipperfield unter Arrest, ohne ihm die näheren Gründe zu erklären. Die Wache kann Ihnen dabei helfen.«
Binh lächelte glücklich. »Und ich bringe ihn zu *unserem* Gefängnis, Superintendent?«

»Ja. Wenn Fischköpfe, Reis und Perverse aus sind, bemühen Sie sich, welche zu bekommen.«

Tui Nhas Großhandel lag am Man San Boulevard, fünf Block südlich des Flußhafens. Nha hatte sich auf Reis spezialisiert und war Hickorns größter Händler. Er kaufte den Bauern den Reis auf dem Halm im voraus ab, zu einem billigen Preis, in der Mitte der Wachstumsperiode, wenn die verarmten Bauern das meiste von dem Geld ausgegeben hatten, das sie für die vorige Ernte bekommen hatten. Nach der Ernte lagerten Nha und ihm ähnliche Händler das Getreide und belieferten die Müller mit einem erheblichen Profit, stets mit einem scharfen Auge auf das Steigen und Fallen der Marktpreise.

Kiet kannte dieses System nur zu gut. Seine Reis anbauende Schwester und sein Schwager waren die ewigen Opfer dieses Kreislaufs. Hickorns Gesetze verboten das Horten und Manipulieren von Grundnahrungsmitteln, aber die Betrügereien konnten nicht nachgewiesen werden. Die Geldgier von Nha und anderen großen Händlern war äußerst diszipliniert. Sie hatten ein sicheres Gefühl für Schwierigkeiten, intuitiv wußten sie, welcher Kilopreis die Massen auf die Straße treiben würde. Sie reagierten auf Unruhe, ehe sie ausbrach, indem sie widerwillig den Zapfhahn öffneten und die Bevölkerung zu gerade noch annehmbaren Preisen versorgten. Bansam Kiet hätte mit Freuden fünf Mordverurteilungen gegen einen hieb- und stichfesten Reishamsterfall getauscht.

Das Büro von Tui Nhas Großhandel war schäbig. Vier Schreibtische, auf denen sich die Akten türmten wie auf Kiets eigenem Schreibtisch, standen auf blankem Zementboden. Die üblichen grünen Bürowände waren verfärbt von Zigarettenrauch und Alter. Die Decke bestand aus Balken und den Bodenplanken des ersten Stocks. Sie schien sich zu senken, wahrscheinlich wegen des Gewichts der Fünfzigkilosäcke Reis, die darüber lagerten. Die Schäbigkeit war Absicht, ein falsches Zeugnis von magerem Profit, ein Placebo für wütende Bürger, die manchmal hereinstürmten, um ge-

gen die hohen Preise zu protestieren. Tui Nhas Auftreten und seine Überredungskünste beruhigten sie gewöhnlich. Doch Kiet wußte es besser.
Nha, ein adretter Mann in den Vierzigern, saß an einem der Schreibtische. Er blickte auf und blinzelte. »Kiet!«
»Sind Sie über mein Erscheinen überrascht?«
»Natürlich! Meine Reisgeschäfte gehen die Polizei nichts an.«
»Vielleicht sollten sie es aber. Wo ist er?«
Nha war so friedlich und gefühllos wie eine einbalsamierte Mumie. »Wer ist wo?«
Kiet wies mit dem Finger auf ihn. »Sie haben sich selbst verraten. Diesen eleganten Haifischlederanzug, den Sie tragen! Ein so eleganter Mann ist nicht Botenjunge für Sandwiches.«
Nha lächelte das Lächeln eines kleinen Jungen, den man bei einer Lüge erwischt hat. »Ich habe auch nicht angenommen, daß die List mit dem Sandwich funktionieren würde. Es war seine Idee. Er bat mich, das Beileid für den Tod des Partners des Amerikaners zu übermitteln.«
Würde Fop Tia ein solches Risiko eingehen, um sein Mitgefühl über den verschiedenen Doublemint Twin auszudrükken? Ganz sicher nicht! »Wo ist er?«
Nha wandte seine Aufmerksamkeit wieder seiner Arbeit zu, einem Hauptbuch von der Größe eines Diktionärs. »Gehen Sie die Treppe hinter mir hoch. Die Tür am Ende des Ganges. Es ist ein Lagerraum, den ich in eine Wohnmöglichkeit umgewandelt habe. Ich schlafe dort, wenn ich noch spät zu tun habe. Ich habe ihm einen Gefallen getan und ihn dort untergebracht. Ich habe ihm auch einen Gefallen getan und bin zum *Continental* gegangen. Er hält mich für seinen Laufburschen und mischt sich in meine Geschäfte ein. Wir sind nicht mehr länger Geschäftspartner, wissen Sie. Ich verdiene den Ärger nicht. Die Sache ist es nicht wert, daß ich deswegen mit Ihnen Probleme kriege, Kiet.«
Kiet ging die Treppe hinauf und durch den Gang bis zur Tür an seinem Ende. Sie war nicht abgeschlossen, der Knauf ließ sich leicht drehen, doch die Tür leistete Widerstand. Kiet

warf sich mit dem Körper dagegen, die Schultern voraus. Die Wucht des Anpralls riß innen den Holzstuhl weg, der unter den Knauf geschoben war. Das einzige Fenster des Zimmers ging auf eine Einfahrt hinaus. Es war hochgeschoben. Ein runder Hintern und ein herabhängendes Bein füllten den Luftraum aus.
»Bürgermeister!« rief Kiet.
»Scheiße!« sagte Fop Tia.
Kiet klopfte gegen Tias Schuh. »Wir befinden uns fünf Meter über dem Boden, Sir. Es gibt keine Feuerleiter.«
»Ich hätte mich draußen ans Fenster hängen und hinunterspringen können.« Tia streckte einen Arm aus. »Bitte, helfen Sie mir wieder rein.«
»Die Polizei von Hickorn ist verpflichtet, Bürgern in Not zu helfen«, sagte Kiet, packte den ehemaligen Bürgermeister am Handgelenk und half ihm mit einem kräftigen Ruck.
Tia landete auf seinen Füßen und taumelte rückwärts. Kiet fing ihn auf und gab ihm einen seitlichen Stoß. Tia landete bäuchlings auf dem Bett. »Uuuf!«
»So«, sagte Kiet. »Sie sind in Sicherheit.«
Tia drehte sich um und richtete sich auf. »Woher wissen Sie, daß ich in Hickorn bin?«
»Ich beobachtete, wie Sie das Flugzeug von Bangkok verließen – konservativer Anzug, Ziegenbart, Brille. Dieselbe Verkleidung wie jetzt.« Kiet schüttelte den Kopf. »Fop Tia bleibt Fop Tia. Wieso wußten Sie, daß ich unten war?«
»Auf der anderen Seite des Bettes ist in der Wand ein Luftschacht. Sonst hat mich niemand erkannt.« Tia nahm die Brille aus Fensterglas ab.
»Ihre Wählerschaft hat Sie vergessen. Ich vergesse Sie niemals!«
»Meine ehemaligen Wähler, dank Ihren Bemühungen. Verzeihen Sie mir, wenn ich mich nicht geschmeichelt fühle.«
»Es ist hauptsächlich Ihnen zu verdanken, daß Hickorns Wirtschaft durch Falschgeld an die Grenze des Ruins gebracht wurde, Tia. Ich tat Ihnen einen Gefallen, als ich Sie aus Luong verjagte. Ich wünschte, ich hätte Sie mit ver-

bundenen Augen vor Sandsäcke stellen und erschießen lassen können.«
Tia lächelte. »Ich war damals Bürgermeister. Ich hatte Macht. Wenn Sie mich verhaftet und vor Gericht gestellt hätten, wäre das vielleicht sehr interessant gewesen.«
Vielleicht, dachte Kiet. Tia wäre durchaus fähig gewesen, die Geschworenen zu bestechen. Verhaftung und Gerichtsverfahren waren Risiken, die keiner der beiden Männer hatte eingehen wollen. »Ich bin an der Gegenwart interessiert. Warum sind Sie in Hickorn?«
»Geschäftlich.«
»›Unbekanntes Asien‹?«
»Was sonst? Ich habe meine ganzen Ersparnisse in einer stillen Teilhaberschaft investiert.«
Keine überraschende Enthüllung. »Ich bin enttäuscht, daß ich Sie nicht als armen Mann ins Exil geschickt habe.«
»Seien Sie nicht zu enttäuscht, Kiet! Sie haben mir zweihunderttausend amerikanische Dollar abgenommen. Meine anderen Ersparnisse sind nur ein Bruchteil dieser Summe. Ich riskiere, alles zu verlieren.«
»›Unbekanntes Asien‹ geht's nicht gut?«
Tia hob drei Finger, einen nach dem anderen, und sagte: »Das Hamburger-Café macht keinen Profit. Es kommen nicht so viele Touristen, wie wir erwarteten, Der Fernsehsender bringt uns um. Solange wir die bürokratischen Hindernisse nicht überwunden haben und solange wir nicht die Genehmigung der Regierung haben, Werbezeit zu verkaufen, wirft Kanal 7 keinen Zin Gewinn ab.«
»Sie können doch das Fernsehen nicht aufgeben«, sagte Kiet. »Fernsehen ist gleichbedeutend mit Fortschritt!«
Tia lachte: »Sie – ein Verfechter des Fortschritts?«
Kiet errötete. »Ist ja unwichtig. Warum ist Ihre Partnerschaft jetzt nicht mehr still?«
»Wegen Als Ermordung. Haben Sie die Sache geklärt?«
»Nein.«
»Als Tod bedeutet einen finanziellen Rückschlag. Ich mußte die Sache selbst überprüfen.«
»Und was haben Sie bis jetzt herausgefunden?«

»Nicht viel. Wie Sie wissen, hat Tui Nha Chick in meinem Auftrag besucht. Das ist alles, wozu ich Zeit hatte.«
»Und was hat Mr. Chipperfield gesagt?«
»Seine Theorie ist, daß die Roten uns an den Kragen wollen. Sind Sie auch der Meinung?«
»Nein.«
»Alle Welt behauptet, daß der goldene Pfau verschwunden ist. Stimmt das?«
»Nein.«
»Dr. Chi ist der nächste auf meiner Liste. Habe ich Ihre Erlaubnis, unabhängig von Ihnen mit meinen Nachforschungen weiterzumachen? Es gibt ein westliches Sprichwort: Zwei Köpfe sind besser als einer.«
»Kommt nicht in Frage.«
»Was werden Sie dann mit mir machen? Setzen Sie mich wieder in ein Flugzeug, und schicken Sie mich wieder ins Exil?«
»Eine große Versuchung.«
»Hören Sie, Kiet, ich bin kein Flüchtling. Sie haben mich nie eines Verbrechens beschuldigt. Genaugenommen bin ich ein freier Luonganer Bürger.«
»Genaugenommen, ja, aber Ihre Mittäterschaft bei der Falschgeldaffäre ist allgemein bekannt. Tausende und Tausende Ihrer freien Luonganer Mitbürger, Ihre früheren Wähler, hatten den Schaden davon. Wenn sie wüßten, daß Sie in Hickorn sind, könnte ihre Erinnerung wieder wachgerüttelt werden.«
»So was würden Sie doch nicht machen?«
Kiet brauchte nicht zu antworten.
»Sie haben Chick unter Hausarrest gestellt. Tui Nha deutete an, daß er es sehr genießt. Wäre das eine mögliche Lösung für mich?«
»Ja«, sagte Kiet. »Die einzig mögliche.«
»Hier?«
»Nein. Die Leute wissen, daß Sie hier sind. Im Augenblick ist es für mich von Vorteil, wenn Fop Tias Anwesenheit geheimgehalten wird. Ich habe zufällig erfahren, daß im *Hikkorn Continental* kürzlich ein Zimmer freigeworden ist.«

Tia streckte sich auf dem Bett aus, den Kopf auf dem Kopfkissen, die Hände über der rundlichen Mitte gefaltet, die Augen zur Decke gerichtet. »Mit den beredten Worten meines Kollegen Chick gesagt: Okay, in Ordnung.«

16

Es war nicht Liebe, es war Lust. Kiet wohnte genügend Jahre auf dem Planeten, um den Unterschied zu kennen. Liebe war ein quälend komplexes Gefühl. Liebe verlangte feine Unterscheidungen und gegenseitigen Respekt. Liebe verschönte die Zeit. Lust war einfacher. Lust war eine angenehme Verbindung der motorischen Nerven zwischen Hirn und Lenden.

Nach einem lustvollen Wochenende mit einer neuen Freundin pflegte Binh Kiet mit wollüstiger Fröhlichkeit zu erzählen, daß er wieder in »die Lust versunken« sei. Apropos: Bansam Kiet war mit Mai Le Trung in »die Lust versunken«. In jener Nacht, nach einer gymnastischen und ermüdenden Sitzung mit ihr, lag Kiet im Dämmerschlaf und fragte sich, ob Mai mit ihm in »die Lust versunken« war. Trotz ihrer zärtlich gemurmelten Worte während des Liebesspiels hatte er sich nicht der Selbsttäuschung hingegeben. Sie war zu reif und intelligent, um sich sofort und leidenschaftlich in einen übergewichtigen, mittelalterlichen Luonganer Witwer zu verlieben. Er war mehr als glücklich, sich mit der Lust zu begnügen. Es entsprach seinem Sinn für Fairneß und seiner Männlichkeit.

Wenn seine Augen ganz geschlossen gewesen wären, hätte er nicht gemerkt, wie sie das Bett verließ. Sie glitt geräuschlos hinaus, sogar ohne mit den Laken zu rascheln. Es überlief ihn ein Schauder bei dem Gedanken, was für ein gefährlicher und tödlicher Vietcong-Guerilla sie gewesen sein mußte.

Er tat, als bewege er sich leicht im Schlaf, und beobachtete, wie sie die Kleider durchsuchte, die er am vergangenen Tag

getragen hatte. Wenn es seine Gewohnheit gewesen wäre, sich auf dem Papier Notizen zu machen statt im Kopf, hätte er sie zur Rede gestellt. Sie beendete die Durchsuchung und verließ die Villa leise wie ein Geist.
Er schloß die Augen ganz, traurig, aber nicht überrascht. Es war keine Liebe bei Madame Mai. Es war keine Lust. Es war Spionage.

17

»Superintendent, Sie sehen aus, als hätten Sie den besten Freund verloren. Sie sehen aus, als würde die Welt untergehen.«
Binh war am nächsten Morgen zu ihm nach Hause gekommen, um von einem nächtlichen Aufstand im Gefängnis zu berichten. »Nein, Captain. Ich habe nur den letzten Rest meiner Unschuld verloren.«
»Hm.«
»Macht nichts. Der Aufruhr, von dem Sie sprachen?«
»Na ja, vielleicht ist Aufstand übertrieben. Der diensthabende Sergeant und die Wächter haben übertrieben. Als ich sie so weit hatte, daß sie sich beruhigten und ich den Weizen von der Spreu getrennt hatte, lief es darauf hinaus, daß ein einziger Mann Unruhe gestiftet hatte. Raten Sie mal, wer.«
Kiet seufzte und schlüpfte in seine Sandalen. Er war nicht so tief deprimiert, wie Binh angedeutet hatte, aber er war auch nicht besonders scharf darauf, dem heraufziehenden Tag entgegenzutreten. Er hatte sich mit Mais Hintergedanken bei ihrer sexuellen Aktivität abgefunden, er war eher wegen seiner Naivität als wegen ihres Verrats bedrückt. Seine düstere Gemütsverfassung wurde noch durch das elektronische Durcheinander auf dem Fernsehschirm verstärkt. Er hatte das Gerät in der Hoffnung angestellt, einen Western sehen zu können und eine anregende Stunde mit der Lösung eines Verbrechens zu verbringen. Offensicht-

lich war es noch zu früh. Er stand auf, stellte das Gerät ab und sagte: »Mr. Chipperfield.«

»Genau. Er stöhnte und jammerte die ganze Nacht. Er bedachte Sie mit allen möglichen Namen, nur einen netten Kerl nannte er Sie nicht. Er sagt, unser Gefängnis sei das schwarze Loch von Kalkutta. Er will telefonieren – mit seiner Botschaft und seinem Abgeordneten und mit ›60 Minuten‹. Er sagt, Ihr Hintern ist Gras und Mike Wallace der Rasenmäher.«

»Wieso sechzig Minuten?«

»›60 Minuten‹ sind ein populäres Live-Programm im amerikanischen Fernsehen.«

»Behandeln wir Mr. Chipperfield schlecht?«

»Nein. Wir kümmern uns ganz menschlich um ihn, wie um unsere anderen Gefangenen. Er weigert sich, aus der gemeinschaftlichen Reisschüssel zu essen, auf einem Strohsack zu schlafen und sich in ein Loch im Boden zu erleichtern.«

»Wassertoilette und Zimmerservice, auf solchen Luxus wird man süchtig«, sagte Kiet. »Werde ich gebraucht?«

»Nein. Aber ich dachte, Sie sollten Bescheid wissen. Ich habe ihn gewarnt und gesagt, er soll sich benehmen, sonst geben wir ihm ein Beruhigungsmittel. Er hat sich sowieso fast ausgetobt. Er ist okay.«

»Ein Tag oder zwei in unserem schwarzen Loch von Kalkutta zum Nachdenken macht aus ihm vielleicht einen ehrlichen Menschen.«

Binh lächelte. »Das und der Lügendetektor.«

»Unser anderer Freund, Fop Tia. Wie benimmt er sich?«

»Tut keinen Muckser. Wir haben ihn über die Hintertreppe in Chipperfields Zimmer geschleust. Kein Mensch hat uns gesehen. LaCroix und ich haben uns abgesprochen. Tia kriegt drei Mahlzeiten am Tag und frische Handtücher. Kein Alkohol, keine Weiber, keine Besucher, keine Telefonate.«

»Großartig. Irgendwelche Fortschritte in Sachen Selkirk und Pfau?«

»Null«, antwortete Binh mit gerunzelter Stirn und schüttelte den Kopf. »Wollen Sie hören, wie ich die Lage sehe?«

»Aber ja.«
»Chi, Tia und Chipperfield erzählen uns nur das notwendigste. Sie haben Schwierigkeiten mit uns und tun, als spielten sie mit.«
»Weiter.«
»Sie sind nur kleine Fische. Phorn Ridsa ist die Hauptperson. Wenn er den Pfau nicht hat, bin ich Elvis Presley.«
»Mit Koteletten und blauen Wildlederschuhen«, ergänzte Kiet.
»Und obwohl ihm der Pfau sozusagen in den Schoß gefallen ist, hat er große Pläne mit ihm, da können Sie sicher sein. Chi, Tia und Chipperfield haben vielleicht vor uns Angst, aber sie fürchten Ridsa sehr viel mehr.«
»Und deshalb werden sie mit weiteren Informationen, die sie über diese Geschichte haben, nicht herausrücken.«
»Sie haben leider recht.«
»Wir können annehmen, daß Ridsa improvisiert. Was er auch unternimmt, er wird es wahrscheinlich nicht allein unternehmen können. Chi, Tia und Chipperfield sind aus dem Verkehr gezogen worden, also können wir weiter annehmen, daß er Komplizen sucht.«
»Ja. Aber wer könnte das sein?«
Kiet zuckte die Achseln. »Vielleicht lohnt es sich, Ridsa beschatten zu lassen.«
Binh räusperte sich. »Also, ich habe auch schon daran gedacht. Gestern habe ich zwei Leute von der Flughafenüberwachung abgestellt und auf Ridsa angesetzt. Ich hatte niemand anders. Ich hätte Sie vorher gefragt, Superintendent, aber Sie waren so beschäftigt.«
Binh wartete nervös auf Kiets Einverständnis. Eine so wichtige Entscheidung hätte von mir persönlich getroffen werden müssen, dachte Kiet. Es war äußerst wichtig, daß der Pfau nicht aus Luong davonflog. Andererseits war diese Umgruppierung gut und richtig. Falls der Schatz Flügel bekommen sollte, würde Ridsa dafür sorgen.
Kiet tarnte seinen verletzten Stolz mit einem breiten Lächeln. »Ausgezeichnet, Captain. Ich begrüße diese Initiative.«
Binh strahlte. »Danke. Ich wünschte, ich hätte ein paar

Neuigkeiten für Sie, aber bis jetzt – Null. Ridsa ist nirgendwo gewesen, außer im Büro und zu Hause. Zwei Mann zum Überwachen ist gewöhnlich nicht ausreichend, aber er hat es ihnen leichtgemacht.«
Kiet hatte eine Idee. Er stand auf und sagte: »Die Zeit ist reif. Wir werden Ridsa interviewen.«
»Was fragen wir ihn?«
»Ich weiß es nicht. Ich werde mir meine Worte unterwegs überlegen. Vielleicht könnten wir seinen langweiligen Tagesablauf ein wenig verändern.«
»Indem wir an seinem Käfig rütteln, damit er einen unüberlegten Schritt tut?«
»Hoffen wir es.«
»Wir lügen ihm die Hucke voll?«
»Natürlich.«
»Zu einem solchen Anlaß sollten wir stilvoll reisen, Superintendent.«
»Was heißt das?«
»Wir nehmen Chipperfields Landyacht. Sie wurde von uns beschlagnahmt und ist vorübergehend Eigentum unserer Abteilung.«
Binh war wegen des Lobs immer noch übermütig. Und wie gern er am Steuer eines Autos saß. Es gab keinen triftigen Grund, seine Euphorie zu dämpfen. »Sie fahren«, bestimmte Kiet.

Binh wackelte mit dem einen Zeigefinger. »Mit dem allein steure ich einen zweieinhalb Tonnen schweren Wagen! Können Sie sich das vorstellen, Superintendent? Ich kann auf einen Knopf am Armaturenbrett drücken und so den Gang wechseln. Geben Sie mir ein gerades Stück Schnellstraße, und mit einem kurzen Antippen des Gaspedals sind wir leicht auf hundert. Vielleicht sogar auf hundertzehn. Dann trete ich auf die Bremse, wir sind wieder auf Null. Keine Aufregung, keine Probleme. Keine Anstrengung, man merkt nichts. Was für eine Straßenlage dieses Baby hat! Vor dem Ölembargo und den Luftverschmutzungsgesetzen haben alle Amerikaner solche Wagen gefahren.«

»Man merkt nichts«, bestätigte Kiet. Wegen des schaumstoffgepolsterten Sitzes und der weichen Aufhängung hatte er das Gefühl, gewichtslos zu sein wie ein Astronaut im All. Hat Chipperfield nicht irgendwann mal gesagt, daß sich vor seinem gelben Auto der Verkehr teilen würde wie das Rote Meer? Genau das geschah auch jetzt wieder, während Binh durch die Straßen raste und die Hupe gebrauchte statt der Bremsen. Fußgänger, Radfahrer und Autofahrer waren bemerkenswert vernünftig. Sie gaben bereitwillig den Weg frei, weil sie keine Lust hatten, sich mit einem solchen Schiff auf Rädern auseinanderzusetzen. Kiet fühlte sich äußerst geborgen. Heute würde ihn sein junger Adjutant wahrscheinlich nicht umbringen können.
Dann hielten sie vor dem Touristikministerium beim Nationalmuseum. Niemand stand vor dem Schild: Wegen Reparaturarbeiten geschlossen, und regte sich darüber auf. Sehr gut. Sie gingen in das Ministerium und fragten nach Ridsa. Der Angestellte am Empfang wies sie über die Straße zu dem ehemaligen Botschaftsgebäude der Vereinigten Staaten, wo der Minister sich Büroräume ansah.
Sie fanden Ridsa im zweiten Stock, in der Hand ein Klemmbrett, er starrte unverwandt aus dem Fenster eines Eckbüros. Er trug beige Kordhosen, ein Pulloverhemd und weiße Sportschuhe.
Binh deutete auf die Schuhe und sagte in ehrerbietigem Flüstern: »Rehleder.«
»Kiet«, sagte Ridsa, indem er sich umwandte. »Ich nehme an, dies ist kein Privatbesuch.«
»Ganz recht. Ich habe Fragen und Informationen.«
»Ich bin überzeugt, ich kann keine Ihrer Fragen beantworten, aber ich würde gern Ihre Informationen hören. Bedeuten sie, daß Sie endlich vorankommen?«
»Vielleicht.«
Ridsa bewegte einen Finger. »Schön, aber ehe Sie anfangen, kommen Sie doch eine Minute her. Ich mag Sie nicht, Kiet, und jede unserer Begegnungen artet in Streit aus, aber ich schätze Ihre Meinung. Nichts ist offiziell, solange Seine Königliche Hoheit nicht unterschreibt, doch man hat mir versi-

chert, daß das Touristikministerium entweder die Räume im Nordosten oder gleichgroße im Südosten bekommt. Sehen Sie mal aus dem Fenster.«
Kiet sah hinaus. »Ja, und?«
Ridsa schloß kurz die Augen und schüttelte langsam den Kopf. »Es handelt sich um die Aussicht, Kiet, die Aussicht. Dieser Raum hier oder sein Duplikat an der Südostecke wird mein Privatbüro werden, mein Heiligtum. Wie Sie selbst feststellen können, ist hier die Nationalversammlung das deutlich sichtbare Wahrzeichen. Von der Südostecke aus ist die Nationalbank zu sehen. Ob die Nationalversammlung mehr Prestige hat oder die Nationalbank, darüber kann man streiten, aber wenn man das Gesicht gegen die Fensterscheibe preßt, kann man vom Südosten aus auch ein winziges Stück des königlichen Palastes sehen. Ich hätte keine Qual der Wahl, wenn hier nicht der Auslegteppich ziemlich neu wäre. Drüben ist er ziemlich abgetreten. Teppich gegen Aussicht verunsichert mich. Was würden Sie tun?«
Kiet schloß kurz die Augen und schüttelte den Kopf. Er würde ihm eine spöttische Antwort geben. Ridsa war der wahrscheinliche Mörder von Ambulance Al Selkirk und der Besitzer von Luongs herrlichem Kunstwerk, dessen Verschwinden am Savhanakip in zwei Tagen eine betrunkene Hysterie und Blutvergießen auslösen würde. Ridsa hätte auf der Hut sein sollen, besorgt, hätte versuchen müssen, sich zu schützen. Offensichtlich tat er dies alles nicht. Statt dessen verlor er sich in bürokratischen Eitelkeiten und fragte Hickorns höchsten Polizeibeamten wegen eines Statussymbols um Rat. Kiet bekam einen ganz anderen Eindruck von seinem Gegner. Es machte ihn frösteln.
»Ich empfehle den Raum im Südosten«, sagte er. »Teppiche werden schäbig. Die Aussicht bleibt Ihnen. Auch die Aussicht auf den königlichen Palast bleibt Ihnen, und sei das Stück noch so klein, das Sie sehen. Es ist eine Frage von begrenztem Prestige gegen grenzenloses Prestige.«
Ridsa überlegte einen Augenblick, dann meinte er: »Ein kluger Rat. So werde ich's machen.«

Kiet unterdrückte ein Stöhnen. Er hatte nicht klug sein wollen, sondern zynisch.
Ridsa warf einen Blick auf seine Uhr. »Nun zu Ihnen Kiet. Bitte fassen Sie sich kurz. Ich bin ein beschäftigter Mann.«
»Wußten Sie, daß Fop Tia kurz in Hickorn war?«
Ridsa blinzelte. »Tia? Der Bürgermeister? Dieser Tia?«
Dieser Tia. Als wären sie nur entfernte Bekannte, dachte Kiet.
»Ja. Er kam in Verkleidung.«
»Warum sollte ich das wissen? Wir haben den Kontakt verloren.«
»Das dachte ich mir. Wir haben mit Leuten, die ihn gut gekannt haben, gesprochen, um den Grund für seine Rückkehr zu entdecken.«
Ridsa lachte, als lache er über den Witz eines Spaßvogels. »Kiet, entschuldigen Sie, wenn ich Ihnen einen Rat gebe, wie Sie Ihren Job machen sollen – aber warum fragen Sie nicht Tia selbst?«
Kiet, ein Bild der Verzweiflung, senkte den Blick. »Wir haben ihn nicht mehr rechtzeitig erwischt. Er ist weg.«
»Wohin?«
»Vor weniger als einer Stunde bestieg er ein Flugzeug der Air France, Richtung Zürich und Paris«, sagte Kiet und seufzte. »Wir versäumten ihn um zehn Minuten.«
»Seltsam«, erwiderte Ridsa. »Wie lange war er in Hickorn?«
»Ein oder zwei Tage.«
»Nicht lange«, meinte Ridsa nachdenklich. »Was wollte er in der Stadt?«
»Wir sind nicht sicher.«
»Sie deuteten an, daß Sie mit Ihren Nachforschungen Fortschritte machen. Meinen Sie damit Fop Tia?«
»Vielleicht. Ich bin kein Freund von Zufällen.«
»Und ich bin kein Freund von Wunschvorstellungen, Kiet«, erklärte Ridsa und wandte seine Aufmerksamkeit wieder dem Klemmbrett zu. »Tia ist ein alter Feind von Ihnen. Deshalb tötet und stiehlt er. Räuber und Psychopathen laufen frei auf Hickorns Straßen herum. Dort sollten Sie sein. Hören Sie auf, mir die Zeit zu stehlen!«
Draußen sagte Binh: »Eine glänzende Vorstellung, Superin-

tendent. Er hat Sie wie einen Hund behandelt. Ich an Ihrer Stelle hätte die Fassung verloren. Ich hätte alles versaut.«
»Ich habe nicht an Gesicht verloren«, erklärte Kiet. »Wegen mir spuckt er mich an, wenn uns das zum goldenen Pfau führt. Ich habe doch nicht übertrieben?«
»Nein. Wenn Sie behauptet hätten, man habe beobachtet, wie Tia ein Paket von der Größe des goldenen Pfaus mit ins Flugzeug nahm – ja, das wäre übertrieben gewesen. Sie haben einen Samen gesteckt. Ridsas Phantasie muß ihn zum selben Schluß kommen lassen.«
Während sie abfuhren, blickte Kiet um sich. Er konnte die zwei Beamten nicht entdecken, die Binh zur Bewachung abgestellt hatte. Entweder machten sie ihren Job ausgezeichnet oder überhaupt nicht. Hoffentlich ersteres, dachte Kiet. Hoffentlich.

18

Binh steuerte den Chrysler durch das Tor des Präsidiums auf einen Parkplatz, der von den Franzosen für vierrädrige Fahrzeuge eingeteilt worden war, nicht größer als Renaults und Simcas. Langsam, vor und zurück, vor und zurück, vor und zurück, gelang es Binh, den Wagen neben eine Reihe von Polizeimotorrädern zu schieben. Kiet stieg aus.
In der Eingangshalle herrschte Aufruhr. Vier Jugendliche in Handschellen und doppelt soviel uniformierte Beamte standen beim Aufnahmeschalter. Zwei Polizisten und die vier jungen Leute waren blutverschmiert. Aber mit Ausnahme des einen Jungen in Handschellen – höchstens Anfang Zwanzig –, dessen Nase zur einen Seite des Gesichts wies, schien niemand ernsthaft verletzt worden zu sein. Die zwölf Streithähne schrien gleichzeitig auf den diensthabenden Sergeanten ein, um ihm ihre Version des Mißverständnisses zu erzählen. Der Sergeant hielt sich die Ohren zu.
Es roch nach Schnaps und Adrenalin. Kiet berührte Binhs Arm und wies mit dem Kopf in Richtung des Durcheinan-

ders, eine Geste, die seinen höheren Rang verriet und die bedeutete: Kümmern Sie sich um die Sache, und berichten Sie mir dann.
Kiet ging in sein Büro, betrachtete seinen Schreibtisch und stöhnte. Stöße von Papier verdeckten die Oberfläche wie Schneewehen in einem arktischen Sturm. Die Dringlichkeit der Nachforschungen über den goldenen Pfau und Selkirk waren ein Vorwand für ihn gewesen, diese bürokratische Tortur zu übersehen. Er war im Einsatz, in echter Polizeiarbeit unterwegs. Wenn es im Universum Gerechtigkeit gäbe, eine echte Ausgewogenheit zwischen Yin und Yang, hätte der Aktenstrom abnehmen müssen. Aber das war nicht der Fall. Der Schneesturm nahm kein Ende.
Kiet trennte Akten von Aktennotizen und dachte dabei, was für ein Kontrast sein Schreibtisch zu dem von Matt war. Das einzige Stück Papier, das er im Büro des Marshals von Dodge City gesehen hatte, war ein Fahndungsplakat gewesen. Ihm wurde bald klar, daß Savhanakip für diese kosmische Unordnung verantwortlich war. Protokolle über Beschwerden, Ruhestörung, Streitereien bildeten den größten Stapel. Einer Sitte gemäß, die älter war als Kiet, begannen Hickorns Bürger Savhanakip schon einen Tag oder zwei oder fünf vorher zu feiern. Arbeiter schickten die Ehefrau, Kinder oder Freunde zum Arbeitgeber mit Geschichten über Viren, Magendrücken und lähmende Muskelschmerzen. Andere verließen ihre Läden, Cafés und Fabriken frühzeitig, weil sie sich bei ihren fehlenden Kollegen angesteckt hatten. Auch Arbeitgeber waren gegen solche Epidemien nicht immun.
Doch diese Übeltäter waren eine Minderheit, stellte Kiet fest, während er die Berichte überflog. Hickorn war kein industrieller Mikrokosmos wie Tokio oder New York. Wenn alle beschlossen, ausgelassen zu sein, könnte seine Stadt schnell in einer Bewegungslosigkeit erstarren, von der sie sich nie wieder erholte.
Trotzdem – es waren zu viele Vorfälle, viel zu viele. Doppelt so viele wie letztes Jahr. Zu siebzig, nein zu achtzig Prozent spielte Alkohol oder Opium eine Rolle. Kein Mensch schien

Spaß bei der Sache zu haben. Familienkräche, Barkrawalle, Zusammenstöße von Radfahrern und Radtaxis. Verkäufer und Kunden, die sich über die Preise von Mangos in die Haare geraten waren. Ein Mann hatte vom Balkon uriniert. Zwei Prostituierte hatten Fingernägel, Schimpfworte und Spucke eingesetzt, um zu klären, wer das Recht auf eine bestimmte Straßenecke hatte und wer nicht. Einem Friseur waren die Haare mit seiner eigenen Schere von einem Betrunkenen abgeschnitten worden, der behauptete, man habe ihn an den Seiten kahlgeschoren.

Stopp, sagte Kiet zu sich selbst. Hör auf! Er schob die Berichte zu einer Schreibtischecke. Er sah die Mitteilungen durch. Von Botschafter Smithson. Von Beamten dreier verschiedener Ministerien. Von Lin Aidit, die einzige, die mit DRINGEND überschrieben war. Er steckte letztere in die Tasche, als Captain Binh eintrat.

»Die übliche Streiterei«, sagte er. »Der Junge mit der gebrochenen Nase ist zur Hälfte Vietnamese. Er war in einem Café in der Rue Ne Win und trank ein Bier. Die drei anderen Burschen saßen an einem Tisch nebenan. Sie gerieten über das Fußballspiel in Streit. Der Junge sagte, die Vietnamesen würden mit sieben Toren gewinnen.«

»Und dann ging's los.«

»Nein. Der Streit über das Fußballmatch war ziemlich friedlich. Die Hölle war los, als der Halbvietnamese ein Gerücht erwähnte.«

»Welches?«

»Daß Prinz Pakse den goldenen Pfau gestohlen hat und damit nach Frankreich entwischen will.«

Kiet schloß die Augen und rieb sie sich, als wollte er alle Bilder der vergangenen Woche auslöschen. »Was haben Sie unternommen?«

»Die Burschen haben eine geschriebene Verwarnung bekommen und sind unter der Bedingung freigelassen worden, daß sie den Schaden im Café bezahlen. Wir können sie nicht einlochen. Wir haben keinen Platz. Was mich daran erinnert, daß Chipperfield wieder Dampf abläßt.«

»Es wird Zeit für ein nettes, kleines Gespräch.«

Binh lächelte. »Im Verhörzimmer?«
»Natürlich.«

Binh brachte Chipperfield in das Verhörzimmer und setzte ihn auf den Metallhocker.
»Es hat zu lange gedauert«, sagte Kiet.
Chipperfield verdrehte den Kopf mit weit aufgerissenen Augen: »Wer ist Ihr Innenarchitekt? Sieht aus wie ein Gestapo-Kerker in einem Paul-Muni-Film.«
»Vielen Dank«, sagte Kiet.
»Okay, was soll es sein? Bambussprossen unter den Fingernägeln?«
»Nein«, sagte Kiet. »Das sind veraltete chinesische Methoden. Wir haben was Besseres.«
»Großartig. Werden Sie meine Familienjuwelen an die elektrische Leitung anschließen?«
»Gute Idee«, sagte Kiet. »Sie haben uns beschwindelt.«
»He!«
»Mr. Chipperfield«, sagte Kiet, »Sie haben uns beschwindelt.«
»Hm. Wieso?«
»Sie haben uns nicht informiert, daß Tui Nha zu Ihnen ins Hotel kam.«
Chipperfield zog die Schultern hoch und grinste. »He, hören Sie mal. Ich lüge nicht. Ich hab's einfach vergessen.«
»Was wollte er?«
»Den schwergewichtigen Schatz kaufen.«
»Im Auftrag von wem?«
»Verdammt, wenn ich das wüßte.«
Kiet sah zu Binh.
»Der Lügendetektor«, sagte Binh, »oder der Stachelstock oder die Zangen?«
»Ja«, sagte Kiet.
»Okay, in Ordnung. Er spielte den Unergründlichen, aber man brauchte kein Raketenspezialist zu sein, um zu erraten, daß es Fop Tia war. Sie sind dicke Freunde, wissen Sie.«
»Und was war Ihre Antwort?«
»Ich sagte ihm, er sollte sich zum Teufel scheren. Erstens

habe ich das gute Stück nicht. Zweitens, wenn ich wüßte, wo es wäre, würde ich's sofort Ihnen erzählen. Ich weiß, was dieses Ding für Luong bedeutet. Es ist, als würde man das Grabtuch von Turin klauen. Ich habe vielleicht grundsätzlich nicht so viele moralische Bedenken wie andere Leute, aber ich bin kein Dreck. Wenn es sich um ein Sakrileg handelt, zieht Chick Chipperfield den Schwanz ein.«
Kiet holte tief Luft. »Wer hat den Pfau?« fragte er.
Chipperfield bewegte den Kopf hin und her wie ein Metronom. »Das ist die Vierundsechzigtausenddollarfrage, großer Bruder. Tut mir leid.«
»Na gut.«
Chipperfields Miene heiterte sich auf. »Heißt das, daß Sie mir glauben?«
»Vielleicht.«
Chipperfield sprang vom Hocker und klatschte in die Hände.
»Großartig. Wann werde ich von der Teufelsinsel entlassen?«
»Sie werden in Schutzhaft bleiben. Wir können nicht zulassen, daß die Kommunisten Sie ermorden.«
»Die Kommunisten? Ach was, Kiet. Sie wußten, daß ich Sie an der Nase rumführe. Ridsa hat Al erledigt. Geben Sie mir eine Wache bis zum Flughafen mit. Ich haue nach Singapur ab. Ridsa und Tia werden keine Ahnung haben, wo ich stecke.«
»Nein, noch nicht. Sie sind möglicherweise ein – wie heißt das noch, Captain?«
»Ein Kronzeuge der Anklage.«
»Du liebe Zeit. Wieso?«
»Direkt oder indirekt wegen der ganzen Geschichte. Niemand, der in die Sache verwickelt ist, verläßt Hickorn, ehe sie nicht geklärt ist.«
Chipperfield starrte Kiet an, dessen Gesicht eine steinerne Maske war. In naher Zukunft würde es für ihn keinen Zimmerservice, keine Hostessen geben. »Tun Sie mir einen Gefallen, ja? Stecken Sie mich in eine andere Zelle. Ich würde gern ein wenig für mich sein. In der jetzigen geht's zu wie in

einem verdammten Zoo. Wir liegen Wange an Wange, und keiner hat je was von einem Deospray gehört. Ein Kerl ist dabei, der steigt auf die Bank, wenn er sich erleichtern muß.«
»Weil er keinen Balkon hat«, sagte Kiet, laut denkend. »Captain, sorgen Sie für einen Transfer in eine angenehmere Umgebung, bitte.«
Binh erwiderte ohne Begeisterung, daß er sich bemühen werde, und führte Chipperfield weg. Ein paar Minuten später war er wieder da. »Ich habe ihn in eine weniger überfüllte Zelle gesteckt. Weil Sie es so haben wollten.«
»Gut. Ist er glücklich?«
»Glücklicher, aber auf keinen Fall begeistert«, entgegnete Binh mit einem zufriedenen Lächeln. »Nur sechzehn Gefangene, Superintendent, Chipperfield eingeschlossen. Die meisten sind Ruhestörer und Betrunkene, die sich ausschlafen. Keine harten Verbrecher, kein Verrückter, der auf den Boden pinkelt. Superintendent, glauben Sie ihm?«
»Ich glaube, daß Tui Nha in Fop Tias Auftrag zu Chipperfield ging. Ich glaube, daß Ridsa Tia aus seinem Plan gestrichen hat.«
Binh nickte. »Ja, das glaube ich auch. Ridsa ist überaus ehrgeizig und rücksichtslos. Wahrscheinlich zeigte er Tia die kalte Schulter. Mit wem er sich auch zusammentut – er zielt höher als Tia. Und da wir von Ridsa sprechen: Ich fahr los, um meine Überwachungsmannschaft zu inspizieren. Wollen Sie mitkommen?«
»Nein«, erwiderte Kiet. »Der Fortschritt ruft.«

In UA – KANAL 7 TV LUONG war niemand außer Lin Aidit. Sie füllte ein Schaugestell mit Plänen und Broschüren auf. »Gott sei Dank, daß Sie kommen, Superintendent Kiet!« Ihre Augen waren rot vor Erschöpfung und Sorge.
»Wo sind Ihre Kunden?« fragte Kiet.
»Jetzt ist Pause zwischen zwei Touren. Später mache ich eine Naturführung flußabwärts. Wenn ich Glück habe, kriegen wir einen Tiger zu sehen. Gestern bin ich mit derselben Gruppe in die Nationalversammlung gegangen. Ein Tourist

beschrieb sie als einen Käfig voll lauter, lahmer Vögel. Vielleicht kann ich ihm heute den Kontrast vorführen – wilde und gefährliche Tiere.«
»Viel Glück«, wünschte Kiet.
»Haben Sie Mr. Selkirks Mörder schon, Superintendent?«
»Leider nein.«
»Mr. Chipperfield scheint verschwunden zu sein. Ist er in Gefahr?«
»Er ist in Sicherheit.«
»Was für eine Erleichterung. Ich habe ein sehr schlechtes Gewissen, weil ich mich kürzlich über ihn und Mr. Selkirk bei Ihnen beschwert habe.«
»Die Beschwerden waren doch berechtigt«, erwiderte Kiet. »Was kann ich für Sie tun?«
»Ich erklär's Ihnen im Studio.«
Studio? Kiet folgte ihr ins Hinterzimmer, in die Hitzekammer. Er sah, daß eine der beiden Kameras auf Rädern nicht mehr länger außer Dienst gestellt war. Sie stand mitten in dem teuflisch heißen Zimmer, ihre Leitung mit dem elektronischen Kontrollpult verbunden. Ein Techniker, der nur Shorts und Sandalen trug und wie ein Kuli schwitzte, blinzelte in den Sucher, drehte an Knöpfen, stellte ein. Die Kameralinse war auf einen Tisch und einen Stuhl gerichtet. Hinter dem Stuhl war ein weißes Bettlaken an die Wand genagelt.
»Da sehen Sie mein Problem, Superintendent.«
»Wieso?«
»Botschafter Smithson, der amerikanische Botschafter – kennen Sie ihn gut?«
»Ja«, antwortete Kiet. »Sehr gut.«
»Er ist äußerst einflußreich.«
»O ja.«
»Er fordert Begräbnisfeierlichkeiten für Mr. Selkirk. Ich bin von den stellvertretenden Ministern des Innern und des Äußern und des Touristikministeriums beauftragt worden, alles für eine Nachrichtensendung vorzubereiten. Er behauptet, Selkirk sei von den Roten umgebracht worden. Stimmt das, Superintendent? Haben die Kommunisten ihn ermordet?«

Kiet stöhnte.
»Wenn die Leiche von Ihrer Polizeiabteilung freigegeben wird, soll ich die amerikanische Botschaft informieren. Sie wollten eine Live-Übertragung am Flughafen, wenn Mr. Selkirk an Bord eines Flugzeugs in die Staaten gebracht wird, aber das können wir nicht machen. Unsere Leitungen sind nicht lang genug, und außerdem haben wir keine Satelliten und ähnliches Zeug. Ich mußte sie daran erinnern, daß unsere Ausrüstung vor dreißig Jahren hergestellt wurde. Deshalb wird der Botschafter seine Rede in unserem Studio halten, am offenen Sarg von Mr. Selkirk.«
Wo war eigentlich Selkirks Leiche, überlegte Kiet. Hickorn hatte keine eigene Leichenhalle. Die Polizei hatte Verträge mit örtlichen Leichenbestattern. Aber mit welchen in diesem Fall? »Wir können die Leiche nicht vor der Autopsie freigeben.«
»Und wann ist die, Superintendent?«
Trotz Binhs Begeisterung für die amerikanische Gerichtsmedizin hatten sie keine Autopsie in Betracht gezogen. Dem Opfer war der Schädel mit einer Buddhastatue eingeschlagen worden. Ambulance Al war nicht zufällig über den Buddha gestolpert, der vom Podest gefallen war und ihn dabei erschlagen hatte. Er hatte auch nicht Harakiri damit gemacht. »Ich gebe Ihnen Bescheid«, sagte er.
»Und Sie können für die Sicherheit des Botschafters sorgen? Das war vor allem meine Sorge.«
»Selbstverständlich.«
»Ach, fast hätte ich es vergessen: Ein Bettler hat nach Ihnen gefragt.« Lin berührte ihre Nase. »Er ist fürchterlich entstellt.«
»Das ist Quoc«, sagte Kiet. »Ich kenne ihn. Was wollte er?«
»Er weigerte sich, es mir zu verraten. Er hat Angst, er würde im Präsidium mißhandelt oder festgehalten, wenn er hinginge.«
»Das ist leider durchaus möglich.«
»Er wußte, daß Sie hiergewesen waren. Er bat mich, seine Bitte an Sie weiterzugeben, wenn ich Sie wieder sehen würde.«

»Vielen Dank.«
»Entschuldigen Sie mein Drängen, Superintendent, aber könnten Sie mir das ungefähre Datum nennen, an dem die Autopsie beendet ist? Diese großartigen Ministerialbeamten sind hart hinter mir her.«
Soweit es Kiet betraf, konnten diese samt Smithson und seinem teuflischen propagandistischen Begräbnispomp warten, bis die Sonne mit einem neuen Stern zusammenstieß.
»Bitte teilen Sie ihnen doch mit, daß sich die polizeilichen Nachforschungen nicht überstürzen lassen.«

Captain Binh streute in seinen flotten westlichen Sprachschatz hin und wieder auch Sprichwörter ein, Gemeinplätze, Binsenweisheiten. Kiet mochte sie nicht, er mochte auch keine Moralpredigten und Aphorismen, gleichgültig, aus welcher Kultur. In welcher Sprache sie auch geäußert wurden, sie ließen sich zu leicht ins Luonganische übersetzen und umgekehrt. Sie waren die Universalsprache der Gehirnlosen.
»Mein Haus ist meine Burg.«
Am Abend, in seinem Haus, tauchten diese Worte in Kiets Kopf wieder auf. Es war die Variante, die ihn deprimierte. Sonnenuntergang, Fernseher einschalten, Golden Tiger holen, Türen schließen, Vorhänge zuziehen (er würde nicht mal öffnen, wenn es Mai Le Trung war), und dann hörte er die Worte: »Mein Haus ist meine Enklave.« Eine Banalität war zu einem vorübergehenden Rückzug aus der Wirklichkeit geworden. Am Morgen würde er die Tore in den Palisaden wieder öffnen und Pfeile und Tomahawks einsammeln. Aber das war in ferner Zukunft, acht Stunden später. Der Augenblick gehörte »Gunsmoke«, einer belebenden Injektion von Dillonismus.
Heute abend sah sich Kiet einem aufgebrachten Mob gegenüber, einer Halsschlingenparty, die einen Mann lynchen wollte. Ihre Beute, ein unschuldiger Mann, saß auf einem Pferd. Das Seil hing schon vom Ast, mit der bereiten Schlinge am Ende. Sekunden vor dem letzten Akt kam Matt angeritten. Er beschwor den Mob mit starken Worten und

rammte dem Anführer den Gewehrgriff gegen die Nase. Dieser hatte auch, wie sich herausstellte, die Lehrerin umgebracht.
So ging das also zu. Durch eine Mischung aus Überredungskunst und Gewalt wurde Recht gesprochen. Das Gleichgewicht der gegensätzlichen Kräfte war wiederhergestellt. Yin und Yang. So einfach, so elementar.
Kiet schüttelte bewundernd den Kopf. Dabei war der Mann nicht einmal Asiate.

19

Heute war Freitag, der Tag vor Savhanakip, dachte Bansam Kiet beim Erwachen, ein Tag des Feierns und der Gemeinsamkeiten, ein Tag, der traditionell der Freundschaft, der Familie und dem Essen gehörte. Die Feierlichkeiten fanden gewöhnlich im Haus statt und in großen Gruppen. Leute, die sich nicht häufig sahen, trafen sich und erneuerten den Kontakt. Eine Stille, eine ungewohnte gelassene Heiterkeit senkte sich am Tag vor Savhanakip über das Königreich Luong. Es erinnerte Kiet an Heiligabend. Aber aus seiner Perspektive gesehen war der Tag vor Savhanakip das Auge des Taifuns.
Eine Veranstaltung ging über das übliche freundschaftliche Treffen hinaus: An diesem Tag gab Seine Königliche Hoheit den jährlichen Empfang für die höheren Regierungsbeamten von Luong und die ausländischen Diplomaten. Ein üppiges Büfett im Ballsaal des königlichen Palastes stand ab mittags bis zur Abendessenszeit bereit.
Kiet hatte auch eine Einladung erhalten. Er beschloß, nicht hinzugehen, nicht als Gast. Es fiel ihm zu schwer. Es würde die unvermeidlichen Fragen wegen des Gerüchts über den goldenen Pfau geben. Er wußte, daß er seine Lüge in so prachtvollem Rahmen und bei so vielen klugen Leuten nicht würde aufrechterhalten können. Er würde dort sein als Hikkorns höchster Polizeibeamter, der ohne Glaubwürdigkeit

das Vorhandensein eines Verbrechens bestritt, das er nicht hatte aufdecken können. Ein unseliger Verlust an Gesicht war nicht seine geringste Sorge.

Statt dessen überwachte er die Sicherheit außerhalb des königlichen Palastes, bereit, jederzeit einen Streit zu schlichten, der die Kräfte seiner in gestärkten Uniformen und blankpolierten Schuhen steckenden Wachen überstieg. Jedes Jahr tauchten wieder Leute auf, die sich gewaltsam Einlaß verschaffen wollten, gesellschaftliche Trittbrettfahrer, Handlanger der Botschaften ohne Einladung. Die Geschichte lautete immer gleich: Sie hatten sie vergessen. Kiet fühlte mit ihnen und begleitete sie freundlich zurück zu ihrem Taxi oder Radtaxi.

Gästen, die zu früh oder zu spät kamen, zeigte Kiet höflich die in schönen Ziffern gemalten Zeiten auf ihrer Einladung. Seit 1981 war der Empfang in zwei locker unterteilte Schichten getrennt worden. Als offizieller Grund wurden die zu kleinen Räumlichkeiten des Palastes angegeben. Das war nur ein Teil der Wahrheit. Der wahre Anlaß war die Politik.

Beim Empfang 1981 hatten der bulgarische Geschäftsbeauftragte, ein gläubiger Stalinist, und ein junger amerikanischer Botschaftsattaché, dem die große Pose des neugewählten amerikanischen Präsidenten bezüglich des kalten Kriegs zu Kopf gestiegen war, zu lange zusammengestanden. Das Resultat war ideologisches Nitroglyzerin. Einige Gäste gaben dem Amerikaner anfangs die besseren Chancen. Er war schlank und beweglich, ein guter Tennisspieler. Er landete geschickte und kräftige Schläge, aber sie schickten den Bulgaren nicht zu Boden, einen untersetzten und ungeheuer starken Mann, dessen Muskulatur sich in seinen Jugendjahren auf einer Kolchose entwickelt hatte. Der Bulgare griff unerschütterlich immer wieder an, slawische Flüche murmelnd und die Schläge des Amerikaners ignorierend. Die Zuschauer, die sich schließlich einmischten und die stämmigen, schwieligen Finger des Stalinisten vom Hals des halb bewußtlosen kalten Kriegers abschälten, behaupteten später, Luong sei nur sechzig Sekunden von seinem Mord des Jahrhunderts entfernt gewesen.

Dieses Jahr wurde der kommunistische Block zuerst empfangen, die Kapitalisten dann nach einer sicheren Pause. Die Neutralen kamen und gingen, wie es ihnen gefiel, und blieben auch so lange, wie sie Lust hatten, gewöhnlich von Anfang bis Ende. Häufig betrunken und wegen des freien Essens und der freien Getränke in großer Zahl vertreten, neigten sie dazu, sich in Gespräche einzumischen und einen unpolitischen und wenig geschätzten Puffer zwischen Antagonisten zu bilden.
Heute ging alles fast zu glatt. Kaum jemand wollte ohne Einladung hineingehen oder erschien zur falschen Zeit. Das Benehmen der Gäste Seiner Königlichen Hoheit war makellos, bis an die Grenze der Schläfrigkeit. Die Zeiger auf Kiets Armbanduhr bewegten sich, als seien sie aus Blei.
Die Ankunft von Botschafter Dang und Madame Mai Le Trung war einer der wenigen Anlässe, bei denen sein Puls sich beschleunigte. Kiet und der Vietnamese tauschten Begrüßungsworte und Lächeln aus. Mais Lächeln und Begrüßung war zu strahlend, zu aufgesetzt und ohne jede Vertraulichkeit. Kiet beobachtete, wie sie auf den Königspalast zugingen, dicht nebeneinander und im gleichen Schritt. Einmal berührten sich ihre Unterarme. Er hatte das unangenehme Gefühl, daß sie eher Gefährten waren als Kollegen – ein Paar.
Als die Sonne am westlichen Himmel so tief gesunken war, daß Kiet sich die Hand über die Augen halten mußte, wenn er in diese Richtung sah, begann sich die Veranstaltung aufzulösen. Die Palasttüren öffneten sich für Phorn Ridsa, dann für Botschafter Smithson und seine Begleitung.
Jetzt nicht, dachte Kiet. Wenn Ridsa oder Smithson ihn sahen und ein Gespräch mit ihm begannen, wäre er gezwungen, sich Beschwerden und ungefragte Ratschläge anzuhören. Nein, vielen Dank. Kiet schob sich rücklings in den dünner werdenden Strom der Gäste, die schwatzend hinausschlenderten.
Er hatte das Gefühl, angestarrt zu werden, das seltsame hellsichtige Gefühl, das jeder erlebt und niemand erklären kann – daß Augen einem ein Loch in den Hinterkopf brennen. Er

drehte sich um und blickte auf einen Park, einen der beiden, die auf der Nordseite der Avenue Leonid Breschnew durch den Mu Savhana getrennt wurden. Die am Horizont stehende Sonne schuf lange Schatten der Bäume und der blühenden Büsche. Kiet blinzelte, um seine Augen an die Streifen aus Licht und Schatten zu gewöhnen. Auf einem gewundenen Fußweg saß Quoc, der lepröse Bettler ohne Nase, und starrte ihn an.

Kiet hatte den Besuch des armen Teufels bei Lin Aidit völlig vergessen. Quoc schien auf der Lauer zu liegen und bereit, Gäste des Empfangs anzuschnorren. Kiet näherte sich ihm, ohne zu lächeln – ein Polizeibeamter, bewaffnet mit Ermahnungen. Als er vor Quoc stand, entdeckte er, daß er sich getäuscht hatte. Da war kein Pappbecher, da war kein Hut.

Der Bettler sprang auf die Füße und grinste unterwürfig. Er verneigte sich und sagte: »Superintendent, Sir, endlich haben wir Kontakt.«

Quocs Worte waren durch seine Behinderung verzerrt, doch Kiet verstand ihn. »Was hast du denn so dringend nötig, Quoc?«

»Es handelt sich darum, was Sie nötig haben, Sir. Es handelt sich darum, was ich gestern gesehen habe.«

»Du hättest mir die Information gestern geben können, wenn du zum Präsidium gekommen wärst.«

»O nein, Sir. Konfuzius hat gesagt: Die Essenz eines Herren ist der Wind. Die Essenz der kleinen Leute ist das Gras. Der Wind weht über das Gras, und das Gras muß sich neigen. Ich bin Gras, der kleinste der kleinen Leute. Ihre Polizisten mögen keine –« Quoc fuhr sich mit einer knochigen Hand übers Gesicht, »– sie mögen keine Bettler, und schon gar keine, die so aussehen wie ich. Schon allein, daß ich existiere, ist ihnen ein Greuel.«

»Vielleicht«, gab Kiet zu. »Was für Informationen hast du denn?«

»Ich bin für die Menschen unsichtbar, Sir. Haben Sie das bemerkt? Ich kann nicht riechen, ich kann nicht ordentlich sprechen, ich bin alt. Die Menschen glauben, ich sei auch taub und stumm. Zumindest handeln sie so. Sie sprechen

und tun Dinge, die sie in Anwesenheit eines normalen Menschen nicht zu sprechen oder zu tun wagen würden.«
Quoc schwieg. Sein Gesicht hatte sich vor Verbitterung verzerrt. Kiet bekämpfte seine Ungeduld und entgegnete nichts.
»Ich bettle an Orten«, fuhr Quoc fort, »wo ich von Leuten gesehen werde, die etwas mehr Geld haben, Sir. Sie übersehen das, und ich bin Ihnen dankbar dafür. Diese Leute wissen viel. Sie sind mein einziger Freund, Sir. Ihre augenblicklichen Schwierigkeiten machen mir Kummer.«
»Gerüchte«, sagte Kiet.
»Gerüchte und Wirklichkeit«, sagte Quoc. »In Hickorn sind sie siamesische Zwillinge.«
Kiet hatte sich noch nie länger mit Quoc unterhalten. Die gepflegte Sprechweise des Bettlers erstaunte ihn, und er sagte ihm das.
Quocs Grinsen kehrte zurück. Er klopfte sich an die Schläfe und sagte: »Die Nonnen in der Leprastation haben uns gut erzogen. Sie lehrten uns, daß wir eifrig lernen müßten, wenn wir auch nur die geringste Chance haben wollten. Die Bakterien würden unsere Haut zerfressen, aber nicht unser Gehirn.«
»Ich höre«, drängte Kiet.
»Touristikminister Phorn Ridsa ist ein Lump. Teilen Sie mein schlimmes Urteil, Sir?«
Ausflüchte oder Zurückhaltung wären beleidigend, dachte Kiet. »Ja. Absolut.«
»Es gibt ein Gerücht über das Nationalmuseum.«
»Ja.«
»Ein Gerücht, das ich nicht zu wiederholen brauche?«
»Danke.«
»Gestern vormittag ging Minister Ridsa zur Post, Sir. Ich saß ruhig auf den Eingangsstufen und bat um milde Gaben, wie vor ein paar Tagen, als Sie mich von Ihrem Wagen aus bemerkten. Minister Ridsa hielt mit dem Wagen am Straßenrand, aber er stieg nicht gleich aus. Er benahm sich, als warte er auf jemanden. Er war sichtlich nervös. Nachdem zehn oder fünfzehn Minuten verstrichen waren, stieg er

aus. Ich begriff, daß er auf niemanden wartete. Im Gegenteil, er wartete darauf, daß im Postamt keine Kunden mehr waren. Er und ich waren allein auf den Eingangsstufen, und er gönnte mir auch nicht einmal die bescheidenste Nuance eines Blicks.«

Quoc zögerte und leckte sich über die trockenen, rissigen Lippen. Kiet bedauerte sein Kompliment über Quocs gepflegte Sprechweise. Quoc stellte sein Vokabular zur Schau, als sei es ein Fotoalbum mit seinen Enkeln. Die Menge Adjektive und Adverbien konnten das Ende der Geschichte bis nach Savhanakip verzögern.

»Er schritt zum Haupteingang, in den Armen ein Paket, das ich dem Aussehen nach als schwer und zerbrechlich einschätzte.«

»Aha! Wie groß war es?«

»Ungefähr dreißig Kubikzentimeter. Aber der Haupteingang war nicht sein Ziel. Er schweifte ab.«

»Was?«

Kiets schroffer Ton verriet Quoc, daß sprachliche Eleganz nicht gefragt war. »Entschuldigen Sie, Sir. Er änderte seine Meinung. Er ging die Stufen wieder hinunter und bog in eine Einfahrt neben dem Gebäude ein. Er lag auf der Lauer. Ein Herr, der auf der Lauer liegt. Ein großartiger Anblick. Er klopfte an eine Tür, die nur für Postbeamte bestimmt ist. Er gab dem Mann, der öffnete, das Paket und Geld.«

»Wieviel?«

»Ein Bündel Scheine, so dick wie eine Scheibe Brot. Genug, um das Paket auf den Mond zu befördern.«

»Superintendent!«

»Captain«, sagte Kiet zu Binh.

»Ich fragte, wo Sie seien. Einer der Wachen sah Sie in den Park gehen.«

Kiet zückte seine Brieftasche und gab Quoc eine Fünfhundertzinnote. Quoc nahm den Schein, legte die Finger wie zum Gebet an den Nasenstöpsel und hockte sich wieder auf den Boden. Das Auftauchen eines bewaffneten Polizisten hatte den Zauber gebrochen.

Binh deutete mißbilligend auf Quoc hinab und sagte: »Superintendent, fünfhundert –«
Kiet packte Binhs Arm, grüßte Quoc und begleitete seinen Adjutanten aus dem Park. »Sie sind zu großzügig, Superintendent! Sie haben ein zu weiches Herz, zu leicht zu treffen.«
»Das war kein Geschenk. Das war klug investiertes Geld«, erwiderte Kiet. »Ich habe einen Informanten bezahlt.«
Binh verdrehte die Augen. »Der? Was kann der schon wissen?«
»Die Geheimnisse des Universums.«
»Hm?«
»Alles zu seiner Zeit. Aber erst der Bericht der Überwachungsleute von Ridsa, bitte.«
»Ich kam, um mit meiner Mannschaft den weiteren Einsatz zu besprechen. Ridsa war auf dem Empfang. Sie warteten ab. Er ist gerade gegangen, und sie haben seine Spur wiederaufgenommen.«
»Ich weiß, daß er gerade weg ist«, sagte Kiet. »Was haben sie zu berichten?«
»Nichts. Null.«
»Sie haben ihn ununterbrochen beobachtet?«
»Nun, ja – bis auf gestern, eine halbe oder Dreiviertelstunde fehlt.«
»Gleich nach unserem Gespräch mit ihm?«
»Ja. Woher wissen Sie das? Sie beobachteten die ehemalige Botschaft und seinen Wagen, einen grünen Mercedes. Wie aus dem Nichts tauchte er dann in einem anderen Wagen auf. Irgendwie hat er sie abgehängt. Vermutlich haben Sie ihm Feuer unter dem Hintern gemacht.«
»Was fahren Sie heute?«
»Ein Motorrad.«
Kiet reichte ihm die Schlüssel zum Citroën. »Zu Fuß sind wir schneller dort. Er steht am nächsten Block.«
»Wohin wollen wir?«
»Zum Postamt.«
»Wenn es superdringend ist, Superintendent, sind wir mit der Honda schneller da. Der Verkehr ist kein Problem. Ich kann das Püppchen durch ein Nadelöhr steuern.«

Kiet hatte seine Schritte beschleunigt und joggte jetzt. »Den Trick überlassen Sie lieber den Kamelen, Captain. Ich bin zu jung, um zu den Ahnen einzugehen.«

Binh fuhr. Kiet berichtete ihm von seinem Gespräch mit Quoc, ohne in Quocs Weitschweifigkeit zu verfallen.
»Wau!« sagte Binh. »Sie haben tatsächlich Ridsa Feuer unter dem Hintern gemacht. Er nahm an, Tia wüßte, wo er den Pfau versteckt hatte, und holte ihn. Sicherlich hatte er Tia nicht eingeweiht, aber er konnte nicht sicher sein, ob Tia es nicht erraten würde. Schließlich waren sie viele Jahre dicke Freunde.«
»Genau.«
»Ridsa brachte ihn zum Postamt. Vermutlich wollte er ihn sowieso mit der Post schicken, aber dank Ihrer Bauernfängerei ist er zu früh gestartet.«
»Ja.«
»Wohin? An wen?«
Kiets Schulterzucken wurde zu einem unfreiwilligen Zusammenfahren. Binh war geschickt einem Radtaxi ausgewichen, das vor ihm die Straße kreuzte, indem er, wie gewöhnlich, mit Gaspedal und Steuerrad reagierte, nicht mit der Bremse. Kiet sah undeutlich den Mann mit seinen müden Tretbewegungen und den ausgefransten Shorts vorüberhuschen.
»Superintendent?«
»Ich weiß nicht, wohin und an wen, obwohl ich annehme, daß er ihn an eine Adresse außerhalb Luongs schickt.«
»Ist das Paket noch da? Es ist bekannt, daß Pakete und Briefe, nachdem sie aufgegeben wurden, im Innern der Erde verschwanden, aber wenn ihnen dieser Aussätzige die Wahrheit erzählt hat, bezahlte Ridsa für eine Sonderbehandlung.«
»Vielleicht hat er nicht Tüchtigkeit gekauft, sondern Vertraulichkeit. Sind Ihre Leute noch am Flughafen?«
»Gute Frage, Superintendent. Sie sind am Ball. Kisten mit Post nach Übersee haben die größte Dringlichkeitsstufe. Sie werden das Paket auf keinen Fall übersehen. Es wird ihnen nicht entschlüpfen.«
So wie Phorn Ridsa für dreißig bis fünfundvierzig Minuten?

dachte Kiet mürrisch, während das Postamt in Sicht kam. Binh bremste den Wagen mitten auf der Straße. Sie rannten zum Eingang und rüttelten an der Tür. Sie war abgeschlossen. Ein Schild in Luonganisch, Französisch und Englisch verkündete: GESCHLOSSEN – SCHALTERSTUNDEN VON 9–11 UND 15–17 UHR.
Kiet sah auf die Uhr. 17.01. Die Türgriffe waren massives Messing, schön gekurvt mit Wasserspeiern am Ende, das Schönheitsideal eines kolonialfranzösischen Architekten. Binh rüttelte an ihnen und verursachte einen höllischen Lärm. »Sie sind noch drin, die faulen Hunde«, sagte er.
Hinter schmutzigen Fensterscheiben sah Kiet Licht und Bewegung.
»Die Nachtschicht. Sie sortiert Post.«
»Tragen sie Ohrenstöpsel?«
»In den amerikanischen Postämtern ist es das gleiche, Superintendent. Eine Sekunde vor oder nach den Öffnungszeiten, und es ist, als wären sie hermetisch abgeriegelt.«
»Was schlagen Sie vor?«
Binh öffnete sein Halfter. »Es ist ein nationaler Notfall. Ich schieße das Schloß auf.«
Matt hätte das auch getan, dachte Kiet, aber Matt hatte nicht für Ruhe und Ordnung zu sorgen, einen Tag vor Savhanakip. »Nein. Der Lärm würde Zuschauer anlocken.«
»Ja, Sie haben recht.« Binh schnippte mit den Fingern. »Einen Augenblick mal! Ich kenne einen Postinspektor. Ich fahre zu ihm nach Hause. Er wird uns reinlassen und auch den Mund halten.«
Kiet schlug vor, einen Beamten abzustellen, um aufzupassen, daß inzwischen keine Post aus dem Postamt verschwinden würde. Er hätte es lieber gern selbst getan, aber ein herumlungernder Polizeisuperintendent wäre vielleicht ein wenig zu auffällig. Binh sagte, er würde einen Beamten herschicken und mit dem Postinspektor bei Kiet vorbeikommen. Kiet fand die Idee großartig – nach Dunkelheit hineinzugehen war ohnedies besser –, Binh solle den Citroën nehmen.
Kiet fuhr mit dem Taxi nach Hause und dachte unterwegs,

daß die Geschichte nun fast ausgestanden war, daß trotzdem noch alles in Ordnung kommen würde.
Es wäre nicht das erste Mal gewesen, daß er sich an jenem Tag getäuscht hätte.

20

»Kiet!«
Kiet zuckte zusammen und wandte sich um.
Mai Le Trung stand einen Meter hinter ihm. »Entschuldige, wenn ich dich erschreckt habe.«
»Nein, hast du nicht«, log Kiet. Er hatte gerade das Tor zum Hof geöffnet, und plötzlich stand sie da. Die Frau hatte die Begabung, wie aus dem Nichts aufzutauchen, wie ein Gespenst.
»Ich habe auf dich gewartet. Es ist sehr wichtig, daß wir miteinander sprechen.«
Wann ist es das nicht? hätte er beinahe gefragt. Er begleitete sie ins Haus und überlegte, was jetzt wohl kommen würde. Wenn sie sich mit ihm im Bett verlustieren und anschließend seine Kleider durchsuchen wollte, war sie reif für eine Enttäuschung. Der Verrat der vietnamesischen Schönen hatte seine Lenden ausgetrocknet.
Er bat sie nicht, Platz zu nehmen, er bot ihr keine Erfrischung an. Er sah sie nur an und sagte kühl: »Also gut – sprich!«
»Du bist wütend auf mich, mein Lieber. Was habe ich getan?«
Sie schmollte wie ein kleines Mädchen, und das stand ihr nicht. Eine marxistische Guerilla-Spionin und schmollen? Das war nicht echt. Kiet sah auf seine Uhr. »Ich bin nicht ärgerlich. Ich habe nur wenig Zeit.«
Sie stieß einen schwachen resignierten Seufzer aus – die Leidenschaft war heute abend keine Verbündete – und erklärte: »Wir haben eine Verschwörung aufgedeckt. Luonganer Armeeoffiziere wollen Mitglieder unseres Fußballteams umbringen.«
»Welche Mitglieder?«

»Keine bestimmten. So viele wie möglich.«
»Wann?«
»Morgen, während des Umzugs.«
»Wie hast du die Sache entdeckt?«
»Ich habe nicht die Freiheit, dir die Quellen zu verraten, Kiet, aber ich weiß, daß es stimmt.«
»Welche Armeeoffiziere?«
»Euer Oberkommando in Obon plant einen Staatsstreich.«
Kiet schwieg, um diese unerhörte Anschuldigung zu analysieren. Obon, Luongs einzige andere große Stadt, lag im nördlichen Hochland, einhundertfünfundsiebzig Kilometer von Hickorn entfernt. Obon war das Hauptquartier des zweiten Militärischen Distrikts der königlichen Armee von Luong, dessen offizielle Mission die Neutralisierung der Luonganer Roten war.
Da die Angriffe der Roten kläglich selten und wirkungslos waren, konnte der zweite Distrikt seine ganze Aufmerksamkeit einem paramilitärischen Projekt zuwenden: dem Opiumhandel. Luongs gebirgige Grenze berührte an einem Punkt das Goldene Dreieck. Truppen kauften, verkauften und transportierten den Rohgummi.
Obon war immer ein faschistisches, von der Armee beherrschtes Lehngut gewesen. Ihre Anführer waren ehrgeizig und korrupt, ja, aber Kiet konnte sich eine Intrige der Generäle und Obersten, die ein Blutbad in Hickorn heraufbeschwören sollte, nicht vorstellen. Ein Staatsstreich? Nein. Das Chaos wäre schlecht fürs Geschäft.
»Sie töten eure Spieler und übernehmen unser Land? Entschuldige, aber ich kann deiner Logik nicht folgen.«
»Es ist noch komplizierter. Sie haben den goldenen Pfau.«
»Wie bitte?« fragte Kiet unschuldig.
»Euren Nationalschatz, der gestohlen wurde.«
Fast hätte Kiet den Diebstahl automatisch bestritten. »Was wollen sie mit ihm machen?«
»Wir sind nicht sicher, aber wir glauben, sie werden verbreiten, daß Prinz Pakse ihn nach Frankreich geschickt hat, wohin er ihm bald ins Exil nachfolgen wird, um in seinen letzten Jahren das Leben zu genießen und Billard zu spielen.«

Zyniker behaupteten, daß Seine Königliche Hoheit bereits im Exil war. Aber sie sagten es nicht in Anwesenheit von Bansam Kiet. »Er hat auch in Hickorn viele Reichtümer.«
»Er hat Verpflichtungen und muß bei Feierlichkeiten anwesend sein, er hat ein gewisses Dekorum zu wahren«, sagte Mai. »Er kann seinen Reichtum nicht so dekadent –«
Kiet blickte sie scharf an. Sie bemerkte es, spitzte den Mund und fuhr fort: »Hm – ich meine, so werden sich die aufständischen Offiziere rechtfertigen.«
Kiet schloß die Augen. Ein scharf umrissenes Puzzlestück schwebte vor sein inneres Auge. Dann noch eines. Und noch eines. Und noch eines. Und noch eines. Die Teile waren hell und klebrig wie ein Sommermittag. Sie paßten perfekt zusammen, kein dunkler Fleck blieb zurück. Das Puzzle war der Fall goldener Pfau–Doublemint Twins–Ridsa. Das Puzzlespiel war gelöst. Dank Mais zögernd gesagtem Satz war jedes widerspenstige Puzzleteilchen wie magnetisch unwiderstehlich zu den anderen hingezogen worden. Der Fall war gelöst!
»Wann wird die Sache stattfinden?«
»Unsere Geheimdienstquellen glauben, daß die Bekanntmachung mit den Morden zusammenfallen wird. Agenten stehen bereit, um Hickorns Radiosender zu besetzen.«
»Agenten?«
»Soldaten aus Hickorn, die mit den Offizieren von Obon gemeinsame Sache machen.«
»Aha. Und dann?«
»Ein Konvoi aus Obon wird in Hickorn einrollen, um Ruhe und Ordnung wiederherzustellen und Pakse zu verhaften. Man wird alle verfügbaren Kräfte mobilisieren. Die Morde schiebt man Königstreuen in die Schuhe, die sie begangen haben, damit Pakse in dem dadurch entstehenden Durcheinander entkommen kann. Die Einheiten in den Kasernen von Hickorn sind ahnungslos, sie werden durch Straßenblockaden isoliert. Sie werden entweder zur Übergabe gezwungen und machen bei dem Staatsstreich mit, oder sie werden niedergemacht, falls sie sich zu wehren versuchen.«
Verrückt, dachte Kiet. Wahnsinn. Aber ein faszinierender

Wahnsinn. »Eine Militärdiktatur. Das Ende des Königreichs«, warf er ein und legte in gespielter Besorgnis die Stirn in Falten.
»Die Sozialistische Republik Vietnam und das Königreich Luong sind Freunde, Kiet. Unsere Politik ist zwar verschieden, aber wir respektieren eure Unabhängigkeit und Autonomie. Euer Status quo ist für die Stabilität Südostasiens lebenswichtig.«
»Tatsächlich?«
Mai nickte. »Ja. An einer Militärregierung hat niemand Interesse. Fremde Mächte würden sich einmischen, das wäre unvermeidbar. Amerikaner, Russen und Chinesen haben seit Jahrzehnten ein Auge auf Luong.«
Kiet nickte ebenfalls und dachte dabei, daß sie passenderweise die Vietnamesen ausgeschlossen hatte.
»Der südliche Teil unseres Landes war in den sechziger und siebziger Jahren ein aufschlußreiches Modell dafür, das Testament des Schreckens einer korrupten Armeediktatur. Die Marionetten von Saigon und ihre imperialistischen Laufburschen –«
»Du hast Saigon gesagt«, unterbrach Kiet sie. »Nicht Ho-Chi-Minh-Stadt.«
Mai errötete. »Ich habe aus historischer Sicht gesprochen.«
»Natürlich.« Kiet unterdrückte ein Lächeln. Politische Fanatiker waren so leicht zu reizen. Noch unter den schlimmsten Umständen konnte man bei ihnen mit einem heiteren Augenblick rechnen.
»Botschafter Dang hat mich gebeten, dich um Hilfe zu ersuchen, Kiet.«
»Warum gerade ich?«
»Unser Außenministerium hat es verboten, sich in die inneren Angelegenheiten von Luong einzumischen. Diese Politik ist richtig, aber wir fühlen uns verpflichtet, diese Tragödie zu verhindern, falls das überhaupt möglich ist.«
»Warum gerade ich?«
»Wir sind neu in Luong. Wir haben noch nicht viele ernsthafte Freundschaften geschlossen. Botschafter Dang und ich überlegten, wen wir kannten und respektierten, von wem

wir wußten, daß er ein patriotischer Royalist war, wer einflußreich genug war, um diese dummen, rücksichtslosen Leute von ihrem Plan abzubringen.«
»Aha – ich.«
»Du, Kiet.«
»Mich einem Tank in den Weg zu legen«, sagte Kiet träumerisch. »Ich weiß nicht recht. Wir Luonganer mögen keinen Märtyrertod.«
»Von dem Plan abbringen, habe ich gesagt. Nicht sterben. Bring sie davon ab. Und darf ich dich daran erinnern, daß du versprochen hast, unsere Fußballspieler zu schützen. Du bist kalt und sarkastisch zu mir, Kiet!«
Jetzt war ihr Schmollen erotisch, sogar erregend, und Madame Mais Antenne hatte das Signal aufgefangen. Sie berührte ihn ganz leicht an der Seite und sagte: »Wirst du es tun?«
»Natürlich«, antwortete er rauh. Der Riß in seiner Stimme war nicht nur gespielt.
»Was wirst du tun?«
Was-wirst-du-tun. Es klang so monoton. Eine Lehrerin, die dem Schüler die richtige Antwort entlocken will. »Nun, die Kriegsherren von Obon und ich – wir sind uns schon begegnet, während sie einmal in Hickorn waren. Es fiel mir schwer, freundlich zu bleiben, aber ich bin bereit, mit ihnen zu reden. Ich kann ihnen nicht mit Soldaten und Waffen drohen, und wenn die Truppen von Hickorn bei dem Komplott mitmachen, wie du sagst, weiß ich nicht, wem ich hier vertrauen soll.«
»Wir denken genauso, Kiet«, sagte Mai mit einem dünnen Lächeln, das Erleichterung zu verraten schien. »Aber es wäre leichter, wenn du sie magst und sie dich. Sie würden dann eher auf dich hören.«
Sie erwartet von mir, daß ich das bestreite, dachte Kiet. »Das bestreite ich, Mai. Einen Freund kann man leicht bestechen oder zwingen. Man kennt ihn. Man weiß, ob seine Geldgier oder seine Bereitwilligkeit echt sind. Nein, ich bin lieber unergründlich.«
»Das klingt vernünftig. Was wirst du sagen?«

Was-wirst-du-sagen. »Ich weiß es nicht. Vielleicht appelliere ich an ihren Patriotismus. Vielleicht eine List. Daß in Hickorn das Militär auf sie lauert und ihren Konvoi zerstören wird und so weiter. Vielleicht kann ich mich als Unterhändler verkaufen, der einen guten Einigungsvorschlag hat. Sie lieben Geld mehr als alles andere. Mir wird schon etwas einfallen. Wenn ich heute abend Obon noch erreiche.«
»Ich erinnere mich, daß die königliche Luftlinie Obon dreimal täglich anfliegt. Der letzte Flug geht in neunzig Minuten.«
Kiet trat einen Schritt zurück. »Großartig. Das Glück ist auf unserer Seite. Ich werde sofort zum Flughafen –«
»Nein«, unterbrach ihn Mai und trat einen Schritt vor. »Wir haben Zeit. Zeit für die Liebe.«
Kiet hörte knallende Geräusche.
»Knallfrösche für Savhanakip«, sagte Mai.
Die kleinen Explosionen wurden lauter, kamen näher. Mai küßte ihn, ihr Körper preßte sich an ihn.
»Ummmppht«, machte Kiet und spürte, wie er reagierte.
»Superintendent!«
Captain Binh stand unter der Tür. Hinter ihm war ein Dunst aus häßlichem blauem Rauch zu sehen. Binhs Mund war weit offen vor abgrundtiefem Ekel. Kiet sah im Geist einen französischen katholischen Missionar des achtzehnten Jahrhunderts vor sich, wie er einen luonganischen Stammesangehörigen im Landesinnern bei der Anbetung von Rinderdärmen entdeckt.
Kiet und Mai lösten sich voneinander. Mai faltete die Arme vor der Brust und starrte eine Wand an. Kiet lächelte hilflos. Der Kater spazierte aus der Küche herein und gähnte.
»Superintendent, die Post –«
»Vergessen Sie den Brief, den Sie aufgeben sollten. Fahren Sie mich zum Flughafen.«
»Huh?«
Kiet rieb sich die Hände, als wolle er Staub entfernen. »Los. Ich muß nach Obon.«

»Huh?«
Der Kater rieb sich an Mais Bein. »Bitte gib ihm was zu fressen«, sagte Kiet.
Mais Augen waren katzenhafter als die des Tieres. Barbarische Augen. Sie warf ihm eine Kußhand zu.
Draußen war der blaue Dunst zu einem erstickenden Nebel geworden. Kiet hustete und sagte: »Ist das der Los Francisco Smog, von dem Sie mir erzählt haben?«
»Los Angeles, nicht San Francisco.«
»Ja. San Angeles«, sagte Kiet, stoßweise hustend. »Was ist los?«
Binh deutete über die Straße auf die Ursache der Wetterinversion. Undurchsichtiger Rauch drang in Schwaden unter der Haube des Citroën hervor. »Der Motor fing an zu stottern, einen Block von Ihrem Haus entfernt, Superintendent. Ich hab's gerade noch bis hierher geschafft. Ich verstehe es nicht. Der Wagen lief Spitze.«
Bei Höchstgeschwindigkeit im niedrigsten Gang, dachte Kiet. Während ihm die Tränen von dem Gift in der Luft kamen und er fast nichts sah, stolperte er gegen den Kühler von Chipperfields Chrysler Imperial. »Nehmen wir den als Ersatz«, schlug er vor.
Binh war begeistert. Er fuhr vorsichtig aus Kiets Hof, trat das Gaspedal durch, daß die Reifen quietschten, und raste nach Westen auf die Avenue Che Guevara. Die Abzweigung zum Richard Nixon Boulevard und der Internationale Flughafen von Hickorn kamen alarmierend schnell näher. »Wollen Sie wirklich nach Obon, Superintendent?«
»Nein, aber tun wir zwei oder drei Straßen lang noch so, falls sie uns beobachtet. Und fahren Sie langsamer, *bitte.* Ich habe nicht die Absicht, meinen Vorfahren zu begegnen, während ich von einem Lampenmast aufgespießt werde.«
Der sensible Binh war beleidigt. Er drückte seine Verdrießlichkeit dadurch aus, daß er die Geschwindigkeit des Wagens bis zu einem Kriechen verlangsamte. Er benützte den Winker des Wagens und war übertrieben vorsichtig, ehe er die Spur oder die Richtung wechselte. Die ungewöhnlich lange Zeit, die sie brauchten, um drei Block nördlich den Ni-

xon entlangzufahren, dann zwei Block nach Westen auf der Avenue Margaret Thatcher und zwei Block zurück nach Süden auf der Rue Ho Chi Minh genügten Kiet, um Binh Madame Mais Geschichte zu erzählen.

»Das ist Blödsinn, Superintendent, völlig verrückt.«

»Einverstanden. Aber habe ich vielleicht ein Gerücht überhört?«

»Sie wissen genau, daß sich so ein Staatsstreich selbst zerstören würde. Kein Mensch hier kann den Mund halten. Man könnte keine Steinschleuder nach Hickorn schmuggeln, ohne daß nicht jemand in einer Bar damit angibt, um bei einem Mädchen Eindruck zu machen. Der zweite Distrikt soll bei uns einmarschieren? Das ist hundert Prozent erstklassige Scheiße. Sie will Sie aus der Stadt haben, Superintendent, ganz eindeutig. Aber warum?«

»Eine gute Frage.«

»Hm, und dann sie selbst, Superintendent, wie Sie wissen . . .«

Kiet unterdrückte ein Stöhnen. Jetzt ging's los. Binh würde ihm einen Vortrag halten, ihm eine Weisheit vom Sohn zum Vater verpassen.

»Sie ist eine überzeugte Kommunistin. Während des amerikanischen Kriegs kämpfte sie mit dem Vietcong.«

»Ich kenne ihren Lebenslauf«, sagte Kiet geduldig.

»Sie ist unerhört schön.«

»Ja.«

»Ich habe viele Geschichten darüber gehört, wie die schönsten Vietcong-Frauen ihrer Sache gedient haben. Diese Geschichten sind seltsam und schrecklich, aber sie sind überprüft worden, Superintendent.«

»Nur zu, Captain. Bitte ersparen Sie mir nichts.«

»Also, sie haben, wissen Sie, Rasierklingen reingeschoben und dann Soldaten verführt.«

Kiets Männlichkeit schrumpfte zusammen, als hätte man seine Unterhose voll Eiswürfel gepackt. »Interessant.«

»Aber ich glaube nicht, daß sie so was Auffälliges machen würde.«

»Vielen Dank.«

»Ich will nur demonstrieren, wie ihr Hirn arbeitet. Der Zweck heiligt die Mittel und so weiter.«
»Wir sind mit Vietnam nicht im Krieg.«
Binh schien den Einwurf nicht gehört zu haben. Er fuhr fort: »Krankheit war eine andere Methode. So etwas machten sie auch. Ein paar Wochen lang merkte man nichts. Und inzwischen war das Mädchen längst weg. Krankheit war klüger als Rasierklingen. Sie filetiert dich, und du regst dich auf. Und wenn du noch dazu fähig bist, sorgst du dafür, daß sie auch einen schlechten Tag hat.«
»Verständlich«, sagte Kiet. »Was für Krankheiten?«
»Geschlechtskrankheiten.«
»Ach? Nicht Masern?«
Kiets humorloser Scherz verfehlte sein Ziel. »Sie haben jetzt auch diese neuen Spielarten wie AIDS und so.«
»Ich weiß Ihre Übertreibungen zu schätzen und auch Ihre Besorgnis«, sagte Kiet. »Nehmen Sie die nächste links, bitte.«
»Ach, übrigens, wohin fahren wir eigentlich?«
»Zur Post. Übrigens – wo ist Ihr Postinspektor?«
Binh knirschte mit den Zähnen. »Der blöde Kerl. Habe ich behauptet, er sei ein Freund?«
Kiet zuckte die Achseln.
»Er war mit mir in der Schule. Wir spielten zusammen Fußball und tranken und machten Jagd auf Mädchen. Aber jetzt ist es aus! Ich erklärte ihm, wir müßten dringend hinein, aber ich könne ihm den Grund nicht verraten. Er gab mir ein Formular, das ich in vierfacher Ausfertigung ausfüllen sollte. Ich füll es aus, und er gibt es Montag morgen sofort *seinem* Vorgesetzten, damit er es genehmigt. Savhanakip und Sonntag haben sie geschlossen. Ich sagte, wir müßten sofort hinein. Er sagte, das könnten wir nach Schalterschluß nicht, außer wir würden das Formular ausfüllen. Aber das Okay seines Chefs bekäme er erst Montag früh. Wenn das Formular ordnungsgemäß unterschrieben ist, könnten wir auch Montag nach Schalterschluß, rein. Seine Karriere bei der Post hat einen Esel aus ihm gemacht, Superintendent.«
Binh legte einen Daumen und Zeigefinger so nahe aneinan-

der, daß nur noch ein Hauch Luft zwischen ihnen war. »So nahe dran war ich, meine Waffe zu ziehen und ihn zu entführen. Ihn und seine Schlüssel.«
»Ich applaudiere Ihrer Zurückhaltung«, sagte Kiet.
»Ja. Wie Sie schon sagten – wir wollen keine Zuschauer anlocken. Das Bild, wie ich ihm in seinen schleimigen bürokratischen Hintern trete, damit er die Eingangsstufen hinaufgeht, hätte sicherlich Aufmerksamkeit erregt.«
Kiet fixierte die Windschutzscheibe mit dem starren Blick, den er bei Dillon gesehen hatte, und bohrte mit beiden ausgestreckten Zeigefingern in der Luft. »Wir werden uns mit dem Problem des Publikums auseinandersetzen, wenn es auftaucht. Wir haben keine Zeit mehr für Nettigkeiten. Los!«
Binh lächelte glücklich. »Sofort, Superintendent!«
Er trat das Gaspedal durch. Kiet wurde heftig in seinen Sitz gedrückt.

21

Die pseudogriechische Fassade des Postamts wurde vom Halbmond beschienen und von Straßenlampen, die zu fünfzig Prozent funktionierten. In den Nachbargebäuden waren Ämter und Grossisten untergebracht, die sich ebenso strikt an die Arbeitszeiten hielten. Abgesehen von einem gelegentlichen Taxi oder Radfahrer lag das Viertel verlassen da.
Binh stieg aus. Der uniformierte Polizist, der das Postgebäude hatte bewachen sollen, kam rasch auf ihn zu und salutierte. Nach einer kurzen Besprechung kehrte Binh zu Kiet zurück. »Kein Mensch ist raus- oder reingegangen«, meldete er.
Kiet stieg ebenfalls aus und betrachtete gelassen das massive Steingebäude. Madame Mais unwissentlich gemachte Enthüllung hatte in ihm eine Zuversicht erzeugt, die fast an Arroganz grenzte. Der Fall war gelöst! Er fühlte sich schwindlig, fast als habe er keinen Boden unter den Füßen.

»Soll ich den Mann nach Hause schicken, Superintendent?« fragte Binh.
»Nein«, erwiderte Kiet und schritt die Stufen hoch. »Falls wir zuviel Lärm machen, brauchen wir einen Sprecher, der für uns lügt.«
Sie spähten durch die schmierig-schmutzigen Fenster und sahen trübes Licht und undeutliche Bewegungen.
»Alles wie vorhin«, sagte Binh. »Was tun wir?«
Kiet wies auf die Tür. »Erst versuchen wir es auf zivilisierte Weise.«
Binh klopfte laut und wartete. Dann packte er die Messinggriffe mit den Wasserspeierköpfen und rüttelte daran, bis Kiets Stirnhöhle vibrierte. Binh fluchte, trat gegen die feste Tür und wischte sich den Schweiß von der Stirn.
»Wir hätten mehr Glück, wenn wir einen Toten erwecken wollten, Superintendent«, meinte er.
»Schießen Sie das Schloß raus, bitte.«
Binh strahlte. »Ich dachte schon, Sie würden das nie sagen.«
»Die Fenster sind innen vergittert, und wie Sie vorhin schon sagten, ist dies ein nationaler Notfall.«
In einer einzigen eleganten Bewegung öffnete Binh das Lacklederhalfter, holte die 45 Colt Automatic heraus und zielte. Kiet hatte nicht gewußt, wie geschickt Binh mit einer Waffe umgehen konnte. Vielleicht übte er vor dem Spiegel. Kiet stellte ihn sich in Dodge City vor, ein hochqualifizierter zeitweiliger Ersatz für den lahmen Chester. Wenn es bei einer Endabrechnung darum ging, wer schneller die Waffe zog, wären Binh und Matt ein unschlagbares Duo.
»Treten Sie zurück, falls es einen Querschläger gibt, Superintendent.«
Kiet gehorchte und verstopfte sich die Ohren mit den Zeigefingern. Binh schoß und schoß und leerte das ganze Magazin. Funken sprühten. Er traf genau. Die Schlösser und das sie umgebende Metall waren gründlich verbogen und durchlöchert.
Binh hielt sich die Mündung an die Lippen und blies prahlerisch den aus dem Lauf dringenden Qualm weg. Er wir-

belte den Colt am Abzug mehrmals im Kreis herum, steckte ihn wieder ein und probierte die Tür. Sie rührte sich nicht, knackte nicht einmal in den Angeln.
»Handwerkskunst der Alten Welt«, sagte Binh angewidert. »Mit das einzige, was die Franzosen gut gemacht haben.«
»Vielleicht hat man uns gehört und läßt uns ein.«
Binh wischte mit dem Ärmel über die Scheibe und spähte hinein. »Keine Chance. Sie nehmen wahrscheinlich an, daß es Knallfrösche waren. Wie lautet Plan B, Superintendent?«
Kiet scharrte mit den Füßen auf der obersten Treppenstufe. Sie war glatt, breit und flach. Er zählte – eins, zwei, drei. Nur drei Stufen trennten den Bürgersteig vom Eingang. Er ging zum Chrysler, schritt seine Breite ab, kehrte zum Portal des Postamts zurück und maß auch seine Breite.
»Was halten Sie davon, Captain? Ich glaube, der Wagen ist schmal genug und hat genug PS dafür.«
Binh seufzte traurig. »Eine Schande. Das Baby ist ein Klassiker!«
»Ein nationaler Notfall.«
»Ach, zum Teufel, machen wir's. Ich hab mal in Amerika an einem Crashcar-Rennen teilgenommen.«
»Was ist denn das?«
Binh grinste. »Ja, also, Sie bringen ein paar alte Wagen auf eine Wiese oder in ein Stadion, und dann fahren die Fahrer ineinander. Das Auto, das sich als letztes noch bewegt, ist Sieger.«
»Verrückt.«
»Macht aber Spaß.« Binh saß jetzt hinter dem Steuer und ließ den Motor aufheulen.
»Nein.«
»Ich schnalle mich an, Superintendent. Es wird mir nichts passieren.«
»Mein Adjutant ein Autokamikaze? Nein, vielen Dank. Raus!«
»Au.«
»Holen Sie einen schweren Gegenstand. Wir bauen eine erdgesteuerte Rakete.«
Binh holte den Wagenheber aus dem Kofferraum. Kiet fuhr

den Chrysler zum Rand des gegenüberliegenden Bürgersteigs und postierte ihn so, daß er frontal auf die Eingangstüren wies. Er richtete die Vorderräder aus, befestigte den Sitzgurt um das Steuer und legte den Wagenheber aufs Gaspedal.
»Jetzt übernehme ich, Superintendent«, rief Binh. »Unsere Abschußrampe ist haarig. Das soll keine Beleidigung sein.«
Trotzdem war Kiet ein ganz klein wenig betroffen, doch er war kein Dummkopf. Der alte gelbe Wagen dröhnte und donnerte. Es gab Aufgaben für junge Leute, und es gab Aufgaben für Männer. Körperliche Schnelligkeit gehörte in den Aktionsbereich der Gelenkigen und Unreifen. Er trat zurück. Er hatte kein Gesicht verloren.
Binh griff mit der Hand in den Wagen, drückte auf den Getriebeknopf am Armaturenbrett und sprang zurück, wobei er über seine Fersen stolperte, so daß er Kiet rücklings in die Arme fiel.
Der Chrysler schoß vorwärts, hin und her zuckend wie ein Fischschwanz, Kiet riß Binh vor der hinteren Heckflosse zurück, die wie ein verchromter Fleischerhaken auf ihn zielte. Der Wagen dröhnte die Stufen hinauf, ohne sich von einem geplatzten linken Vorderreifen und einem abgerissenen Auspuff stören zu lassen. Es sah für Kiet vielmehr so aus, als ob der Wagen, wütend über seine Wunden, noch schneller fuhr. Ein rasender stählerner Elefant, der die majestätischen Messingtüren durchstieß wie Reispapier. Er drang bis zur Innensäule des Windfangs vor, erschauerte, schnaufte und starb.
Der uniformierte Streifenpolizist hatte sich inzwischen zu einer Straßeneinmündung zurückgezogen, und während das Pistolenfeuer begann, sich um die Ecke schleichend eine Zigarette geraucht. Von dort aus hatte er beobachtet, was die Nummern eins und zwei der Polizeikräfte von Hickorn mit dem alten senfgelben Chrysler anstellten. Abartiges Verhalten erschreckte alle Polizisten. Aber schließlich war die Strategie der obersten Polizeietage nicht seine Sache. Das lautstarke Zusammenprallen von Metall auf Metall beunruhigte ihn trotzdem, und er lief schnell auf das Postgebäude zu, be-

unruhigt von einem Pflichtgefühl, das er nicht unterdrücken konnte.
Captain Binh, den er anbetete, hockte auf dem Dach des Monsters von einem Wagen und kroch durch die Öffnung, die er verursacht hatte. Als Kiet den Streifenpolizisten sah, winkte er ihm, näher zu kommen. Der Streifenbeamte bewunderte auch Superintendent Kiet, obwohl Superintendent Kiet nie Uniform trug und auch nie eine Waffe bei sich hatte.
»Sir?«
»Ein Verkehrsunfall«, erklärte Kiet. »Die Bremsen und die Steuerung des Wagens fielen aus, deshalb raste er ins Postamt.«
»Tatsächlich?«
»Nein.«
»Oh!« sagte der Beamte, die Silbe mit runden Lippen genußvoll ausstoßend. »Das soll ich also neugierigen Passanten erzählen?«
»Ja, bitte.«
Der Streifenbeamte salutierte, machte kehrt und nahm eine Ruhehaltung ein wie bei einer Parade. Der Bruder des Streifenbeamten reparierte von einem mit Pedalen angetriebenen Karren aus Fahrradreifen. Er verkaufte sie auch. Er machte gute Geschäfte und hatte den Streifenbeamten bedrängt, bei ihm einzusteigen. Der Streifenbeamte nützte jetzt die Gelegenheit, noch einmal über das Angebot nachzudenken.
Kiet folgte Binh ins Postamt. Dabei wäre er beinahe ausgerutscht, weil Flüssigkeit, die aus dem verstümmelten Chrysler tropfte, die Marmorfliesen glitschig gemacht hatte. Die Kunden wurden an einer großen Theke in der engen Eingangshalle bedient. Die Post selbst wurde im rückwärtigen Teil verarbeitet. Binh war schon dort, die Hände aggressiv in die Hüften gestützt, und starrte drei erschreckte Angestellte an.
Kiet blickte forschend durch den Raum, der den ganzen hinteren Teil des Gebäudes einnahm. Briefe und Drucksachen und Päckchen stapelten sich auf Brettern an den Wänden, auf Reihen von Tischen und in Kästen. Er vermutete, daß

diese Unordnung System hatte, aber er konnte es nicht entdecken.
»Diese Burschen sind die Nachtschicht, die die Post sortiert«, erklärte Binh.
»Sind sie gutwillig?«
»Nein. Ich habe auch nicht lange um den heißen Brei herumgeredet. Ich habe sie direkt gefragt, wo das Paket ist, das Minister Ridsa gebracht hat. Sie behaupten, keine Ahnung zu haben. Ich soll die Tagesschicht fragen.«
Kiet ließ den Blick wieder durch den Raum schweifen. Tausende und aber Tausende von Paketen und Päckchen. Von der Größe, die Quoc beschrieben hatte, waren es noch einige Hunderte. Er stöhnte. Eine endlose Sitzung, in der sie Papier aufrissen und Schnur zerschnitten. Außer . . .
»Zwischen Ihnen und der Tagesschicht besteht kein Kontakt?« fragte er.
Die drei Angestellten schüttelten die Köpfe.
»Ahnungslos und unschuldig«, sagte Kiet ärgerlich. »Warum müssen immer die Unschuldigen sterben?«
Binh sah Kiet *eindringlich* an.
»Wie bedauerlich«, stellte Kiet fest. »Verrückte und ihre dummen politischen Kreuzzüge. Sie protestieren gegen ein Regime, indem sie unschuldige Leute töten. Was für eine Logik ist das, Captain?«
»Hm, ja«, machte Binh. »Gar keine.«
»Um welche Zeit explodiert die Bombe, hat der Anrufer gesagt?«
Binh spielte mit. Als Zeichen, daß er das Täuschungsmanöver durchschaute, fletschte er die Zähne, eine Grimasse, die ein Grinsen verbergen sollte, warf einen hastigen Blick auf seine Uhr und krächzte erschreckt: »Mein Gott, Superintendent! Wir haben nur noch weniger als achtzehn Minuten!«
»Ich glaube, wir sollten das Gebäude evakuieren.«
»Zehn Kilo Plastik machen auch noch die Nachbarhäuser dem Erdboden gleich.«
»Nicht, wenn wir sie rechtzeitig entschärfen. Sie«, Kiet wies auf einen Angestellten, »Sie bringen bitte einen Eimer Wasser.«

»Ich bin kein tapferer Mann«, stotterte der Angestellte.
»Ich auch nicht. Aber internationalem Terrorismus ist das gleichgültig«, antwortete Kiet. »Wo sollen wir mit der Suche anfangen?«
»Es sind so viele Pakete«, warf ein anderer Angestellter ein.
»Es ist unmöglich«, rief der dritte. »Achtzehn Minuten genügen nicht.«
»Nur noch siebzehn, gleich nur noch sechzehn«, drängte Binh, den Blick auf seiner Uhr.
»Sie sagten, wir sollten das Gebäude räumen, Sir.«
»Ich habe meine Meinung geändert. Keiner verläßt den Raum. Ich für meinen Teil werde glücklich sein, mein Leben zu opfern, um diese Feinde zu erledigen. Wir fünf können –«
»Mein bester Freund arbeitet am Tag«, platzte der Angestellte heraus, der den Eimer Wasser hätte holen sollen. »Er hat Minister Ridsa bedient.«
»Weiter«, sagte Kiet.
»Minister Ridsa bezahlte für zeitgerechten Versand.«
»Was heißt das?«
»Für genaues Timing, Sir. Er bezahlte die Luftpostgebühr und einen persönlichen Bonus, damit sein Paket morgen früh am Flughafen wäre. Mein Freund hat nicht bei einem Komplott mitgemacht, um etwas hinauszuschmuggeln, Sir. Er wußte gar nicht, was in dem Paket war. Er wußte auch nicht, daß Minister Ridsa ein kommunistischer Terrorist ist.«
Bestechung, um sicher zu sein, daß ein staatlicher Angestellter seine Pflicht tat, war ein Zug der Luonganer, der Kiet am meisten entmutigte. »Und Sie halfen Ihrem Freund?«
»Ja, Sir.«
»Bezahlt Ihr Freund Sie?«
Der Angestellte senkte den Kopf. »Mein Freund ist großzügig, Sir.«
»Wo ist also unsere Bombe?«
Der Angestellte führte Binh und Kiet zu einer Karre, die

aus einem Leinensack und einem Stahlgestell auf Rädern bestand. »Er hat es zur Abfallpost getan, damit es nicht verlorengeht.«
»Abfallpost?«
»Unerwünschte Reklame, Superintendent«, erklärte Binh. »Das Zeug verstopft in den Vereinigten Staaten den ganzen Postdienst.«
»Wir haben Abfallpost nicht gekannt, ehe ›Unbekanntes Asien‹ kam«, sagte er Angestellte. »Jetzt schickt sie die ganze Welt nach Hickorn. Sie wird zuletzt sortiert. Mein Freund hat das Paket da reingetan, damit es heute abend gut aufgehoben ist. Minister Ridsa hat ihm befohlen, daß er es persönlich morgen früh zum Flughafen bringt.«
Obenauf lag eine Schicht gleich aussehender Umschläge. Kiet nahm einen in die Hand. Er war groß und bunt, der Absender ein amerikanischer Verlag. Große Buchstaben verkündeten: VIELLEICHT HABEN SIE SCHON 1000000 DOLLAR GEWONNEN!!! Als Adressat stand nur OCCUPANT da. Auf jedem Umschlag. Seltsam.
Binh bemerkte Kiets Erstaunen und sagte: »Es ist ein einziger Betrug, Superintendent, ich erzähl's Ihnen später.«
»Die Bombe«, sagte der nervöse Angestellte, der heftig schwitzte.
»Noch zehn Minuten«, bemerkte Binh. »Neun Minuten, neunundfünfzig Sekunden, achtundfünfzig, siebenundfünfzig.«
»Nur noch neun Minuten!« jammerte der Angestellte, während er mit den Armen in den Sack langte. Wie ein ertrinkender Schwimmer mit den Händen paddelnd, schleuderte er die Eine-Million-Dollar-Angebote hinaus.
»Acht Minuten«, stellte Binh fest.
»Schon?« sagte Kiet.
»Ich – ich habe es!« keuchte der Angestellte, der wie ein halb zusammengeklapptes Taschenmesser über dem Stahlgestell hing, die Füße in der Luft.
»Raus!« sagte Kiet und berührte ihn an den Hüften. »Sie haben gute Arbeit geleistet, aber den Rest überlassen Sie uns. Wir möchten nicht, daß Sie den Zündmechanismus auslösen.

Captain Binh ist auch Experte für das Entschärfen von Bomben.«
»Sir, bitte, dürfen wir gehen?«
»Nein. Sie und Ihre Kollegen holen jetzt schnell Wasser. Jeder von Ihnen einen Eimer voll.«
Sie eilten davon. Binh holte das Paket heraus und stellte es auf einen Tisch. »Wiegt eine Tonne«, stellte er brummend fest.
»Gold ist so schwer«, sagte Kiet. »Sehen wir es uns mal an.«
Binh schlitzte vorsichtig mit seinem Taschenmesser eine Ecke auf und schälte alten Pappkarton und die äußere Verpackung ab, bis eine zarte Federspitze zum Vorschein kam. Einen Augenblick wurden sie von Gefühlen überwältigt, die sie nicht würden beschreiben können. Keiner der beiden Männer hatte je zuvor den goldenen Pfau berührt. Jetzt taten sie es – zögernd, ehrfürchtig.
Schließlich bemerkte Binh: »Die Verpackung trägt das königliche Siegel.«
»Das ist ganz leicht nachzumachen«, sagte Kiet.
»Das Paket ist an Ren Thap in Paris adressiert«, stellte Binh fest. »Woher kenne ich den Namen?«
»Das ist der liederliche Neffe Seiner Königlichen Hoheit«, erwiderte Kiet.
Binh schnippte mit dem Finger. »Ja, richtig! Vor zehn oder zwölf Jahren wurde er auf eine Schule in Frankreich geschickt. Es dauerte keine fünf Minuten, bis er flog. Aber er blieb in Europa. Ein richtiger Partylöwe. Er hat ein paar Ferraris zu Bruch gefahren.«
»Und einen Maserati.«
»Dreimal geschieden.«
»Viermal.«
»Wau!« machte Binh. »Der Pfau sollte morgen am Flughafen sein. Morgen, an Savhanakip. Er fällt auf wie ein Bein in Gips. Entweder meine Leute oder der Zoll beschlagnahmt ihn. Können Sie sich das Feuerwerk vorstellen?«
»Ja, das kann ich.«
Sie hörten eine Seitentür zuschlagen. Binh grinste. »Ich vermute, die Burschen gehen zum Wasserloch am Ma-San-

Fluß. Am besten bringen wir den Pfau ins Museum oder in den königlichen Palast, so schnell wie möglich.«
»Einverstanden«, sagte Kiet.
Binh kletterte über den Chrysler. Kiet reichte ihm den Pfau und folgte ihm über einen unsicheren Weg aus eingedrücktem Chrom. Angelockt von dem Lärm des Einbruchs hatte sich die unvermeidliche Zuschauermenge versammelt. Kiet schätzte sie auf fünfzig Personen, aber es wurden immer mehr – Fußgänger, Radfahrer und Fahrradtaxis. Kiet betrachtete sie abschätzend. Sie schienen keine Angst zu haben. Gut. Die Wasserholer hatten ihre Aufgabe so ernst genommen, daß sie vergaßen, ihre Mitbürger wegen der bevorstehenden Explosion zu warnen.
Die Leute drängten sich um den Streifenbeamten, ihren Sprecher und abgestellten Lügner. Sie waren fröhlich, glücklich, offenbar amüsiert über die mechanischen Unzulänglichkeiten des riesigen westlichen Automobils. Der Beamte berichtete seinen Vorgesetzten: »Die Menge ist mit meinen Erklärungen zufrieden, Sir.«
»Großartig. Bitte bleiben Sie, bis sie sich verläuft.«
Der Streifenbeamte starrte auf den Karton, den Captain Binh wie ein neugeborenes Baby im Arm hielt.
»Opium«, erklärte Kiet.
»Zehn Kilo«, ergänzte Binh. »Ein großer Fang.«
»Fahren Sie mit Ihrem Feuerwerk fort«, sagte Kiet. »Erzählen Sie der Galerie von dem Rauschgift, wenn sie fragt.«
Der Gruß des Polizeibeamten war schlapp, fast aufsässig. Kiet überlegte, was für ein Problem er wohl hatte. »Können wir mit dem Chrysler fahren?« fragte er Binh dann.
»Der ist Geschichte, Superintendent.«
»Die Mu Savhana ist lang.«
»Machen Sie sich keine Sorgen!« beruhigte Binh.

Binhs Lösung ihres Transportproblems war ein motorisiertes Fahrradtaxi, ein sogenanntes Cyclodop. *Cyclo* war Dialekt und abgeleitet von dem französischen Wort *bicyclette* oder *tricyclette*. *Dop* war luonganisch und bedeutete Unglück, vor allem gewaltsames Unglück, einen Unfall. Kiet genoß den schwarzen Humor, der in der Sprache von Hickorn verborgen war, aber nicht, wenn er in einem Gegenstand dieses schwarzen Humors saß.
Der Cyclodop war ein Dreirad mit einem knatternden, Rauch ausstoßenden Motor, dessen Lärm in den Ohren dröhnte und dessen Auspuffgase die Lungen versengten. Die Passagiere saßen vor dem Fahrer und fungierten bei einem eventuellen Zusammenstoß als Stoßdämpfer, und diese Zusammenstöße waren häufig. Im Cyclodop vertauschte man die relative Sicherheit und die Bequemlichkeit mit Beweglichkeit und geringen Fahrtkosten. Es war die Transportweise der Armen, der Verrückten und der Eiligen. Arm, verrückt und eilig, dachte Kiet, während das Fahrzeug vom Postamt abfuhr. Das sind zumindest zwei von dreien. Und wie kann man anders als arm sein, wenn man stirbt?
»Sehen Sie mal!« schrie Binh.
Offenbar hatte ihr Eindringen in das Postamt nach Schalterschluß ganz Hickorn auf die Beine gebracht. Sie passierten ein Durcheinander von Fußgängern und Fahrzeugen. Binhs Ausruf hatte einem grünen Mercedes gegolten.
»Ridsa?« fragte Kiet überflüssigerweise, während er sich umwandte und beobachtete, wie der Mercedes wendete.
»Schneller!« schrie Binh dem Fahrer zu.
Der verwirrte Fahrer blickte hinter sich und beobachtete, wie der Mercedes schleuderte, umdrehte und hinter ihnen herkam. Dann starrte er geradeaus und tat, als habe er Binh nicht gehört.
Binh drohte ihm mit der Faust. »Das ist eine offizielle Polizeiaktion! Schneller!«
Das Cyclodop wurde langsamer, nicht schneller. Kiet verstand, warum der Fahrer zögerte. Er wollte nicht die Beute

einer wilden Verfolgungsjagd sein, vor allem nicht, wenn die Polizisten die Gejagten waren statt wie üblich die Jäger. Wahrscheinlich hatte er sieben Kinder und ein Jahreseinkommen, das in harter Währung ausgedrückt nicht mehr als vierhundert Dollar betrug. Er war nicht scharf darauf, seine Kinder zu Waisen zu machen oder seinen Wagen zu zerstören, mit dem er seinen Lebensunterhalt verdiente, nicht für so etwas Abstraktes wie Gut gegen Böse. Er wollte mit der ganzen Geschichte nichts zu tun haben.

Der Mercedes holte auf. Kiet hielt eine Tausendzinnote hoch und bewegte seine Lippen zu einem »Schneller bitte«. Der Fahrer riß ihm die Note aus der Hand, und der kleine Motor begann kraftvoll zu knattern. Der Mercedes fiel zurück.

»Eine höhere Oktanzahl für seinen Benzintank«, sagte Kiet zu Binh.

Sie waren um die Ecke gebogen und fuhren jetzt die Avenue Alexandre Loubet in Richtung Osten entlang. Kiet und Binh umklammerten den Ballast zwischen sich, den goldenen Pfau. Der grüne Wagen raste auf der Mu Luong nach Norden. »Es saß noch jemand drin«, sagte Kiet.

»Wer?«

»Konnte ich nicht erkennen. Ob wir ihn abgehängt haben?«

»Nein«, sagte Kiet.

Sie kreuzten die Rue Ho Chi Minh und bogen nach links ab, in Richtung Norden, auf der Mu Pakse. Der Mercedes tauchte wieder auf. Er hatte die zweite Querstraße genommen, die Avenue Leonid Breschnew, um ihnen den Weg abzuschneiden.

»Mein Gott«, sagte Binh. »Er will uns rammen.«

»Zielen Sie mit der Pistole auf ihn«, befahl Kiet.

»Sie ist leer.«

»Das wissen die nicht.«

»Ja, richtig.« Binh zog mit einer schnellen Drehung den Colt heraus. Er hielt ihn mit beiden Händen gepackt und zielte mit einer Bewegung wie ein Scharfschütze.

Der Mercedes bremste so schnell, daß sich der Kühler Richtung Boden neigte. Er schwenkte links ab, in eine Einfahrt.

»Wenden Sie«, befahl Kiet dem Fahrer.
»Nein«, sagte Binh. »Wir sind gleich beim Palast. Nur noch drei Block bis zum Museum.«
»Sehen Sie dorthin«, sagte Kiet und wies nach Norden. Der Kühlergrill des Mercedes wurde gerade auf der Breschnew sichtbar, rechts von ihnen. »Sie warten auf uns, um uns zu rammen.«
»Ich habe den Colt.«
»Glauben Sie, die fallen auf den Trick noch mal rein?«
Binh schüttelte den Kopf. »Hast du mich einmal reingelegt, Schande auf dein Haupt. Hast du mich zweimal reingelegt, Schande auf mein Haupt«, zitierte er.
»Wie auch immer«, meinte Kiet, mit dem Finger über seinen Kopf nach rückwärts deutend. »Fahrer, bitte wenden!«
Der Fahrer gab Handzeichen, wendete und steuerte das Cyclodop auf der Loubet nach Westen, dann nördlich auf der Ho Chi Minh. »Sie erraten, wohin wir wollen«, sagte Kiet zu Binh. »Sie werden uns den Weg abschneiden. Wenn wir die kürzere Route nehmen, werden wir als letztes, ehe wir vor unsere Ahnen treten, das Fahrgestell des Mercedes sehen.«
»Okay«, sagte Binh. »Wir ziehen eine weite Schleife, acht oder zehn Blocks und treffen auf die Mu Savhana an ihrem Ende.«
»Hoffentlich. Falls wir nicht unterwegs einer Funkstreife begegnen.«
»Mit einer geladenen Waffe«, bemerkte Binh.
»Ja.«
»Keine Aufregung, Superintendent. Alle Polizisten sind jetzt sicherlich beim Postamt. Ja, wir könnten uns eigentlich –«
»– durch diese Menschenmenge schlängeln? Nein, vielen Dank. Vielleicht hat Ridsa Freunde, die einen solchen Rückzug entdecken würden.«
»Ja, möglich.«
Sie kreuzten die Avenue Leonid Breschnew. Der Mercedes wendete. Kiet sah, wie seine Hinterreifen durchdrehten. Er steuerte auf die Rue Ho Chi Minh zu.
»Noch acht Block«, erklärte Binh. »Sie werden uns locker überholen. He!«

»Was ist?«
»Der Fernsehsender«, schrie Binh. »Mir kommt eine Idee, die Ihnen gefallen wird.«
Kiet dachte: UA – KANAL 7 TV LUONG. Ein Ort der Zuflucht? Warum nicht? Er deutete mit dem Arm nach rechts, um dem Fahrer zu signalisieren, daß er abbiegen sollte. Sie bogen auf zwei Rädern in eine Einfahrt ein. Kiet hob beide Hände. Das Cyclodop bremste und blieb stehen. Hinter ihnen raste der Mercedes nach Norden an ihnen vorbei. Kiet konnte einen Blick auf den Beifahrer werfen. Eine Frau. Schön. Vietnamesin.
Sie sprangen hinaus und hörten Bremsen kreischen. Kiet reichte dem zitternden Fahrer noch eine Tausendzinnote und riet ihm, die Pakse zu überqueren und sich im Park auf der anderen Seite zu verstecken. Es waren keine großen Überredungskünste notwendig. Das Cyclodop fuhr in einer stinkenden Wolke davon.
»Wissen Sie, Superintendent, wir könnten von hieraus fast zum Palast sprinten. Es sind nur noch etwa hundert Meter bis zum Tor.«
»Sprinten? Während der Mercedes auf der Breschnew oder der Savhana lauert?« sagte Kiet. »Ich will ihn nicht von unten sehen. Ich muß an meine Ahnen denken.«
»Na, schön.« Binh gab nach. »Der Sender ist gleich da vorn. Die Idee ist sowieso besser. Brillant, würde ich sagen.«
»Ja, finde ich auch. Aber wie kommen wir so spät noch rein? Wir haben keinen Chrysler mehr, mit dem wir das Schloß aufsprengen könnten.«
»Jetzt ist die beste Sendezeit, Superintendent. Jemand muß in dem Laden die Stellung halten.«
»Ach ja«, erinnerte sich Kiet. »›Gunsmoke‹.«
Sie sahen nach beiden Richtungen die Straße entlang. Kein Auto war zu sehen, auch kein grüner Wagen mit einem dreizackigen Stern als Kühlerschmuck. Nichts. Binh sprintete tatsächlich mit dem goldenen Pfau los, seine jungen Beine flogen nur so dahin. Kiet folgte ihm heldenhaft schräg über die Straße zum KANAL 7. Doch seine Beine bewegten sich schwer wie Blei.

»Superintendent Kiet«, rief Lin Aidit erstaunt.
»Sind Sie denn immer im Einsatz?« fragte Kiet keuchend.
»Was ist mit Ihrer Stimme los und Ihrem Gesicht, Superintendent?«
»Mit meinem Gesicht?«
»Es ist ganz rot. Sind Sie in Ordnung?«
»Ja. Ich bin nur etwas schnell gelaufen.«
»Hallo, Lin«, rief Binh und legte die Hand an die Mütze.
Sie übersah ihn und beantwortete nur Kiets Frage. »Ja, ich weiß, ich arbeite mehr als meine üblichen vierzehn Stunden täglich, aber es gibt noch ein paar letzte Vorbereitungen für morgen, um die ich mich kümmern soll.«
»Mein Geistesblitz«, bemerkte Binh zu Kiet.
»Geist, Gehirn«, sagte Lin Aidit zu niemandem im besonderen. »Er zeigt nur Gehirn, wenn er seine Hosen aufmacht.«
»Ich war in wichtige Fälle verstrickt«, erklärte Binh in einem Versuch, sich zu entschuldigen. Er zerrte an der Verpackung des goldenen Pfaus.
Wieso verstrickt? »Bitte, Captain.«
»Ja, Superintendent. Gehen wir ins Studio.« Binh eilte hinter die Theke und riß dabei die Verpackung ab.
Kiet und Lin folgten ihm. Lin flüsterte: »Wichtige Fälle! Ha! Was für eine verlogene Entschuldigung. Die Männer der achtziger Jahre sind alle gleich, Superintendent. Sie versprechen einem die ganze Welt, um zu bekommen, was sie haben wollen, und dann vergessen sie einen sofort. Ich bin altmodisch. Ich wünschte, ich wäre zu Ihrer Zeit aufgewachsen, als die jungen Männer noch Prinzipien hatten.«
»Ja, die hatten wir«, log Kiet, während sie das Studio betraten.
Es hatte sich verändert. Die eine Kamera stand immer noch auf einen Tisch und einen Stuhl gerichtet da, hinter denen noch das weiße Laken hing. Auch ein Techniker saß noch am Kontrollpult. Aber die Szene hatte zwei auffallende Ergänzungen erfahren.
Ein glänzendes Mahagonibrett war senkrecht an der Tischkante befestigt, und auf dem Brett befestigt war eine Pla-

kette. Der kreisförmige Schriftzug darauf wies sie als Emblem der Vereinigten Staaten von Amerika aus.
Beim Anblick des braunen Sarges aus Kupfer und Teakholz neben dem Tisch stöhnte Kiet auf. Der Mann, der für immer darin schlief, war ein untersetzter Weißer mittleren Alters mit ergrauenden kleinen Haarlocken. Kiet sah nicht gern tote Menschen an und tat es jetzt auch nur eine Sekunde lang, damit sein Magen nicht rebellierte. Er stellte fest, daß das Gesicht des Toten kalkweiß war, dank der zu vielen Kosmetika, die der Leichenbestatter aufgetragen hatte. Er fand es eine kleine Tragödie, daß Ambulance Al Selkirk ohne seine Sonnenbräune in sein Walhalla geschickt werden würde.
»Botschafter Smithson wird einen Nachruf auf ihn sprechen«, sagte Lin Aidit, »wie ich Ihnen schon berichtete. Die Leiche wurde heute abend gebracht, und man hat mir befohlen, alles für morgen mittag vorzubereiten.«
»Großartig«, meinte Kiet.
»Wann bist du sendefertig?« fragte Binh.
Lins Antwort war an Kiet gerichtet. »Wir sind jetzt schon soweit.«
»Großartig, Lin! Hast du ein wenig Make-up für den Superintendenten da?«
»Wovon redet er eigentlich?« fragte Lin Kiet.
»Wovon reden Sie eigentlich?« fragte Kiet Binh.
»Davon«, sagte Binh und nahm den goldenen Pfau aus der Verpackung.
»O mein Gott, die Gerüchte waren also wahr«, flüsterte Lin.
»Entschuldigen Sie meine Ausflüchte, Lin«, erklärte Kiet. »Wir mußten den Diebstahl geheimhalten.«
»Das Make-up«, sagte Binh zu Lin.
»Wieso Make-up?« fragte Kiet Binh.
»Man muß Make-up auftragen, damit das Gesicht nicht so glänzt«, sagte Binh. »Kein bedeutender Amerikaner würde auch nur im Traum daran denken, ohne Make-up vor die Kamera zu treten.«
»Kein bedeutender Mann?«
»Ja. Sie wären auch ein Mann, der etwas zu sagen hat, Superintendent«, meinte Binh. »Sie haben Charisma.«

»Das hat man mir schon angedeutet.«
»Ich habe etwas Rouge«, warf Lin ein.
»Begreifen Sie, worauf ich hinauswill?« fragte Binh Kiet.
Kiet wurde es plötzlich klar. Obwohl er sich wegen seiner Engstirnigkeit, seinem Vorurteil gegen Veränderungen ärgerte, mußte er doch lächeln und sagte: »Ihr Gehirn funktioniert großartig, Ihr Geistesblitz ist ein ganzes Gewitter. Wir gehen auf Sendung und zeigen ganz Hickorn, daß der goldene Pfau in Sicherheit ist. Kanal 7 ist nicht nur ein Zufluchtsort vor Ridsa und den Vietnamesen, sondern auch unser Tribunal.«
Binh errötete glücklich und sah Lin beifallheischend an. Sie war anderweitig beschäftigt. Sie kramte in ihrer Handtasche, während sie mit dem Techniker sprach. »In neunzig Sekunden«, sagte sie dann. »Wir machen mit ›Gunsmoke‹ früher Schluß.«
Binh schob Tisch und Brett beiseite und winkte Kiet zu dem Stuhl. Kiet setzte sich, und Binh stellte ihm den goldenen Pfau auf die Knie. »Blicken Sie in die Kamera, Superintendent. Augenkontakt ist der Schlüssel zur Glaubwürdigkeit. Ich habe große Persönlichkeiten erlebt, die fünf Minuten lang nicht blinzeln mußten.«
Kiet versuchte es, ohne Erfolg, weil er sich im Geist die lange Metallröhre mit ihrem Zyklopenauge als Haubitze vorstellte, die Hunderttausende von wütenden Hickornern abfeuerten, weil sie ohne ihre Einwilligung aus Dodge City weggeholt worden waren. »Sollten wir nicht einen Text vorbereiten, den ich dann ablese?«
»Keine Zeit«, erklärte Binh, während Lin duftenden Puder auf seinem Gesicht verteilte.
Kiet hoffte, daß er nicht so schön aussah, wie er roch. »Was soll ich sagen?«
Binh lockerte Kiets strähniges Haar mit einem Kamm und zuckte die Achseln. »Improvisieren Sie, Superintendent. Ich traue Ihnen das zu. Sie sind Dynamit.«
»Fünfundvierzig Sekunden«, sagte Lin.
Der goldene Pfau schnitt in Kiets Beine und machte sie taub. »Nein.«

»Was denn?« fragte Binh.
»Bringen Sie den Tisch wieder her. Ich werde stehen.«
Binh schob den Tisch wieder an Ort und Stelle, wobei das Mahagonibrett gegen Kiets Zehen stieß. Lin spreizte alle zehn Finger und zählte die letzten Sekunden ab.
Kiet stellte den heiligen Kopfschmuck auf den Tisch und erhob sich, während er beobachtete, wie Lin einen Finger nach dem anderen abbog. Er erinnerte sich an die »Gunsmoke«-Folge von gestern, in der Matt den aufgebrachten Mob beruhigte, an die Halsschlingenparty. Er hatte ein ausgezeichnetes Gleichgewicht auf Vernunft, Mitgefühl und Kraft angewendet. Yin und Yang.
Kiet steckte die Daumen in seinen Gürtel, stellte sich breitbeinig hin und sagte: »Liebe Freunde in Hickorn, guten Abend. Sie sehen hier vor mir unseren heißgeliebten goldenen Pfau. Dies ist ungewöhnlich, aber Sie brauchen sich keine Sorgen zu machen. Er wird bald ins Nationalmuseum zurückgebracht. Ich unterbreche die Sendung, um über den versuchten Diebstahl des goldenen Pfaus zu berichten. Das mutige Eingreifen von Dr. Latisa Chi, dem Direktor des Nationalmuseums, verhinderte den Raub. Er nahm den Verbrechern den goldenen Pfau wieder ab, die mit leeren Händen entkamen. Wegen der Dunkelheit konnte Dr. Chi die beiden Diebe nicht identifizieren, aber er weiß, daß es ein Mann und eine Frau waren. Sie flüchteten in einem grünen Mercedes. Wir sind überzeugt, daß sie jeden Augenblick gefaßt werden. Vielen Dank für Ihre Nachsicht. Guten Abend.«
Binh trat auf Kiet zu und umarmte ihn. »Sie waren großartig, Superintendent!«
»Jawohl«, antwortete Kiet.

23

»Und wie ist deiner, Bosha?«
Kiet und Seine Königliche Hoheit, Prinz Novisad Pakse, saßen im *Luong Burgers* und aßen die ersten Bissen ihres Chee-

seburgers Deluxe. Es war einen Tag nach Savhanakip. Kiet schätzte Prinz Pakses Miene ab, ehe er antwortete. Seine Königliche Hoheit verlangte nicht, daß die Meinungen seiner Untertanen immer im Einklang mit der seinen waren, aber Kiet fand, es wäre respektlos, in einer so trivialen Frage gegensätzlicher Ansicht zu sein. Prinz Pakses Miene war ausdruckslos. Gut. Sie waren Gleichgesinnte.
»Eßbar«, erklärte Kiet.
»Eßbar«, wiederholte Prinz Pakse und nickte. »Mild und harmlos.«
Kiet hob den Deckel des Brötchens ab und goß Nic Sau auf sein vollkommen rundes Fleischstück, das er dann noch mit gehacktem Pfeffer belegte. »Ich empfehle Ihnen diese Zutaten, Eure Hoheit.«
Prinz Pakse präparierte auch seinen Cheeseburger Deluxe, kaute, schluckte und sagte: »Geschmack, es hat Geschmack, Bosha. Ihre Empfehlung ist wieder goldrichtig.«
Kiet errötete vor Vergnügen über das Kompliment, wie er es auch getan hatte, als Prinz Pakse ihn bei seinem Spitznamen nannte, der noch aus seiner Jugendzeit stammte. In keinem luonganischen Wörterbuch stand das Wort *bosha.* Es war regionalen Ursprungs – Hickorn und Südluong – und eine Verballhornung von *bo shau,* was wörtlich übersetzt »gehemmtes Wachstum« bedeutet. Im Mundartlichen hieß *bosha* kleiner Mensch. Kiet hatte erst spät richtig zu wachsen begonnen, erst als er fast erwachsen war, zur Belustigung einiger lebenslanger Freunde – zu denen auch der Prinz gehörte –, die ihm diesen Spitznamen gegeben hatten. Als Junge hatte Kiet ihn als grausamen Spott empfunden, doch später hatte er Bosha als liebevolles Diminutiv zu akzeptieren gelernt.
»Es ist eine Gewohnheit von uns gewesen, beim Abschluß eines Falles im königlichen Billardzimmer eine Konferenz abzuhalten«, fuhr Prinz Pakse fort. »Aber ich habe nie diesen – wie nennst du es –, diesen Schnellimbiß besucht, der für die westlichen und japanischen Touristen so tröstlich ist, die hier sitzen und deren harte Währung wir haben wollen.«
»Und es ist Mittagszeit, Eure Hoheit«, bemerkte Kiet liebenswürdig.

»Ich bin froh, daß wir uns jetzt treffen konnten, Bosha. Ich fliege morgen früh nach Singapur zu einem Billardturnier. Den ganzen Nachmittag und Abend ist mein Terminkalender voll mit Üben und offiziellen Verpflichtungen. Das Timing ist gut. Die Westler nennen so etwas wohl ein Arbeitsessen, nicht?«
Prinz Pakse trug einen schwarzen Smoking, die besondere Uniform für Billardturniere. Er trug ihn auch, während er übte, um sich an die Wettbewerbsatmosphäre zu gewöhnen. Die Leute, die Luongs Monarchen unterschätzten, nannten ihn in diesem Aufzug spöttisch einen ausgemergelten Pinguin. Sie sagten diese Beleidigung natürlich Prinz Pakse nicht ins Gesicht und auch nicht vor Bansam Kiet. »Ja, Eure Hoheit.«
»Du hast in deiner Karriere zahllose Verbrechen aufgeklärt, Bosha, aber ich erinnere mich an keinen Fall, der so voller überraschender und unerwarteter Wendungen war wie dieser. Auch nicht so abscheulich. Den goldenen Pfau stehlen zu wollen – unvorstellbar!
Ich ziehe dein Urteil nicht in Frage – wie du die Sache gehandhabt hast, ist großartig –, aber ich überlege doch, ob es notwendig war, Dr. Chi zu einem Helden zu machen? Ist er nicht eigentlich an allem schuld, weil er mit dem verstorbenen Mr. Selkirk zusammen den Plan ausgeheckt hatte?«
»Ja, schon, Eure Hoheit, aber ich mußte improvisieren, aus dem Stegreif sprechen. Minister Ridsa und Madame Mai stellten zu dem Zeitpunkt noch eine Bedrohung dar. Die Lüge sorgte indirekt für die Lösung des Problems.«
Prinz Pakse nickte zustimmend. »Deine Mitteilung wurde von einer großen Zahl von Zuschauern verfolgt. Die beiden kümmerlichen Typen konnten sich mit knapper Not in der vietnamesischen Botschaft in Sicherheit bringen. Der grüne Mercedes, den du freundlicherweise beschriebst, wurde von einer rasenden Menge gesteinigt und verbrannt.«
»Ich werde nie mehr zur Selbstverteidigung aufrufen«, sagte Kiet. »Das verspreche ich.«
Prinz Pakse wedelte mit seiner knochigen Hand. »Du hast getan, was du tun mußtest. Alle loben dich. Es heißt, du

seist ein Fernsehtalent. Aber die Geschichte mit Dr. Chi ist mir noch nicht ganz klar.«

»Ich brauchte eine Ausrede, die erklärte, warum ich den Pfau hatte, aber nicht auch die Verbrecher. Chi ist vielleicht als Held nicht überzeugend, aber er befand sich rund um die Uhr im Nationalmuseum und bewachte es. Es war also am wahrscheinlichsten, daß die Diebe auf ihn stoßen würden. Die Lüge machte sich noch in anderer Hinsicht bezahlt, Eure Hoheit. Dr. Chi erwägt seine Pensionierung und hat sich verpflichtet, voll und ganz mit uns gegen Ridsa zusammenzuarbeiten, falls Ridsa je nach Luong zurückkehrt.«

»Du glaubst, er ist außer Landes gegangen, Bosha?«

»Ja, Eure Hoheit. Botschafter Dang begann an jenem Abend zu packen, und ich habe das Gefühl, daß Ridsa in einer Kiste mit dem diplomatischen Siegel an Bord eines Flugzeugs nach Hanoi gebracht wurde.«

»Dang informierte mich am Abend vor Savhanakip, daß er umgehend nach Vietnam zurückbeordert worden sei. Das war ein Schock«, erklärte Prinz Pakse. »Aber bei den Informationen, die ich jetzt besitze, hätte ich ihn sowieso sofort ausgewiesen.«

»Das wußte er, Eure Hoheit.«

»Wie die Vietnamesen sich ins Spiel gebracht haben, ist mir ein Rätsel«, sagte Prinz Pakse und schüttelte den Kopf.

»Wir werden wohl nie alles genau wissen, Eure Hoheit, aber es ist zweifellos eine geschäftliche Sache, die in Politik ausgeartet ist. Chi und Selkirk und wahrscheinlich auch Chipperfield stahlen den goldenen Pfau aus Gewinnsucht. Aber dann machte Chi einen groben Fehler, denn indem er den goldenen Pfau in Ridsas Büro versteckte, lud er diesen zum Mitspielen ein. Selkirk dachte, er könnte zu seinem Vorteil mit diesem Ungeheuer verhandeln, und diese Rechnung ging nicht auf und kostete ihn das Leben.«

»Und Fop Tia?«

»Der letzte Opportunist«, sagte Kiet. »Er war ein früherer Freund von Ridsa und hatte in ›Unbekanntes Asien‹ investiert. Er kannte alle Beteiligten und erriet, was passiert war. Übrigens ist der ehemalige Bürgermeister Tia heute vormittag nach Bangkok geflogen. Ich habe ihm die Wahl gelassen: Entweder ich würde ihn offiziell verhaften, aus einem nicht näher bezeichneten Grund, oder er würde eine Einwilligung in eine freiwillige Ausweisung unterschreiben. Er unterschrieb. Sollte er je nach Luong zurückkehren, verhafte ich ihn, weil er in diesem Land unerwünscht ist. Den Sitz neben ihm haben wir für Mr. Chipperfield gebucht. Sie werden einen großen Schatz an Gesprächsthemen haben, davon bin ich überzeugt.«

»Tia dachte, er könnte seine Freundschaft mit Ridsa erneuern und sein Partner werden?«

»Er dachte falsch, Eure Hoheit. Ridsa war in seinem Ehrgeiz über ihn hinausgewachsen. Fop Tia hatte nichts zu bieten, was ihn gereizt hätte.«

Prinz Pakse schüttelte traurig den Kopf. »Was für eine entsetzliche Verschwendung, Bosha. Ridsa war so ein talentierter und eifriger junger Mann, und ich habe ihn entsprechend befördert. Er war unser einziger Minister, der nicht mit mir blutsverwandt war.«

»Ich glaube, das hat an ihm genagt, Eure Hoheit. Er hatte wohl das Gefühl, er könnte noch höher steigen.«

»Die ständige Vetternwirtschaft ist mein größter Fehler«, sagte Prinz Pakse. »Aber ich habe meine Lektion gelernt. Ich bin ein alter Mann. Wenn ich nicht mehr bin, sollen gute Leute über Luong herrschen. Von nun an werden Beförderungen weniger mit Familienbanden zu tun haben als mit Können und Tüchtigkeit. Vielleicht bleiben dann begabte junge Leute mit Interesse an der Regierung mit ihrem Ehrgeiz auf einem konstruktiven Weg.

Bosha, du hast gesagt, daß Tia Ridsa nichts zu bieten hatte. Die Vietnamesen dagegen offensichtlich schon. Wann kamen sie ins Spiel?«

»Ich weiß es nicht«, erwiderte Kiet. »Dieser Punkt des ganzen Durcheinanders ist mir ziemlich schleierhaft. Ich könnte mir vorstellen, daß Ridsa sofort den Kontakt aufnahm, nachdem Luong und Vietnam diplomatische Beziehungen aufgenommen hatten. Wenn eine fremde Macht uns überrollt und erobert, verlangt die Logik, daß es Vietnam wäre.«

Prinz Pakse lächelte kalt. »Phorn Ridsa«, meinte er, »Marionettendiktator der Volksrepublik Luong.«
»Ja«, bemerkte Kiet. »Eine phantastische Vorstellung von Ridsa, die sehr glaubwürdig klingt.«
»Wann, glaubst du, wurden sie wirklich in den Diebstahl des goldenen Pfaus verwickelt, Bosha?«
Bosha wußte es so ungefähr. Vierundzwanzig Stunden nachdem Phorn Ridsa Ambulance Al Selkirk den Schädel mit einem steinernen Buddha eingeschlagen hatte, war Madame Mai Le Trung in Bansam Kiets Bett. »Noch ehe Selkirks Leiche kalt war, Eure Hoheit.«
»Diese Vietnamesen – sie sind genau solche Unruhestifter wie die Amerikaner und Sowjets«, sagte Prinz Pakse. »Ein neuer Botschafter wird sich angeblich innerhalb eines Monats bei mir melden. Ich werde ihn freundlich empfangen. Unser kleines Königreich kann es sich nicht leisten, Hanoi zu reizen. Aber mit deiner Hilfe, Bosha, werde ich seine Aktivitäten sorgfältig verfolgen.«
»Eure Hoheit haben meine volle Unterstützung.«
»Botschafter Dang und diese Frau, der Kulturattaché, der dein Verbindungsoffizier zum Fußballteam war, sie haben uns am Savhanakip im Morgengrauen verlassen. Ich war zu beschäftigt mit den Vorbereitungen für die Feierlichkeiten, um ihnen gute Reise zu wünschen. Ich habe den Minister für Landwirtschaft und den Minister für Erziehung zum internationalen Flughafen geschickt. Zwei junge starke Minister statt eines alten, klapprigen Prinzen – ein Ersatz, durch den die Vietnamesen kein Gesicht verloren haben, glaubst du nicht auch?«
»Ja, Eure Hoheit.«
»Jedenfalls hat man ihnen nichts angemerkt. Sie waren in einen Streit verwickelt, wie es schien, und fühlten sich in der Gegenwart meiner Abgesandten nicht wohl. Es wäre ihnen lieber gewesen, wenn sie sich unbehelligt hätten davonmachen können. Meine Minister erzählten, sie hätten sich wie ein Mann und eine Frau benommen, deren Familie entehrt wurde und die einander die Schuld dafür geben. Sie redeten in Vietnamesisch aufeinander ein, deshalb wissen wir

nicht, was sie sagten. Immer wenn Botschafter Dang die Stimme hob, mußte er schrecklich husten, wie das starke Raucher morgens meistens tun. Die Frau war sehr höhnisch und sprach in scharfem Ton. Wenn jemand vom vietnamesischen Außenministerium zur Rechenschaft gezogen wird, ist es sicherlich der arme, aufgedunsene kleine Dang. Wenn sie ihn in eines ihrer politischen Erziehungslager schicken, hat er das verdient.«

Kiet biß in seinen Cheeseburger Deluxe, so daß er nicht antworten konnte.

»Diese Frau, sie heißt Mai?« fragte Prinz Pakse.

»Ja, Mai«, murmelte Kiet undeutlich mit vollem Mund.

»Du sagtest vorhin, daß sie dir den letzten Hinweis gegeben hat.«

Kiet schluckte hinunter. »Ja.«

»Sie versprach sich, und du wußtest, daß sie dich unter einem Vorwand dazu bringen wollte, nach Obon zu fliegen, um dich aus Hickorn fortzulocken? Sie hat dich ausspioniert, um herauszubekommen, was du wußtest, und wollte dich nicht in der Stadt haben, wenn der goldene Pfau, adressiert an meinen verschwenderischen Idioten von Neffen in Paris, am Flughafen gefunden würde?«

»Ja.«

»Wenn du ihn nicht im Postamt sichergestellt hättest, Bosha, wäre Ridsa und den Vietnamesen ihr Vorhaben vielleicht geglückt. Meine Armee und deine Polizei hätten die Ordnung nicht aufrechterhalten können. Man hätte mich abgesetzt, vermutlich getötet. Hickorn wäre in Flammen aufgegangen. Unsere indochinesischen Brüder hätten Truppen geschickt, um den Frieden in der Region wiederherzustellen.«

Kiet zuckte bescheiden die Schultern.

»Dang hat mir Mai beim Empfang vor Savhanakip vorgestellt, Bosha. Die Frau ist bezaubernd, eine optische Augenweide. Wenn ihre Geschicklichkeit im Bett so groß ist wie ihre Schönheit, könnte sie den besten Mann zum Sklaven machen, meinst du nicht auch?«

»Vielleicht«, antwortete Kiet, den Blick auf seinen Burger

gerichtet, Ohren und Nacken feuerrot. »Nic Sau schmeckt auch zu den Pommes frites sehr gut, Eure Hoheit.«
»Es tut mir leid, daß dein Adjutant, Captain Binh, nicht mit uns essen konnte.«
»Ich habe versucht, ihm die Einladung zu übermitteln, aber ich konnte ihn nicht finden. Er hat heute frei.«
Prinz Pakse lächelte. »Ein Liebesabenteuer? Ich habe schon Geschichten über ihn gehört.«
»Das ist möglich, Eure Hoheit. Er sagte, er würde versuchen, einen Zaun zu flicken – das heißt, er hat eine Verabredung mit Lin Aidit.«
»Die meine neue Touristikministerin wird«, erklärte Prinz Pakse und schlug mit der Faust auf den Tisch, als sei sie der offizielle Stempel. »Lin Aidit verdient es außerordentlich, die erste Nutznießerin meiner neuen Beförderungspolitik zu sein.«
»Großartig, Eure Hoheit.«
»Es tut mir auch leid, Bosha, daß deine polizeilichen Verpflichtungen an Savhanakip dich daran hinderten, dir das Spiel anzusehen.«
Kiet stöhnte innerlich bei diesem Gedanken. Er hatte den größten Augenblick in der Geschichte des Luonganer Fußballs verpaßt. Luong hatte gegen Vietnam unentschieden gespielt, null zu null. Sachkundige Zuschauer hatten berichtet, daß die vietnamesischen Stürmer lustlos gewirkt hatten und sich in der Luonganer Spielfeldhälfte nicht organisieren konnten. Luongs Läufer dagegen konnten es mit den vietnamesischen Verteidigern aufnehmen. Wenn dem vietnamesischen Torwart nicht ein paar akrobatische Rettungsmanöver gelungen wären, hätte Luong ein Tor geschossen. Kiet fragte sich, ob die Aufregung in der vietnamesischen Botschaft die Fußballer demoralisiert hatte. Man konnte es nur hoffen.
Prinz Pakse fuhr fort: »Hast du Botschafter Smithsons Rede gesehen?«
»Nein, Eure Hoheit.«
»Ich auch nicht. Und auch sonst niemand, den ich kenne. Das Fernsehen ist ein großartiger Schritt nach vorn für unser Königreich, aber wer sieht an Savhanakip fern?«

Kiet lächelte. »Niemand. Binh meinte, durch das vorzeitige Abschalten von ›Gunsmoke‹ hätte ich Smithson und Selkirk in der Bewertung noch geschlagen.«

»Bosha, du sagst, daß mein anderer Essensgast für die Lösung des Falles von größter Wichtigkeit war. Wir haben ihn während unsres ganzen faszinierenden Gesprächs völlig vergessen.« Prinz Pakse wandte sich an den Mann, der neben ihm saß. »Ich möchte mich für meine Unhöflichkeit entschuldigen, Sir. Schmeckt es Ihnen?«

Quoc, der aussätzige Bettler ohne Nase, war bei seinem dritten Cheeseburger Deluxe. Er grinste und antwortete mit einem Redeschwall.

»Was hat er gesagt, Bosha?«

»Daß der Burger ein gastronomisches Meisterwerk ist, Eure Hoheit, eine außergewöhnliche Komposition von drei verschiedenen Nahrungsmitteln. Er genießt es sehr.«